日本五山版毛詩

第四册

漢 毛氏傳 漢 鄭玄箋

日本南北朝覆刻南宋本（日本島田翰批校）

山東人民出版社·濟南

毛詩卷第十七

生民之什詁訓傳第二十四

毛詩大雅　　鄭氏箋

生民尊祖也后稷生於姜嫄文武之功起於后稷故推以配天焉

厥初生民時維姜嫄生民本后稷也姜嫄也后稷之母配高辛

氏帝箋云厥其初始時是也言周之始祖其生之者是姜嫄也姜姓者炎帝之後有女名嫄當堯之時爲高辛氏之世妃本后稷之初生故謂之生民也

生民如何克禋克祀以弗無子

禋敬弗去也去无子求有子古者必立郊禖焉玄鳥至之日以大牢祀于郊禖天子親往后妃率九嬪御乃禮天子所御帶以弓韣授以弓矢于郊禖之前 箋云克能也弗之言祓也姜嫄之生后稷如何乎乃禋祀上帝於郊禖以祓除其无子之疾而得其福也能者言齋肅當

神明意也。二王之後
得用天子之禮也
履帝武敏歆攸介攸
止載震載夙載生載育時維后稷 履踐也。帝高辛
氏帝也。武跡。敏疾也。從於帝而見於天。將
事齊敏也。歆饗。介大也。止福祿所止也。震
動。夙早。育長也。后稷播百穀以利民。箋
云帝上帝也。敏拇指也。介左右也。夙之言
肅也。祀郊禖之時則有大神迹。姜嫄履之
足不能滿。履拇指處。心體歆歆然。所左右
所止住。如有人道感己者也。於是則遂有
身而肅戒不復御。後則生子而養長之名

之曰棄、舜臣堯而舉之、是謂爲后稷也 ○誕彌厥月、先生如達、誕大、彌終、達生也、姜嫄子之先生者也 箋云、達羊子也、大矣后稷之在其母、終人道十月而生、生如達之生、言易也 不坼不副、無菑無害、言易也、凡人在母、母則病、生則坼副、菑害其母、橫逆人道也 以赫厥靈、上帝不寧、不康禋祀、居然生子 赫顯也、不寧寧也、不康、也 箋云、寧康皆安也、姜嫄以赫然顯著也、徵其有神靈審矣、此乃天帝之氣也、

心猶不安之、又不安徒禋祀而无子〇誕寘

道居默然自生子、懼時人不信已也

之隘巷羊牛腓字之 誕大、寘置、腓避、字愛也、天生后稷、異之入

欲以顯其靈也、帝不順天、是不明也、故承

天意而異之乎天下 箋云天異之、故姜

嫄置之於羊牛之

徑亦所以異之也 誕寘之平林、會伐平

林 羊牛而避人者、理也、置之平林、又為人、所收取也 誕寘寒冰、鳥

覆翼之 大鳥來以一翼覆之、以一翼藉之、云而收取之又其理也、故置之於

正曰就口食者謂為
稷官以成就印人
口食也下箋云就口
食之時已有種殖之
志也言天性早惠人
や

寒冰也鳥乃去矣后稷呱矣於是知有天異往取之矣后稷
呱呱而浮〇實覃實訏厥聲載路誕實匍匐克
岐克嶷以就口食覃長訏大路大也岐知意也嶷識也箋云實
之言適也覃謂始能坐也訏謂張口嗚呼也是時聲音則已天矣能匍匐則岐岐然
意有所知也其貌嶷嶷然有所識別也以此至於能就衆人口自食謂六七歲時也
蓺之荏菽荏菽旆旆禾役穟穟麻麥幪幪

瓜瓞唪唪荏菽戎菽也、旆旆然長大也、役列也、穟穟苗好美也、幪幪然茂也、瓜瓞唪唪然多實也　箋云藝猶樹也、戎菽、大豆也、就口食之時則有種殖之志言天性也

○誕后稷之穡有相之道相助也箋云大矣后稷之掌稼穡、有見助之道、謂若有神助之力也

茀厥豐草種之黃茂實方實苞實種實褎實發實秀實堅實好實穎實栗即有邰家室茀治也、黃嘉穀也、茂美也、

方極畝也、苞本也、種雜種也、褎長也、發盡發也、不榮而實曰秀、穎垂穎也、栗其實栗栗然也、邰姜嫄国也、堯見天因邰而生后稷、故封后稷於邰、命使事天、以顯神順天命爾 箋云豊苞亦茂也、方齊等也、種生不雜也、褎枝葉長也、發發管時也、栗成就也、后稷教民除治茂草使種黍稷、黍稷生則茂好、熟則大成、以此成功堯改封於邰就其成国之家室无變更也 ○誕降嘉種維秬維秠維穈維芑 天降嘉種也、秬黑黍也、秠一稃二米也、穈赤苗也、芑白苗也、天應堯

之顯后稷也故為之下嘉種也

恒之秬秠是穫是畝恒之穈芑是任是負以歸肇祀

恒徧肇始也始歸郊祀焉箋云任猶抱也肇郊之神位也后稷以天為已下此四穀之故則徧種之盛熟則穫而畝計之抱負以歸於郊祀天天得祀不者二王之後也 ○

誕我祀如何或舂或揄或簸或蹂釋之叟叟烝之浮浮

揄抒臼也或簸糠者或蹂黍者釋淅米也叟叟聲也浮浮氣也箋云蹂之言潤也

大矣我后稷之祀天如何乎美而將說其事也舂而揄舀之簸之又潤溲之將復舂趨於鑿也釋之烝之以爲酒食及簠簋實也

載謀載惟取蕭祭脂取羝以軷載燔載烈

嘗之日莅卜來歲芟獮之日莅來歲之戒社之日莅卜來歲之稼所以興來而繼往也穀熟而謀陳祭而卜矣取蕭合黍稷臭陽達牆屋既奠而後爇蕭合馨香也羝牡羊也軷道祭也傅火曰燔貫之加于火曰烈　箋云惟思也烈之言爛也后稷既爲郊祀之酒及其米則諏謀其日

思念其祀也。至其時也，取蕭草與祭牲之脂爇於行神之位，馨香既聞，取羝羊之體以祭神，又燔烈其肉爲尸羞焉。自此而往郊也。以興嗣歲。興來歲而繼往歲也。箋云：嗣歲，今新歲也。以先歲之物齊敬犯軷而祀天者，將求新歲之豐年也。孟春之月令曰：乃擇元日祈穀于上帝是也。○卬盛于豆，于豆于登，其香始升，上帝居歆。胡臭亶時。卬，我也。木曰豆，瓦曰登。豆薦葅醢也，登大羹也。箋云：胡之言何也。亶，誠也。我后稷盛葅醢

之斷當於豆者當於登者其馨香始上行
上帝則安而享之何芳臭之誠得其時
乎美之也祀天用
瓦豆陶器質也 后稷肇祀庶無罪悔以
迄于今
迄至也 箋云庶衆也后稷肇祀
上帝於郊而天下衆民皆得其所
无有罪過也子孫蒙其福
以至於今故推以配天爾
生民八章其四章章十句四章章八句
行葦忠厚也周家忠厚仁及草木故能内

凍梨謂浮垢也

睦於九族、外尊事黃耇、養老乞言、以成其福祿焉。九族、自己上至高祖、下至玄孫之親。黃、黃髮也。耇、凍梨也。乞言、從求善言可以爲政者、敦史受之。

敦彼行葦、羊牛勿踐履、方苞方體、維葉泥泥。敦、聚貌也。行、道也。葦初生、泥泥然。箋云、苞、茂也。體、成形也。敦敦然道傍之葦、牧羊牛者毋使躐履折傷之也。草物方茂盛、以其終將爲人用、故周之先王爲之此、

愛之況於人乎○戚戚兄弟莫遠具爾或肆之筵或授之几

戚戚內相親也肆陳也或陳設筵者或授之几者　箋云莫无也具猶俱也爾謂進之也王與族人燕兄弟之親无遠无近王俱揖而進之年穉者為之設筵而已老者着加之以几也

○肆筵設席授几有緝御

設席重席也緝御踧踖之容也　箋云緝猶續也御侍也兄弟之老者既為設重席授几又有相續代而侍之者謂敦史也

或獻或酢洗爵奠斝

斝爵也夏曰醆殷曰斝周曰爵　箋云進酒於客曰獻客荅之曰酢主人又洗爵醻客客受而奠之不舉也用殷爵者尊兄弟也○醓醢以薦或燔或炙嘉殽脾臄或歌或愕以肉曰醓醢臄函也歌者比於琴瑟也徒歌曰愕　箋云薦之礼韭菹則醓醢也燔用肉炙用肝以脾臄為加故謂之嘉殽也○敦弓既堅四鍭既鈞舍矢既均敦弓畫弓也天子敦弓鍭矢參亭已均中蓺矣○箋云舍之言釋也蓺質也先王將養老

疏句者謂引滿也
周礼文之官弓人之事
工取角幹筋之分者
以絲漆膠為之九者
相得而之

先與群臣行射禮以擇其可與者以為賓也

序賓以賢

言賓客次序皆賢。孔子射於矍相之圃，觀者如堵牆。射至於司馬，使子路執弓矢出延射者曰：奔軍之將，亡國之大夫，與為人後者不入，其餘皆入。蓋去者半，入者半。又使公罔之裘、序點揚觶而語曰：幼壯孝悌，耆耋好禮，不從流俗，修身以俟死者，不在此位也。蓋去者半，處者半。序點又揚觶而語曰：好學不倦，好禮不變，耄勤稱道不亂者，不在此位也。蓋僅有存者焉。箋云：序賓以賢，謂以射中多少為次第也。

○**敦弓既**

句。既挾四鍭。天子之弓合九而成規。箋云：射禮搢三挾一个。言既挾四鍭，則已徧釋之也。四鍭如樹。言皆中也。序賓以不侮。言其皆有賢才也。箋云：不侮者，敬也。其人必敬於禮，則射必中也。○曾孫維主，酒醴維醹。酌以大斗，以祈黃耈。曾孫，成王也。醹，厚也。大斗長三尺。祈，報也。箋云：祈，告也。今我成王承先王之法度，為主人，亦斯序賓矣。有我醇厚之酒醴，以大斗斟而嘗之，而美，故以告黃耈之人，徵而養之也。飲酒之礼曰、以告先王君子可也　○黄耇台背、以引以翼　台背大老也、引長、翼敬也　箋云、台之言鮐也、大老則背有鮐文、既告老人及其來也、以礼引之、以礼翼之、在其前曰引、在其旁曰翼也　壽考維祺、以介景福　祺善也　箋云、介助也、養老人而得吉、所以助大福也

行葦八章章四句

既醉、太平也。醉酒飽德、人有士君子之行

祭統云夫祭有十等倫理見事鬼神之道焉見君臣之義焉見父子之倫焉見貴賤之等焉見親疏之殺焉見爵賞之施焉見夫婦之別焉見政事之均焉見長幼之序焉見上下之際焉此謂十倫矣

焉

成王祭宗廟旅醻下徧羣臣至於无筭爵故云醉焉乃見十倫之義志意充滿是謂之飽德也

既醉以酒既飽以德

既醉者盡其禮終其事也　箋云禮謂旅醻之屬也事謂惠施先後歸俎豆之類也

君子萬年介爾景福

箋云君子斥成王也介助景大也成王女既有萬年之壽天又助女以大福謂五福也

○既醉以酒爾殽既將

將行也　箋云爾女也殽謂牲

體也、成王之羣臣俎實、以尊卑等行也　君子萬年、介爾昭明

箋云昭光也　○昭明有融、高朗令終　融長朗明也、始於饗燕終享祀　箋云有又令善也、天既助女以光明之道、又使之長有高明之譽而以善名終也、是其長也

令終有俶、公尸嘉告　俶始也、公尸天子以卿、言諸侯也　箋云俶猶厚也、既使有善令終又厚之、公尸以善言告之、謂嘏辭也、諸侯有功德者、入為天子之卿大夫、故云公尸、公君也

○其告維何

籩豆靜嘉 恒豆之菹水草之和也其醢陸產之物也加豆陸產也其醢水物也籩豆之薦水土之品也不敢用常褻味而貴多品所以交於神明者言道之徧至也 箋云公尸所以以善言告之是何故乎乃用籩豆之物絜清而美政平氣和所致故也 朋友攸攝攝以威儀 言相攝佐以威儀也 箋云朋友謂羣臣同志好者也言成王之臣皆有二孝士君子之行其所以相攝佐者威儀之事 ○威儀孔時君子有孝子 箋云孔甚也言成王

之臣威儀甚得其冝也皆君子人也有孝子之行也

孝子不匱永錫爾類

匱竭類善也　箋云永長也孝子之行非有竭極之時長以錫予女之族類謂廣之以教導天下也春秋傳曰潁考叔純孝也施及莊公也

○其類維何室家之壼

壼廣也　箋云壼之言梱也其予女之族類云何乎室家先以相梱致也已乃及於天下也

君子萬年永錫祚胤

胤嗣也　箋云永長也成王女有萬年之壽天又長予女福祚至子孫也

○其胤

維何天被爾祿祿福也　箋云天予女子福祚至子孫云何乎天覆被女以祿位使祿臨天下也君子萬年景命有僕僕附也

箋云成王女既有萬年之壽天之大命又附著於女謂使為政教也○其僕維何釐爾女士釐予也　箋云天之太命附著於女云何乎天予女以女而有士行者謂生淑媛使為之妃也釐爾女士從以孫子箋云從隨也天既與女以女而有士行者使生賢知之子孫以隨之謂傳世也

旣醉八章章四句

鳧鷖守成也太平之君子能持盈守成神祇祖考安樂之也君子成王也言君子者太平之時則皆然非獨成王也

鳧鷖在涇公尸來燕來寧鳧水鳥鷖鳧屬也太平時則萬物衆多也箋云涇水名也水鳥而居水中猶人爲公尸之在宗廟也故以喻焉祭

焉鳥出在水傍於似神居國於ここ之象惟是四方百物之神也

祀既畢明日又設禮而與尸燕成王之時尸來燕也其心安不以己實臣之故自嫌言此者美成王事尸之禮備

爾酒既清爾殽既馨公尸燕飲福祿來成

馨香之遠聞也箋云爾者女成王也以女酒殽清美以與公尸燕樂飲酒之故祖考以福祿來成女也

○鳧鷖在沙公尸來燕來宜

沙水旁也宜宜其事也箋云水鳥以居水中爲常今出在水旁諭祭四方百物之尸也其來燕也心自以爲宜亦不以已實臣之故自

也嫌爾酒既多爾殽既嘉言酒品齊多而殽備美也公尸燕飲福祿來爲厚爲孝子也箋云爲猶助也助成王也

○鳧鷖在渚公尸來燕來處渚沚處止也箋云水中之有渚猶平地之有丘也諭祭天地之尸也以配至尊之故其來燕似若止其處也

爾酒既湑爾殽伊脯公尸燕飲福祿來下箋云湑酒之泲者也天地之尸尊事尊不以褻味泲酒脯而已

○鳧鷖在潨公

尸來燕來宗潨水會也宗尊也　箋云潨水之會外之高者也有瘞埋之象喻祭社稷山川之尸也其來燕也有尊主人之意也既燕于宗福祿攸降公尸燕飲福祿來崇崇重也　箋云既盡也宗社宗也羣臣下民盡有祭社之礼而飲燕焉為福祿所下也今王祭社又以其尸燕福祿之來乃動厚也天子以下其社稷同故云然也

○鳧鷖在亹公尸來止熏熏亹山之絕水也熏熏和說也　箋云亹之言門也燕

祭法曰王為群姓立七祀曰司命曰中霤曰國門曰國行曰大厲曰户曰竈是七祀之名く

士祀之尸於門户之外故以諭焉尸其來

不敢當王之燕礼故變言來止熏熏坐不

安之意也

旨酒欣欣燔炙芬芬公尸燕飲無有後艱

欣欣然樂也芬芬然香也無有後艱言不敢多祈也　箋云艱難也小神之尸卑用美酒有燔炙可用薦味也又不能致福祿但令王自今无有後艱而已

鳧鷖五章章六句

假樂嘉成王也

勿解云爲獨君穆穆其和爲廣大皇皇其敬

假樂君子顯顯令德宜民宜人受祿于天假嘉也宜民宜人宜安民宜官人也箋云顯光也天下嘉樂成王有光光之善德安民官人皆得其宜以受福祿於天也保右命之自天申之申重也箋云成王之官人也羣臣保右而舉之乃後命用之也又用天意申勑之如舜之勑伯禹伯夷之屬也干祿百福子孫千億穆穆皇皇宜君宜王宜君王天下也箋云干求也十萬曰億天子穆穆

諸侯皇皇成王行顯顯之令德求祿得百福其子孫亦勤行而求之得祿千億故或爲諸侯或爲天子言皆相勗以道也

不愆不忘率由舊章

箋云愆過率循也成王之令德不過誤不遺失循用舊典之文章謂周公之禮法也

○威儀抑抑德音秩秩無怨無惡率由羣匹

抑抑美也秩秩有常也 箋云抑抑密也秩秩淸也成王立朝之威儀緻密无所失教令又淸明天下皆樂仰之无有怨惡循用羣臣之賢者其行能匹耦己之心

若也

受福無疆四方之綱○綱之紀之燕及朋友朋友羣臣也箋云成王能爲天下之綱紀謂立法度以治理也其燕飲常與羣臣非徒樂族人而已百辟卿士媚于天子不解于位民之攸塈塈息也箋云百辟畿內諸侯也卿士卿之有事者媚愛也成王以恩意及羣臣羣臣故皆愛之不解於其職位民之所休息由此也

假樂四章章六句

公劉召康公戒成王也成王將涖政戒以民事美公劉之厚於民而獻是詩也公劉者后稷之曾孫也夏之始衰見追逐遷於豳而有居民之道成王始幼少周公居攝及歸之成王將莅政召公與周公相成王為左右召公懼成王尚幼稚不留意於治民之事故作是詩美公劉欲以深戒也

篤公劉匪居匪康迺埸迺疆乃積乃倉乃

裹餱糧于橐于囊思輯用光篤厚也、公劉居於邠、遭夏
人亂迫逐公劉、公劉乃避中國之難遂平
西戎而遷其民邑於豳焉、乃埸乃疆言脩
其疆埸也、乃積乃倉言民事時和国有積
倉也、小曰橐大曰囊思輯用光言民相與、
和睦以顯於時也　箋云篤厚、公劉之為
君也、不以所居為居不以所安為安、邠国
乃有疆埸也、乃有積委及倉也安安而能
遷、積而能散、為夏人迫逐已之故不忍鬭
其民乃裹糧食於橐囊之中棄其餘而去、
思在和其民人用光大其道為今子孫之

基也

弓矢斯張、干戈戚揚、爰方啓行。戚斧、揚鉞也、張其弓矢、事其干戈戚揚、以方開道路而去之邠、蓋諸侯從者、十有八國焉。箋云、干楯、戈句孑戟、爰曰也、公劉之去邰也、整其師旅、設其兵器、告其士卒曰、為女方開道而行、明己之遷非為迫逐之、故乃欲全民也。

○篤公劉、于胥斯原、既庶既繁、既順迺宣、而無永歎。胥相、宣徧也、民无長歎、猶文王之无悔也。箋云、于於也、廣平曰原、厚乎公劉之於、相此原地以居

民也、民既繁矣、既庶矣、既順其事矣、又乃能使之時耕、民皆安今之居而无長歎思其舊時也

陟則在巘、復降在原、何以舟之、維玉及瑤、鞞琫容刀

巘小山別於大山者也、舟帶也、瑤言有美德也、下曰鞞、上曰琫、言德有度數也、容刀言有武事也 箋云陟升降下也、公劉之相此原地也、由原而升巘、復下在原、言反覆之重居民也、民亦愛公劉之如是、故進玉瑤容刀之佩也

○篤公劉、逝彼百泉、瞻彼溥原、迺陟

南岡迺覯于京溥大覯見也箋云逝往瞻視溥廣也山脊曰岡絶高為京厚乎公劉之相此原地也往之彼百泉之間視其廣原可居民之處乃升其南山之脊乃見其可居者於京謂其可營立都邑之處也

京師之野于時處處于時廬旅于時言言于時語語是京乃大衆之所宜處也廬寄也直言曰言論難曰語箋云于於時是也京地乃衆民之所宜居之野也於是處其所當處廬舍其賓旅言其所當言語其所當語謂安

民、館客絶、教令也

○篤公劉、于京斯依、蹌蹌濟濟、俾筵俾几。箋云、蹌蹌濟濟、士大夫之威儀也、俾使也、厚乎公劉之居於此京依而築宮室、其既成也、與羣臣士大夫、飲酒以樂之、羣臣則相使爲公劉、設几筵使之升坐也

既登乃依、乃造其曹、執豕于牢、酌之用匏。賓已登席矣、乃依几矣、曹羣也、執豕于牢、新国則殺礼也、酌之用匏、儉以質　箋云、公劉既登堂負扆而立、羣臣乃適其牧羣搏豕於牢中以爲飲酒之

肴酌酒以匏爲爵言忠敬也食之飲之君之宗之爲之君爲之大宗箋云宗尊也公劉雖去邰國來遷群臣從而君之尊之猶在邰也○

篤公劉既溥既長既景迺岡相其陰陽觀其流泉既景乃岡考於日景參於高岡也箋云厚乎公劉之居豳也既廣其地之東西又長其南北既以日景定其經界於山之脊觀相其陰陽寒煖所宜流泉浸潤所及皆爲利民富國也其軍三單度其隰原徹田

餱糧三單相襲也徹治也 箋云邰后稷上公之封也大国之制三軍以其餘卒為羨今公劉遷於豳民始從之丁夫適滿三軍之數單者无羨卒也度其隰與原田之多少徹之使出税以為国用什一而税謂之徹魯哀公曰二吾猶不足如之何其徹也

度其夕陽豳居允荒 山西曰夕陽也荒大也 箋云允信也夕陽者豳之所處也度其隰與原豳之所處信寛大也

○篤公劉于豳斯館渉渭為亂取厲取鍛 館舎也正絶流曰亂

碫石也 箋云碫石可以爲鍛質也厚乎
公劉於豳地作此宮室也乃使人渡渭水
爲舟絶流而南取鍛厲斧斤之石
可以利器用伐取材木給築事也 **止基迺**
理爰衆爰有夾其皇澗遡其過澗 皇澗水名也遡
嚮也過澗水名也 箋云爰曰也止基作
宮室之功止而後疆理其田野校其夫家
人數曰益多矣器物有足
矣皆布居澗水之旁也 **止旅迺密芮鞫**
之即 密安芮水涯鞫究也 箋云芮之言
內也水之內曰隩水之外曰鞫公劉

居豳既安，軍旅之役止，士卒乃安，亦就澗水之外內而居，脩田事也

公劉六章章十句

泂酌，召康公戒成王也。言皇天親有德，饗有道也

泂酌彼行潦，挹彼注茲，可以餴饎。泂，遠也。行潦，流潦也。餴，餾也。饎，酒食也。箋云：流潦，水之薄者也。遠酌取之，投大器之中，又挹之

注之於此小器、而可以沃酒食之餴者、以有忠信之德、齊孝之誠、可以饗之、敬也。春秋傳曰、人不易物、維德繄物。

豈弟君子、民之父母。豈樂弟易也、樂以彊教之、易以說安之、民皆有父之尊、有母之親也。

○泂酌彼行潦、挹彼注茲、可以濯罍。濯滌也、罍祭器也。

豈弟君子、民之攸歸。

○泂酌彼行潦、挹彼注茲、可以濯溉。溉清也。

豈弟君子、民之攸塈。塈息也。

泂酌三章章五句

卷阿召康公戒成王也言求賢用吉士也

吉猶善也

有卷者阿飄風自南

興也卷曲也飄風回風也惡人被德化而消猶飄風之入曲阿也箋云大陵曰阿有大陵卷然而曲回風從長養之方來入之興者喻王當屈體以待賢者賢者則猥來就之如飄風之入曲阿然其來也為長養

民人也

愷悌君子來遊來歌以矢其音

矢陳也

箋云王能待賢者如是則樂易之君子來就王遊而歌以陳出其聲音言其將以樂王感王成王之善心也

○伴奐爾遊矣優遊爾休矣

伴奐廣大有文章也　箋云伴奐自縱弛之意也賢者既來王當以才官秩之各任其事女則得伴奐而優遊自休息也孔子曰无為而治者其舜與恭己正南面而已矣言任賢故逸也

愷悌君子俾爾彌爾性似先公

酋矣彌，終。似，嗣。酋，終也。箋云：俾，使也。樂易之君子來在位，乃使女終女之性命，无困病之憂，嗣先君之功而終成之也。○爾土宇昄章，亦孔之厚矣。昄，大也。箋云：土宇，謂居民以土地屋宅也。孔，甚也。女得賢者與之為治，使居宅民大得其法，則恩惠亦甚厚矣。勸之，然也。豈弟君子，俾爾彌爾性，百神爾主矣。箋云：使女為百神之主，謂羣神受饗而佑之也。○爾受命長矣，茀祿爾康矣。茀，小也。箋云

嘏福、康安也、女得賢者與之、承順天地、則受壽長之命、福祿又安女也

愷悌君子、俾爾彌爾性、純嘏爾常矣

嘏大也　箋云純大也、予福曰嘏、使女大受神之福、以為常也

○有馮有翼、有孝有德、以引以翼

有馮、有翼、道可馮依以為輔翼也、引長、翼敬也　箋云馮馮几也、翼助也、有孝、斥成王也、有德、謂羣臣也、王之祭祀、擇賢者以為尸、尊之、豫設饌几、擇佐食、廟中有孝子、有羣臣、尸之入也、使祝贊道之、扶翼之、尸至設几、佐食助

之尸者神象故事之於祖考也豈弟君子四方為則箋云則法也王之臣有是樂易之君子則天下尊不敢徼以為法則也○顒顒卬卬如圭如璋令聞令望顒顒溫貌也卬卬盛貌也箋云令善也王有賢臣與之以禮義相切瑳體貌則顒顒然敬順志氣則卬卬然高朗如玉之圭璋也人聞之則有善聲譽人望之則有善威儀德行相副也豈弟君子四方為綱箋云綱者張衆目也○鳳凰于飛翽翽

其羽亦集爰止 鳳凰靈鳥、仁瑞也、雄曰鳳、雌曰凰、翽翽衆多也 箋云翽翽羽聲也、亦亦衆鳥也、爰於也、鳳皇往飛翽翽然、亦與衆鳥集於所止、衆鳥慕鳳皇而來者也、喻賢者所在、羣士皆慕而往仕也 因時鳳皇至故以喻焉 藹藹王多吉士、維君子使、媚于天子 藹藹猶濟濟也 箋云媚愛也、王之朝、多善士藹藹然、君子在上位者、率化之使之親愛天子、奉職盡力也

○鳳凰于飛、翽翽其羽、亦傅于天 箋云傅猶

戾也

藹藹王多吉人、維君子命、媚于庶人 箋云命猶使也。吉士親愛庶人、謂撫擾令不失職也 ○鳳凰鳴矣、于彼高岡、梧桐生矣、于彼朝陽 梧桐柔木也、山東曰朝陽、梧桐不生山岡、太平而後生朝陽 箋云鳳皇鳴於山脊之上者、居高視下觀可集止也、喻賢者待禮乃行、翔而後集也。梧桐生者、猶明君出也、生於朝陽、被溫仁之氣、亦君德也。鳳皇之性、非梧桐不棲、非竹實不食也

菶菶萋萋、雝雝喈喈

喈梧桐盛也雝雝喈喈鳳皇鳴也臣竭其
力則地極其化天下和合則鳳皇樂德
○箋云菶菶萋萋喻君德盛也○君子之車
雝雝喈喈諭君臣之和協也
既庶且多君子之馬既閑且馳上能錫以車馬行中
節馳中法也　箋云庶衆閑習也令賢者
在位王錫其車衆多矣其馬又習於威儀
能馳矣大夫有乘馬有貳車矢詩不多維以遂歌不多多也
明王使公卿獻詩以陳其志遂為工師之
歌焉　箋云矢陳也我陳作此詩不復多

也。欲令遂為樂。歡王曰聽
之則不損今之成功也

卷阿十章六章章五句四章章六句

民勞召穆公刺厲王也

厲王成王七世之孫也。時賦斂重數。徭役繁多。民人勞苦。輕為姦軌。強陵弱。衆暴寡。作為寇害。故穆公以刺之也

民亦勞止。汔可小康。惠此中國。以綏四方

汔危也。中国。京師也。四方。諸夏也　箋云汔幾也。康綏皆安也。惠愛也。今周民疲勞

矣、王幾可以小安之乎、愛京師之民人以安天下京師者、諸夏之根本也 **無縱詭隨以謹無良式遏寇虐憯不畏明** 詭隨詭人之善隨人小惡者也以謹無良慎小以懲大、憯曾也 箋云謹猶慎也良善式用遏止也、王為政无聽於詭人之善不肯行而隨人為惡者以此敕慎无善之人又用此止為寇虐曾不畏敬明白之刑罪者疾時有之也 **柔遠能邇以定我王** 柔安也 箋云能猶伽也邇近也、安遠方之國順伽其近者當以此定我

周家為王之功言我者同姓之親也○民亦勞止汔可小休

惠此中國以為民逑休定逑合也箋云休止息也合合聚也

無縱詭隨以謹惛怓式遏寇虐無俾民憂惛怓大亂也箋云惛怓猶讙譁也謂好爭訟者俾使也無棄爾勞以

為王休休美也箋云勞猶功也无棄女始時勤政事之功以為女王之美述其始時者誘掖也○民亦勞止汔可小息惠此京

師以綏四國（息止也）無縱詭隨以謹罔極式遏寇虐無俾作慝（慝惡也箋云罔无極中也无中所行不得中正也）敬慎威儀以近有德（求近有德也）○民亦勞止汔可小愒惠此中國俾民憂泄（愒息泄去也）

（箋云泄猶出也發也）無縱詭隨以謹醜厲式遏寇虐無俾正敗（醜衆厲危也箋云厲惡也春秋傳曰其父為厲也敗壞也无）

使先王之正道壞也戎雖小子而式弘大戎大也箋云戎猶女也式用也弘猶廣也今王汝雖小子自遇而女用事於天下甚廣大也易曰君子出其言善則千里之外應之況其邇者乎出其言不善則千里之外違之況其邇者乎是以此戒之也○民亦勞止汔可小安惠此中國國無有殘賊義曰殘箋云王愛此京師之人則天下邦国之君不為殘酷也無縱詭隨以謹繾綣式遏寇虐無俾

正反繾綣反覆王欲玉女是用大諫箋云王者君子比德焉王乎我欲令女如玉然故作是詩用大諫正女此穆公至忠之言也

民勞五章章十句

板凡伯刺厲王也凡伯周同姓周公之胤也入為王卿士也

上帝板板下民卒癉出話不然為猶不遠板板反也上帝以稱王者也癉病也話善言也猶道也箋云猶謀也王為政反先

王與天道。天下民盡病。其出善言而不行
之也。此爲謀。不能遠圖。不知禍之將至也
靡聖管管。不實於亶管管无所依也。亶誠也 箋云王无聖人
之法度。管管然以心自恣。不能用實於誠信之言。言行相違也
猶之未遠。
是用大諫猶圖也 箋云王之謀不能圖遠。用是故我大諫王也 ○
天之方難。無然憲憲。天之方蹶。無然泄泄
憲憲猶欣欣也。蹶動也。泄泄猶沓沓也
箋云天斥王也。王方欲艱難天下之民。又

變更先王之道，臣乎，女无憲憲然，无沓沓然，為之制法度，達其意以成其惡也。

辭之輯矣，民之洽矣。辭之懌矣，民之莫矣。輯，和。洽，合。懌，說。莫，定也。箋云：辭，辭氣，謂政教也。王者政教和說順於民，則民心合定。此戒語時之大臣也。

〔一〕我雖異事，及爾同僚。我即爾謀，聽我囂囂。僚，官也。囂囂猶謷謷也。箋云：及，與。即，就也。我雖與女職事異者，乃與女同官，俱為卿士。我就女而謀，欲與之言，善道女，女反聽我言謷謷然不肯

受也

我言維服勿以爲笑先民有言詢于芻蕘

芻蕘薪采者也　箋云服事也我所言者乃今之急事也女先笑之古之賢者有言有疑事當與薪采者謀之匹夫匹婦或知及之況於我乎

○天之方虐無然謔謔老夫灌灌小子蹻蹻

謔謔然喜樂貌也灌灌猶款款也蹻蹻憍貌也　箋云今王方爲酷虐之政女老謔謔然以讒慝助之老夫諫女款款然自謂也女反蹻蹻然如小子不聽我言也

匪我言耄

詩十

三

爾用憂謔多將熇熇不可救藥八十曰耄、熇熇然熾盛也　箋云將行也、今我言非老耄有失誤也、乃女用可憂之事而反好戲謔多行熇熇慘毒之惡、誰能止其禍乎○天之方懠無為夸毗威儀卒迷善人載尸懠怒也、夸毗以體柔人君也　箋云王方行酷虐之威怒、女无夸毗以形體順從之、君臣之威儀盡迷亂、賢人君子則如尸矣、不復言語、時厲王虐而弭謗也民之方殿屎則莫我敢葵喪亂蔑資曾莫惠我師殿屎呻吟也蔑无資財也　箋云殿屎也民方愁苦而呻吟則忽然无有揆度知其然者其遭喪禍又素以賦斂空虛无財貨以共其事窮困如此又曾不肯惠施以賙贍衆民言无恩義也

○天之誘民如壎如篪如璋如圭如取如攜誘導也如壎如篪壎篪之相和也如璋如圭言相合也如取如攜言必相從也　箋云王之導民以礼義則民和合而從之如此也

攜無日益誘民孔易

民之多辟。無自立辟辟法也箋云易易也女攜挈民東與西與民皆從女所為无曰是可為為導民在己甚易也民之行多為邪辟者乃女君臣之過无自謂所建者為法矣○价人維藩太師維垣大邦維屏太宗維翰价善藩屏垣墻也王者天下之太宗翰幹也箋云价甲也被甲之人謂卿士掌軍事者也太師三公也大邦成国之諸侯也太宗王之同姓世適子也王當用公卿諸侯及宗室之貴者為藩屏垣翰為輔弼无疏遠

也
懷德維寧宗子維城無俾城壞無獨斯畏懷和也　箋云斯離也和女德无行酷暴之政以安女國以是為宗子之城使免於難遂行酷虐則禍及宗子是謂城壞城壞則乖離而女獨居而畏矣宗子謂王之適子也○敬天之怒無敢戲豫敬天之渝無敢馳驅戲豫逸豫也馳驅自恣也　箋云渝變也昊天曰明及爾出王昊天曰旦及爾游衍王往旦明遊行衍溢也

箋云及與也昊天在上人仰之皆謂之明也常與女出入往來遊溢相從視女所行善惡可不慎乎

板八章章八句

生民之什十篇六十一章四百三十三句

毛詩卷第十七

毛詩卷第十八　島田翰珎藏

蕩之什詁訓傳第二十五

毛詩大雅　鄭氏箋

蕩，（唐黨反）召（上照反，本作邵，卷内召公、召伯皆同）穆公傷周室大壞也。厲王無道，天下蕩蕩，無綱紀文章，故作是詩也。

蕩蕩上帝，下民之辟。上帝，以託君王也。辟，君也。箋云：蕩蕩，法度廢壞之貌。厲王乃以此居人上，爲天下之君，言其無可則象之甚也。疾威上帝，其命多辟。疾，病人矣。威，罪人矣。箋云：疾病人者，重賦斂也。威罪人者，峻刑法也。其政教又多邪辟，不由舊章者也。天生烝民，其命匪諶。諶，誠也。箋云：烝，衆也。靡不有初，鮮克有終。鮮，寡。克，能也。天之生此衆民，其教道之，非當以誠信使之忠厚乎？今則不然，民始皆庶幾於善道，後更化於惡俗者也。○文王曰咨，咨女殷商，曾是彊禦，曾是掊克，曾是在位，曾是在服。咨嗟也。彊禦，強梁禦善也。掊克，自伐而好勝人也。服，服政事也。箋云：厲王弭謗，穆公朝廷之臣不敢斥言王之惡，故上陳文王咨嗟殷紂以切刺之。天汝曾任用是惡人，使之處位執職事也。

降滔德，女興是力。天，君也。滔，慢也。箋云：厲王施倨慢之化，汝群臣又相與而力為之。言競於惡也。○

文王曰咨，咨女殷商。而秉義類，彊禦多懟。流言以對，寇攘式內。對遂也、箋云義之言宜也、類善也、式用也、女執事之臣、宜用善人、反任彊禦衆懟爲惡者、皆流言謗毀賢者、王若問之、則又以對、寇盜攘竊爲姦宄者、而王信之、使用事於内也

侯作侯祝、靡屆靡究、側慮反或作詛　屆六界　究六救

作祝詛也、屆極也、究窮也、箋云侯維也、王、與羣臣、乖爭而相疑、日祝詛求其凶咎無極已也○

文王曰咨、咨汝殷商、汝炰烋于中國、斂怨以爲德、

炰烋猶彭亨也、許庚反　箋云炰烋自矜氣健之貌、斂聚羣臣、不遲作怨之人、謂之有德、而任用之也

不

欽取

明爾德時無背無側背无臣、側无人也、箋云无臣无人、謂賢者不用也（布内反、又蒲昧反、後同）

爾德不明以無陪無卿无陪貳也无卿士也○

文王曰咨咨女殷商天不湎爾以酒不義從式義宜也、箋云式法也、天不同女顔色以酒、有沈湎於酒者、是乃過也、不宜從而法行之也

既愆爾止靡明靡晦式號式呼俾晝作夜使晝為夜也、箋云愆過也、女既過沈湎矣、又不為明晦、无有止息

夏曰獯鬻、殷曰鬼方、周曰獫狁、漢曰匈奴、魏曰突厥 出漢書音義

也、醉則號呼相傚、用晝日作夜、不視政事也。○文王曰咨、咨女殷商、如蜩如螗、如沸如羹。蜩蟬也、螗蝘也。箋云、飲酒號呼之聲、如蜩螗之鳴、其笑語沓沓、又如湯之沸、羹之方熟然也。小大近喪、人尚乎由行。言居人上、欲用行是道也。箋云、殷紂之時、君臣失道如此、且喪亡矣。時人化之、甚尚欲從而行之、不知其非也。內奰（皮冀反）于中國、覃（徒南反）及鬼方。奰怒也。不醉而怒曰奰。鬼方遠方也。箋云、此言時人、快於惡、雖有不醉、猶好

怒也

○文王曰咨咨女殷商匪上帝不時殷不用舊 箋云此言紂之亂非其生不得其時也乃不用先王之故法之所致也

雖無老成人尚有典刑 箋云老成人謂若伊尹伊陟臣扈之屬也雖无此臣猶有常事故法可案用也

曾是莫聽大命以傾 箋云莫无也朝廷君臣皆任喜怒曾无用典刑治事者以至誅滅也

○文王曰咨咨女殷商人亦有言顛沛之揭枝葉

末有害本實先撥顛仆、沛拔也、揭見根貌也 箋云揭蹶貌、撥猶絶也、言大木揭然將蹶、枝葉未有折傷、其根本實先絶、乃相隨俱顛拔、諭紂之官職雖俱存、紂誅亦皆死也 殷鑒不遠、在夏后之世箋云此言殷之明鏡不遠也、近在夏后之世、謂湯誅桀也、後武王誅紂、今之王者何以不用爲戒乎也

蕩八章章八句

抑衛武公刺厲王、亦以自警也自警者、如彼泉流無

論譯以言

抑抑威儀、維德之隅。人亦有言、靡哲不愚。

抑抑密也。隅廉也。靡哲不愚、国有道則知、国无道則愚。箋云、人密審於威儀抑抑然、是其德必嚴正也。古之賢者、道行心平、可外占而知内。如宮室之制、内有繩直、則外有廉隅。今王政暴虐、賢者皆佯愚不䰙容貌、知不肖然。

庶人之愚、亦職維疾。哲人之愚、亦維斯戾。○

職主。戾罪也。箋云、庶衆

也、衆人性無知、以愚為主、言是其常也、賢者而為愚、畏懼於罪也。無競維人、四方其訓之、有覺德行、四國順之。無競、競也、訓教。覺直也、箋云、競彊也、人君為政、在彊於得賢人、得賢人、則天下教化於其俗、有大德行、則天下順從其政、言在上所以倡道。訏謨定命、遠猶辰告。訏大。謨謀。猶道。辰時也、箋云、猶圖也、大謀定命、謂正月始和布政于邦国都鄙也、為天下遠圖庶事而以歲時告施之。敬慎威儀、維民之則。

箋云則法也

○其在于今興迷亂于政顛覆厥德荒湛于酒

箋云于今謂今厲王也興猶尊尚也王尊尚小人迷乱於政事者以傾敗其功德荒廢其政事又湛樂于酒言愛小人之甚

女雖湛樂從弗念厥紹罔敷求先王克共明刑

紹繼共執刑法也　箋云罔无也女君臣雖好樂嗜酒而相從不當念繼安之後人將傚女所為无廣索先主之道與能執法度之人乎切責之也

○肆皇天弗

尚如彼泉流、無淪胥以亡 淪率也、箋云肆故今也、胥皆也、王為政如是、故今皇天不高尚之、所謂拚下災異也、王自絕於天、如泉水之流、稍就虛竭、无見寧引為惡、皆與之以亡哉、羣臣不忠行者、將并誅之

夙興夜寐、洒埽廷內、維民之章 洒灑、章表也、箋云章文章法度也、厲王之時、不恤政事、故戒羣臣掌事者、此也

脩爾車馬弓矢戎兵、用戒戎作、用逿蠻方 逿遠也、箋云逿當作剔、剔治也、蠻

畿之外也此時中国微弱故復戒將卒之至以治軍實女留用此備戎事之起用此治九州之外不服者○質爾人民謹爾侯度用戒不虞 箋質成也不虞非度也 箋云侯君也此時萬民失職亦不背趨公事故又戒鄉邑之大夫又邦国之君疾萬民之事慎女爲君之法度用備不億度而至之事

慎爾出話敬爾威儀無不柔嘉 話善言也 箋云話謂教令也柔安嘉善也

白圭之玷尚可磨也斯言之

玷不可爲也玷缺也、箋云斯此也、玉之缺尚可磨鑢而平、人君政教一失、誰能反覆之○無易由言無曰苟矣莫捫朕舌言不可逝矣莫无捫持也、箋云由於、逝往也、女无輕易於教令、无曰苟如是、今人无持我舌、而自聽恣也、教令一往、行於天下、其過誤可得而已之乎。無言不讎無德不報惠于朋友庶民小子讎用也、箋云惠順也、教令之出、如賣物、物善則其售賈貴、物惡則其售賈賤德加於民，民則以義報之，王又當施順道於諸侯，下及庶民之子孫。子孫繩繩，萬民靡不承。箋云：繩繩，戒也。王之子孫敬戒行王之教令，天下之民不承順之乎？言承順也。○視爾友君子，輯柔爾顏，不遐有愆。輯，和也。箋云：柔，安。遐，遠也。今視女之諸侯及卿大夫，皆脅肩諂笑，以和安女顏色，是於正道不遠有罪過乎？言其近也。相在爾室，尚不愧于屋漏。無曰不顯，莫予云覯。西北隅謂之屋漏。覯見也、箋云相助顯明也、諸侯與大夫助祭在女宗廟之室、尚无肅敬之心、不慙愧於屋漏有神見人之爲也、女无謂是幽昧不明无見我者、神見女矣、屋小帳也、漏隱也、礼祭於奥既畢改設饌於西北隅而厞隱之處、此祭之末也

神之格思、不可度思、矧可射思

格至也、箋云矧况射厭也、神之來至去止、不可度知、况可厭於祭末而有厭倦乎

○辟爾爲德、俾臧俾嘉、淑愼爾止、不愆于儀、不僭不賊、鮮不爲

則女為善、則民為善矣、止至也、為人君止於仁、為人臣止於敬、為人子止於孝、為人父止於慈、與国人交止於信、僭差也、箋云辟法也、止容止也、當審法度女之施德、使之為民臣所善所美、又當善慎女之容止、不可過差於威儀、女所行不信不殘賊者少矣、其不為人所法

投我以桃、報之以李

箋云此言善往則善來、人无行而不得其報也、投猶擲也、

彼童而角、實虹小子

童羊之无角者也、而角自用也、虹潰也、箋云童羊譬王后也、而角者、喻與政事有

訪害也、此人、實瀆亂小子之攻、礼、天子未除喪、稱小子

○荏染柔木、言緡之絲、溫溫恭人、維德之基、緡被也、溫溫寛柔也、箋云、柔忍之木、荏染然、人則被之弦以為弓、寛柔之人、溫溫然、則能為德之基止、言內有其性、乃可以有為德也、其維哲人、告之話言、順德之行、其維愚人、覆謂我僭、民各有心、話言古之善言也、箋云、覆猶反也、僭不信也、語賢知之人、以善言則順行之、告愚人、反謂我

句解云、然則王之不信、持其心之自滿耳。人若不自爲盈、謙己受教戒、豈有早知而莫晚成者乎

不信、民各有心、者、意不同

○於乎小子、未知臧否、匪手攜之、言示之事、匪面命之、言提其耳、箋云、臧、善也。於乎傷、王不知善否、我非但以手攜掣之、親示以其事之是非、我非但對面語之、親提撕其耳、此言以教道之、熟不可啟覺。借曰未知、亦既抱子、借、假也。箋云、假令人云王尚幼少、未有所知、亦以抱子、長大矣、不幼少也。民之靡盈、誰夙知而莫成、莫、晚也。箋云、萬民之意、皆持

不滿於王、誰早有所知而反晩、昊天孔成與、言王之无成、本无知故也

昭、我生靡樂、視爾夢夢、亡公莫反 我心慘慘、七感反又七各反 夢夢乱也、慘慘憂不樂也、 箋云孔甚、昭明也、昊天乎乃甚明察、我生无可樂也、視王之意、夢夢然、我心之憂悶、慘慘然、愬其自恣、不用忠臣

誨爾諄諄、聽我藐藐、莫角反 匪用為教、覆用為虐 藐藐然不入也、 箋云我教告王、口語諄諄然、王聽聆之、藐藐然忽略不用我所言為政令、反謂之有所妨害於事、不受忠言

借曰未知，亦聿既耄。耄，老也。

○於乎小子，告爾舊止。聽用我謀，庶無大悔。箋云：舊，久也。止，辭。庶，幸。悔，恨也。

天方艱難，曰喪厥國。箋云：天以王爲惡，如是，故出艱難之事，謂下災異，生兵寇，將以滅亡。

取譬不遠，昊天不忒。回遹其德，俾民大棘。箋云：今我爲王取譬喻，不及遠也，維近耳。王當如昊天之德，有常不差忒也。王反爲无常，維邪其行，爲貪暴，使民之財匱盡而大困急。

詩 十二

抑十二章三章章八句九章章十句

桑柔，芮伯刺厲王也。芮伯，畿內諸侯，王卿士也，字良夫。

菀彼桑柔，其下侯旬。捋采其劉，瘼此下民。興也。菀，茂貌。旬，言陰均也。劉，爆爍而希也。瘼，病也。箋云：桑之柔濡，其葉菀然茂盛，謂蠶始生時也。人庇陰其下者，均得其所。及已捋采之，則葉爆爍而疏，人息其下，則病於爆爍。興者，喻民當被王之恩惠，群臣恣放，損王之德。不殄心憂，倉兄填兮倉喪、兄滋、填久也、箋云殄絶也、民心之憂无絶已、喪亡之道滋久長倬彼昊天寧不我矜昊天斥王者也、箋云倬明大皃、昊天、乃倬然明大、而不矜哀下民、怨懟之言○四牡騤騤旟旐有翩亂生不夷靡國不泯騤騤、不息也、鳥隼曰旟、龜蛇曰旐、翩翩在路不息也、夷平、泯滅也、箋云軍旅久出征伐、而乱日生、不平无国而不見滅也、言王之用兵、不得其所、適長寇虐民靡有黎具禍以燼黎齊也、箋云黎不齊也、具猶俱也、災餘曰燼、言時民无有不齊被兵寇之害者、俱遇此禍以為燼者、言害所及廣、**於乎有哀國步斯頻**步行、頻急也、箋云頻猶比也、哀哉国家之政、行此禍害比比然○**國步蔑資天不我將靡所止疑云徂何往**疑定也、箋云蔑猶輕也、將猶養也、徂行也、国家為政、行此輕蔑民之資用、是天不養我也、我從兵役、无有止息時、今復云行當何之往也**君子實維秉心無競誰**

之厲階至今為梗競彊。厲惡。梗病也。箋云君子謂諸侯及卿大夫也。其執心不彊於善而好以力爭。誰始生此禍者。乃至今日相梗不止。○憂心慇慇念我土宇。我生不辰逢天僤怒。自西徂東靡所定處宇居。僤厚也。箋云辰時也。此士卒從軍久勞苦自傷之言。多我覯痻孔棘我圉圉垂也。箋云痻病也。圉當作禦。多矣。我之遇困病。甚急矣。我之禦寇之事。○為謀為毖亂況斯削毖慎也。箋云女爲軍旅之謀、爲毖慎兵事也、而乱滋甚於此、日見侵削、言其所任、非賢。告爾憂恤、誨爾序爵、誰能執熱、逝不以濯。濯、所以救熱也、禮所以救乱也。〇箋云恤亦憂也、逝猶去也、我語女以憂天下之憂、教女以次序賢能之爵、其爲之當如手持熱物之用濯、謂治国之道當用賢者。其何能淑、載胥及溺。箋云淑善、胥相、及與也、女君云此於政事何能善乎、則女君臣皆相與陷溺於禍難。○如彼遡風

句解云故我欲王作稼穡之是好其有力於民者則使之代食

亦孔之㥪民有肅心荓云不逮好是稼穡力民代食

迴鄉㥪嚮荓使也力民代食代無功者食天祿也箋云肅進逮及也今王之為政見之使人㥪然如鄉疾風不能息也王為政民有進於善道之心當任用之反却退之使不及門但好任用是居家之吝嗇於聚斂作力之人令代賢者處位食祿明王之法能治人者食於人不能治人者食人禮記曰與其有聚斂之臣寧有盜臣聚斂之臣害民盜臣害財

稼穡維寶代食維好

箋云此言王不尚賢但貴吝○天降喪亂
嗇之人與愛代食者而已
滅我立王降此蟊賊稼穡卒痒箋云滅盡也蟲食苗
根曰蟊食節曰賊耕種曰稼收斂曰穡卒
盡痒病也天下喪乱国家之災以窮盡我
王所恃而立者謂蟲孽為害五穀盡病哀恫中國具贅卒荒
靡有旅力以念穹蒼贅屬荒虛也穹蒼蒼天箋云恫痛也哀
恫乎中国之人皆見繫屬於兵役家家空
虛朝廷曽无有同力諫諍念天所爲下此

自有肺腸者謂已自有意見此甚疏為動作所以使民之惑亂也

災害者也。

○維此惠君，民人所瞻。秉心宣猶，考慎其相。相，質也。箋云：惠，順。宣，徧。猶，謀。慎，誠。相，助也。維至德順民之君，為百姓所瞻仰者，乃執正心，舉事徧謀於衆，又考誠其輔相之行，然後用之。言擇賢之審。

維彼不順，自獨俾臧。自有肺腸，俾民卒狂。箋云：臧，善也。彼不施順道之君，自多足，獨謂賢，言其所任使之臣皆非善人也。不復考慎，自有肺腸，行其心中之所欲，乃使民盡迷惑如狂，是又不宜御。

○瞻彼中

林、甡甡其鹿、朋友已譖、不胥以穀、甡甡、衆多也、箋云譖不信也、胥相也、以猶與也、穀善也、視彼林中、其鹿相輩耦行甡甡然衆多、今朝廷羣臣、皆相欺背、不相與以善道、言其鹿之不如、人亦有言、進退維谷、谷窮也、箋云前无明君、郤迫罪役、故窮也、○維此聖人、瞻言百里、維彼愚人、覆狂以喜、瞻言百里、遠慮也、箋云聖人所視而言者、百里、言見事遠而王不用有愚闇之人、為王言其事、淺且近耳、王反迷惑、信用之、而喜。

匪言不能、胡斯畏忌。

箋云：胡之言何也。賢者見此事之是非、非不能分別皁白言之於王也。然不言之何也、此畏懼犯顏得罪罰。

○維此良人、弗求弗迪。維彼忍心、是顧是復。

迪、進也。箋云：良善也。國有善人、王不求索、不進用之。有忍為惡之心者、王反顧念而重復之。言其忍惡賢者而愛小人。

民之貪亂、寧為荼毒。

箋云：貪猶欲也。天下之民、苦王之政、欲其亂亡、故安為苦毒之行、相侵暴

句解云中垢謂中心之惡也

憫患使之然。○大風有隧，有空大谷。隧，道也。箋云：西風謂之大風。大風之行，有所從而來，必從空谷之中。喻賢愚之所行，各由其性也。維此良人，作為式穀。維彼不順，征以中垢。中垢，言闇冥也。箋云：作，起。式，用。征，行也。賢者在朝，則用其善道。不順之人，則行闇冥。受性於天，不可變。○大風有隧，貪人敗類。聽言則對，誦言如醉。類，善也。箋云：類，等夷也。對，合也。貪惡之人，見道聽之言

則應荅之、見誦詩書之言、則冥臥如醉、居上位而行此、人或效之

匪用其良、覆俾我悖

覆反也 箋云、居上位而不用善、反使我爲悖逆之行、是形其敗類之驗

○ **嗟爾朋友、予豈不知而作、如彼飛蟲、時亦弋獲**

箋云、嗟爾朋友者、親而切嗟也、而猶女也、我豈不知女所行者惡與、直知之、女所行如是、猶爲飛行自恣、東西南北、時亦爲弋射者、所得、言放縱久、无所拘制、則將遇伺女之間者、得誅女也

既之陰女、反予

赫毛呼格反鄭虛
赫許反、炙也、炙火
炙日曝皆曰赫
罔極 謂不止者
爲民之不利更知
恐不勝而以力爲
之

來赫 赫炙也、箋云之往也、口距人謂之赫、我恐女見弋獲、既往覆陰女、謂啓告之、以患難也、女反赫我、出言悖怒、不受患告、○民之罔極職涼善背 涼薄也、箋云職主、涼信也、民之行、失其中者、主由為政者、信用小人、工相欺違者、為民不利如云不克 箋云克勝也、為政者害民、如恐不得其勝、言至酷也、民之回遹職競用力 箋云競逐也、言民之行、維邪者、主由為政者、逐用彊力相尚故也、言民依邪用生多端、○民之

未戾職盜為寇 戾定也箋云為政者主作盜賊為寇害令民心動搖不安定也

涼曰不可覆背善詈 箋云善猶大也我諫止之以信言女所行者不可反皆我而大詈言距已諫之甚

雖曰匪予既作爾歌 箋云予我也女雖觝距已言此非我所為我已作女所行之歌女當受之而改悔

桑柔十六章八章章八句八章章六句

雲漢仍叔美宣王也宣王兼厲王之烈内有撥亂之志遇烖而懼側身脩行欲銷去之天下喜於王化復行百姓見憂故作是詩也 仍叔周大夫也春秋魯桓公五年夏天王使仍叔之子來聘烈餘也雲漢天河也自此至常武六篇宣王之變大雅

倬彼雲漢昭回于天 回轉也箋云雲漢謂天河也昭光也倬

然天河水氣也、精光、轉運於天、時旱渴雨、故宣王夜仰視天河、望其候焉 王曰於乎、何辜今之人、天降喪亂、饑饉薦臻、薦重臻至也、箋云、辜罪也、王憂旱而嗟歎云何罪與、今時天下之人、天仍下旱災亡亂之道、饑饉之害、復重至也 靡神不舉、靡愛斯牲、圭璧既卒、寧莫我聽 箋云、靡莫皆無也、言王爲旱之故、求於羣神、無不祭也、無所愛於三牲、禮神之圭璧、又已盡矣、曾無聽聆我之精誠而與雲雨 ○ 旱既太甚蘊隆蟲蟲蘊蘊而暑隆隆而雷蟲蟲而熱　箋云隆隆而雷非雨雷也雨晝聲尚殷殷然不殄禋祀自郊徂宮上下奠瘞靡神不宗上祭天下祭地奠其禮瘞其物宗尊也国有凶荒則索鬼神而祭之　箋云宮宗廟也爲旱故絜祀不絶從郊而至宗廟奠瘞天地之神无不齊肅而尊敬之言徧至也后稷不克上帝不臨耗斁下土寧丁我躬丁當也　箋云克當作刻刻識斁敗也奠瘞羣神而不得

雨是我先祖后稷不識知我之所困與天不視我之精誠與猶以旱耗天下爲害曾使當我之身有此乎先后稷後上帝亦從宮是耶。○旱既太甚則不可推兢兢業業如霆如雷周餘黎民靡有孑遺推去也兢兢恐也業業危也孑然無遺失也　箋云黎衆也旱既不可移去天下困於饑饉皆心動意懼兢兢然業業然狀如有雷霆近發於上周之衆民多有死亡者矣今其餘無有孑遺者言又餓病也昊天上帝則不我遺胡不相畏先祖于摧摧至也箋云摧當作嗺嗺嗟也天將遂旱餓殺我與先祖何不助我恐懼使天雨也先祖之神於嗟乎告困之辭。

○旱既太甚則不可沮赫赫炎炎云我無所大命近止靡瞻靡顧沮止也赫赫旱氣也炎炎熱氣也大命近止民近死亡也箋云旱既不可卻止熱氣大盛人皆不堪言我無所芘蔭而處眾民之命近將死亡天曾無所視無所顧於此國中而哀閔之

群公先

正則不我助父母先祖胡寧忍予先正百辟卿士也先祖文武為民父母也　箋云百辟卿士雩祀所及者今曾无肯助我憂旱先祖文武又何為施忍於我不使天雨

○旱既太甚滌滌山川旱魃為虐如惔如焚我心憚暑憂心如熏滌滌旱氣也山无木川无水魃旱神也惔燎之也憚勞熏灼也　箋云憚猶畏也旱既害於山川矣其氣生魃而害益甚草木燋枯如見焚燎然王心又畏難此熱氣如

灼爛於火、言熱氣至極。群公先正則不我聞昊天上帝寧俾我遯箋云不我聞者忽然不聽我之所言也、天曾將使我心遯遯慙愧於天下以无德也。○旱既大甚黽勉畏去胡寧瘨我以旱憯不知其故箋云瘨病也、黽勉急禱請也、欲使所尤畏者去、所尤畏者魃也、天何曾病我以旱、曾不知為政所失而致此害。祈年孔夙方社不莫昊天上帝則不我虞敬恭

明神宜無悔怒　悔恨也。箋云虞度也。我祈豐年甚早，祭四方與社，又不晚，天曾不度知我心。肅事明神，如是明神宜不恨怒於我，我何由當遭此旱也。

○旱既太甚，散無友紀。鞫哉庶正，疚哉冢宰，趣馬師氏，膳夫左右。　歲凶年穀不登，則趣馬不秣，師氏弛其兵，馳道不除，祭事不縣，膳夫徹膳，左右布而不脩，大夫不食粱，士飲酒不樂。箋云人君以羣臣為友。散無其友紀者，凶年祿餼不足，又無賞賜也。鞫窮也。庶正，衆官

膳夫左右一人无不使
周急於民以供御之
物无不能止之以濟
民而未足以救旱灾
也

句解云於是俯而告
群臣曰汝等大夫君
子祈以竭其精誠而
初我昭假于天者已
天餘也今虽死亡近
已不可棄前功而益
求所以昭假者而修

之長也、疚、病也、窮哉病哉者、念此諸臣、勤於事而困於食、以此言勞倦也

靡人不周、無不能止、周、救也、无不能止、言无止不能也、箋云周當作賙、王以諸臣困於食、人人賙給之、權救其急、後日乏、无不能賙也

瞻卬昊天、云如何里、箋云里、憂也、王愁悶於不雨、但仰天曰、天當如我之憂何也

○瞻卬昊天、有嘒其星、大夫君子、昭假無贏、大命近止、無棄爾成、嘒、衆星貌也、假、至也、箋云贏、升也、

王仰天視衆星順天而行嘒嘒然意感故謂其卿大夫曰天之光耀升行不休无自贏縵之時今衆民之命近將死亡勉之助我无棄女之成功言成功者若其在職復无緩以勸也

何求爲我以戾庶正

戾定也箋云使女无棄成功者何但爲我身乎乃欲以安定衆官之長憂其職也

瞻仰昊天

曷惠其寧

箋云曷何也王仰天曰當何時順我之求令我心安乎渴雨之至也得雨則心安也

雲漢八章章十句

崧高尹吉甫美宣王也天下復平能建國親諸侯襃賞申伯焉

尹吉甫、申伯、皆周之卿士也、尹官、吉氏也、申國名也

崧高維嶽駿極于天維嶽降神生甫及申

崧高貌也、山大而高曰崧也、嶽四嶽也、東嶽岱、南嶽衡、西嶽華、北嶽[illegible]、堯之時、姜氏、

為四伯，掌四嶽之祀，述諸侯之職，於周則有甫、有申、有齊、有許。駿，大。極，至也。四嶽降神靈和氣，以生申甫之大功。箋云：降，下也。四嶽，卿士之官，掌四時者也，因主方嶽巡狩之事。在堯時，姜姓為之，德當嶽神之意，而福興其子孫也。歷虞、夏、商，世有國土，周之甫也、申也、齊也、許也，皆其苗胄也。

維申及甫，維周之翰。四國于蕃，四方于宣。

翰，幹也。箋云：申，申伯也。甫，甫侯也。皆以賢知入為周之楨幹之臣。四國有難，則往扞禦，為之蕃屏。四方恩澤不至，則往宣暢之、甫侯、相周穆王、訓夏贖刑、美此俱賢、四嶽、故連言之○亹亹申伯、王纘之事、于邑于謝、南國是式、謝周之南國也、箋云、亹亹勉也、纘繼、于往、于於、式法也、亹亹然勉於德、不倦之臣、有申伯、以賢入爲卿士、佐王有功、王又欲使繼其故諸侯之事、往作邑于謝、南方之國皆統理之、施其法度、時改大其邑、使爲侯伯、故云然也王命召伯定申伯之宅、登是南邦世執其功、召伯召公也、登成、功事也、箋云、之往也、申伯忠臣不欲離王室故王使召公定其意令往居謝也成法度於南邦世世持其政事傳子孫也 ○王命申伯式是南邦因是謝人以作爾庸 庸成也 箋云庸勞也召公既定申伯之居王乃親命之使爲法度於南邦也今因是故謝邑之人而爲國以起女之功勞言尤章顯也 王命召伯徹申伯土田 徹治也 箋云治者正其井牧定其賦稅也 王命傳御遷其私人 御治事之官也私人家臣也 箋云傳御

者戴王治事謂冢宰也○申伯之功，召伯是營。有俶其藏，寢廟既成。俶作也。箋云：申伯居謝之事，召伯營其位而作城郭及寢廟，定其人神所依也。既成藐藐，王錫申伯，四牡蹻蹻，鉤膺濯濯。藐藐，美貌也。蹻蹻，壯貌也。鉤膺，樊纓也。濯濯，光明也。箋云：召公營其位，築邑之事已成，以形貌告於王，王乃錫申伯，為將遣也。○王遣申伯，路車乘馬。我圖爾居，莫如南土。

乘馬，四馬也。　箋云：王以正禮遣申伯之國，故復有車馬之賜，因告之曰：我謀女之所處，無如南土最善也。

錫爾介圭，以作爾寶。寶，瑞也。　箋云：圭長或尺二寸，謂之介圭，非諸侯之圭，故以為寶也。諸侯之瑞圭，自九寸以下也。

往近王舅，南土是保。近，已也。申伯，宣王之舅也。　箋云：近，辭也。聲如彼己之子之己。保，守也，安也。

○申伯信邁，王餞于郿。郿，地名也。　箋云：邁，行也。申伯之意不欲離王室，王告語之，復重於是，意解而後行。

餞、送行、飲酒也。時王蕃
省岐周、故於郿云也
申伯旋南、謝于誠
歸。箋云旋南者、謂就王命於岐周而
旋反也、謝于誠歸、誠歸於謝也
王命
召伯徹申伯土疆、以峙其粻、式遄其行。箋
云
粻糧、式用、遄速也。王使召公徹申伯土界
之所至、峙其粻者、令廬市有止宿之委積、
用是速申
伯之行也
○申伯番番、既入于謝、徒御嘽
嘽。番番勇武貌也、諸侯有大功則賜虎賁
徒御、嘽嘽、徒行者、御車者、嘽嘽喜樂也、

箋云申伯之貌有威武番番然其入謝国車徒之行嘽嘽然安舒言得其礼也礼入国不馳也

周邦咸喜戎有良翰

箋云周徧也戎猶女也翰幹也申伯入謝徧邦内皆喜曰女乎有善君也相慶之言也

不顯申伯王之元舅文武是憲

不顯申伯顯矣申伯也文武是憲言有文有武也 箋云憲表也言為文武之表式也

申伯之德柔惠且直揉此萬邦聞于四國

箋云揉順也四国猶言四方也

甫作誦其詩孔碩其風肆好以贈申伯吉
尹吉甫也作工師之誦也肆長贈增也
箋云碩大也吉甫為此誦也其詩之音
甚美大也其風切申伯又使之長行善
道以此贈申伯者送之令以為樂也

崧高八章章八句

烝民尹吉甫美宣王也任賢使能周室中
興也

天生烝民有物有則民之秉彝好是懿德

烝衆也物事也則法也彝常也懿美也箋云秉執也天之生衆民其性有物象謂五行仁義禮智信也其情有所法謂喜怒哀樂好惡也然而民所執持有常道莫不好有美德之人也

天監有周昭假于下保茲天子生仲山甫

仲山甫樊侯也箋云臨視也假至也天視周王政教其光明乃至於下謂及於衆民也天安愛此天子宣王故生樊侯仲山甫使佐之言天亦好是懿

德也、書曰、天聰明、自我民聰明也　○仲山甫之德、柔嘉維則、令儀令色、小心翼翼、箋云、嘉美也、令善也、善威儀善顏色容貌翼翼然恭敬也　古訓是式、威儀是力、天子是若、明命使賦、古故也、訓道也、若順也、賦布也、箋云、故訓先王之遺典也、式法也、力猶勤也、勤威儀者、恪居官次、不解于位也、是順從行其所爲也、顯明王之政教、使群臣施布之也　○王命仲山甫、式是百辟、纘戎祖考王躬是保戎大也、箋云、戎猶汝也、躬身也、王曰、汝施法度於是百辟、繼汝先祖先父、始見命者之功德、王身是安、使盡心力於王室也●出納王命、王之喉舌、賦政于外、四方爰發喉舌冢宰也、箋云、出王命者、王口所自言、承而施之也、納王命者、時之所宜、復於王也、其行之也、皆奉順其意、如王口喉親所言也、以布政於畿外、天下諸侯、於是莫不發應也

○肅肅王命、仲山甫將之、邦國若否、仲山

甫明之將行也箋云肅々敬也言王之政教甚嚴敬也仲山甫則能奉行之若順也順否猶臧否也謂善惡之也既明且哲以保其身夙夜匪解以事一人箋云夙早也夜暮也匪非也一人斯天子也

○人亦有言柔則茹之剛則吐之箋云柔猶濡毳也剛堅強也剛柔之物在口或茹之或吐之諭人之於敵彊弱之也維仲山甫柔亦不茹剛亦不吐不侮鰥寡不畏彊

人亦有言、德輶如毛、民鮮克舉之、我儀圖之

儀宜也、箋云、輶輕也、儀匹也、人之言云、德甚輕、然而衆民寡能獨舉之、以行者、言政事易耳、入不能行者、无其志也、我与倫匹圖之、而未能爲也、我尹吉甫自我之也

維仲山甫舉之、愛莫助之

愛隱也、箋云、愛惜也、仲山甫能獨舉此德而行之、惜乎、莫能助之者、多仲山甫之德、歸功言多之也

衮職有闕、維仲山甫補之

有衮冕者、君之上服也、仲山甫、

在軾謂之和在鑣謂之鸞今日八者四馬之鑣各二鸞故曰八鸞也

補之。善補過也。箋云衮職者不敢斥王之言也。王之職有闕輒能補之者仲山甫也。

○仲山甫出祖。四牡業業。征夫捷捷。毎懐靡及。言述職也。業業言高大也。捷捷言樂事也。箋云祖者將行犯軷之祭也。懐私曰為毎懐。仲山甫犯軷而將行。車馬業業然動。衆行征夫捷捷然至。仲山甫則戒之曰。既受君命。當速行。毎人而懐其私而相稽留。將無所及於事也。四牡彭彭。八鸞鏘鏘。王命仲山甫城彼東方。東方齊也。

古者諸侯之居逼隘則王者遷其邑而定其居蓋去薄姑而遷於臨菑也箋云彭彭行皃也鏘鏘鳴聲也以此車馬命仲山甫使行言其盛也 ○ 四牡騤騤八鸞喈喈仲山甫徂齊式遄其歸 騤騤猶彭彭也喈喈猶鏘鏘也遄疾也言周之望仲山甫也箋云望之故欲其用是疾歸之也 吉甫作誦穆如清風仲山甫永懷以慰其心 清微之風化養萬物者也箋云穆和也吉甫作此工歌之誦其調和人之性如清風

之養万物然也仲山甫述職、多所
思而勞、故述其美以慰安其心也

烝民八章〻八句

韓奕尹吉甫美宣王也、能錫命諸侯

梁山於韓国之山最高大、為国之鎮、祈望祀焉、故美
大其貌奕〻然、謂之韓奕也、梁山。今左馮
翊夏陽西北、韓姫姓之国也、後為晋所滅、
故大夫韓氏以為邑名焉、幽王九年、王室
始騒、鄭桓公問於史伯曰、周衰其孰興。對
曰、武實昭文之功、文之作尽、武其嗣乎、武

王之子應韓不在其晉乎○奕奕梁山，維禹甸之，有倬其道。韓侯受命，奕奕大貌也。甸治也。禹治梁山除水災，宣王平大亂命諸侯。有倬其道，有倬然之道者也。受命〻〻也。箋云：梁山之野，堯時俱遭洪水，禹甸之者，決除其災，使成平田，定貢賦於天子。周有厲王之亂，天下失職，今有倬然著明復禹之功者，韓侯受王命為侯伯也。王親命之，纘戎祖考，無廢朕命，夙夜匪解，虔共爾位。戎大也，虔固也，共執也。箋

云戎猶汝也、朕我也、朕命不易榦不庭方
古之恭字、或作共也
以佐戎辟 庭直也、箋云我之所命者、勿廢
易不行、當爲不直違失法度之
方、作楨榦而正之、以佐
助汝君、〻〻王自謂已 ○四牡奕奕孔脩
且張韓侯入覲以其介圭入覲于王 脩長也、張
大也、張大也、覲見也、箋云諸侯秋見天子
曰覲、韓侯乘長大之四牡奕奕然以時覲
於宣王、覲於宣王而奉享禮貢国所有之
寶、善其尊宜土、以常職來也、書曰黑水西

河、其貢琛琳、狼牙、以覲王、乃受
命、先言受命者、顯其美者之也　王錫韓侯、
淑旂綏章、簟茀錯衡、玄袞赤舄、鉤膺鏤鍚、
鞹鞃淺幭、鞗革金厄、淑善也、交龍為旂、綏
也、錯衡文衡也、鏤鍚
有金鏤其鍚也、鞹革也、鞃軾中也、淺虎皮
淺毛也、幭覆軾也、厄烏蠋也、箋云王為韓
侯以嘗職未朝享之故、故多錫以厚之、善
旂、旂之鮮色者也、綏所引以登車、有采章
也、簟茀漆簟以為車蔽、今之藩也、鉤膺、樊
纓也、眉上曰鍚、刻金飾之、今當盧也、鞗革、

謂鏤也、以金爲小環、往往纏搤之也矣。○韓侯出祖、出宿于屠、顯父餞之、清酒百壺。屠地名也、顯父有顯德者也、祖云祖將去而祀軷也、既覲而反國、必祖者、尊其所往、去則如始行焉、祖於國外、畢乃出宿、示行不留於是也、顯父周之卿士也、餞送之、故有酒之也。其殽維何、炰鼈鮮魚、其蔌維何、維筍及蒲、其贈維何、乘馬路車。蔌菜殽也、筍竹也、

畢滅反

也蒲蒻　箋云炰鼈以火熟之也鮮魚
中膾者也筍竹萌也蒲深蒲也贈送也王
既使顯父餞之又使送以車馬所以增厚
意也人君之車曰路車所駕之馬曰乘馬
也　**籩豆有且侯氏燕胥**　箋云且多貌也胥
皆也諸侯在京師
未去者於顯父餞之時皆來相
與燕其籩豆且然榮其多也　○**韓侯取**
妻汾王之甥蹶父之子　汾大也蹶父卿士
也　箋云汾王厲
王也厲王流於彘彘在汾水之上故時人
因以号之也猶言莒郊公黎比公也婦妹

之子為甥、王之甥、卿士之子、言尊貴也、韓侯迎止、于蹶之里、百兩彭彭、八鸞鏘鏘、不顯其光、里邑也、箋云王蹶之里、蹶父之里也、百兩百乘也、不顯顯也、光猶榮也、氣有榮光者也、諸娣從之、祁祁如雲、韓侯顧之、爛其盈門、祁祁徐靚也、如雲、言衆多也、諸侯一娶九女、二国媵之、諸娣衆妾也、顧之、曲顧道義也、箋云、媵者必姪娣從、獨言娣、舉其貴者也、爛爛、鮮明且衆多之貌也、○蹶父孔武靡國不到爲韓姞相攸莫如韓樂姞蹶父姓也、箋云相視攸所也、蹶父甚武健爲王使於天下国国皆至爲其女韓侯夫人姞氏視其所居韓国最樂也

孔樂韓土川澤訏訏魴鱮甫甫、

麀鹿噳噳有熊有羆有貓有虎訏訏大也、甫甫然大也、噳噳然衆多也、貓似虎淺毛者也、箋云甚樂矣、韓之国土也、川澤寬大衆魚禽獸備有言饒富也

慶既令居韓姞燕譽箋云慶善也、蹶父既

善韓国土、使韓姞嫁、而居之、韓
姞則安之、盡其婦道、有顯譽也 ○ 溥彼韓
城、燕師所完 師衆也、箋云、溥大、燕安也、
大矣、彼韓国之城、乃古平
時、衆民之
所築完也 以先祖受命、因時百蠻、王錫韓
侯其追其貊、奄受北國、因以其伯 韓侯之
先祖武
王之子也、因時百蠻、長是蠻服之百国也、
追貊、戎狄国也、奄撫也、 箋云、韓侯先祖、
有功德者、受先王之命、封為韓侯、居韓城、
為侯伯、其州界外、接蠻服、因見使時節百

蠻貢獻之往來後君微弱用失其業今王以韓侯先祖之事如是而韓侯賢故於是入覲使復其先祖之舊職錫之蠻服追貊之戎狄令撫柔其所受王畿北面之国因以其先祖侯伯之事盡與予之皆美其為人子孫能興復先祖之功也是後追也貊也為獫狁所逼稍東遷也

實墉實壑實畝實籍

實墉實壑言高其城而深其壑也箋云實當作寔趙魏之東實寔同聲寔是籍稅也韓侯之先祖微弱所伯之国多絶滅今復舊職興滅国継絶世故築治是城濬修是壑井牧是田

畝收斂是賦稅侯如古常也獻其貔皮赤豹黃羆貔猛獸也追貊之国來貢而侯伯總領也貔白狐也

韓奕六章章十二句

江漢尹吉甫美宣王也能興衰撥亂命召公平淮夷召公召穆公也名虎也

江漢浮浮武夫滔滔匪安匪遊淮夷來求

浮浮，衆彊貌也。滔滔，廣大貌也。淮夷，東國在淮浦而夷行。箋云：匪，非也。江漢之水，合而東流浮浮然。宣王於是水上命將帥遣士衆，使循流而下滔滔然，其順王命而行，非敢斯須自安也，非敢斯須止遊也，主爲來求淮夷所處也。據至境，故言來也。

既出我車，既設我旟。匪安匪舒，淮夷來鋪。

鋪，病也。箋云：車，戎車也。鳥隼爲旟。兵至境[illegible]期戰地，其日出戎車建旟，又不自安，不舒行也，主爲來伐討淮夷也。據至戰地，故又言來也。○江漢湯湯

詩八　十四　羊文

武夫洸洸，經營四方，告成于王。洸洸武貌也。箋云：召公既受命伐淮夷，服之，復經營四方之叛國，從而伐之，克勝則使傳遽告功於王也。

四方既平，王國庶定，時靡有爭，王心載寧。箋云：庶，幸。時，是也。載之言則也。召公忠臣，順於王命，此述其志也。

○江漢之滸，王命召虎，式辟四方，徹我疆土，匪疚匪棘，王國來極。召虎，召穆公也。箋云：滸，水厓也。式，法。疚，病。棘伐北戎者莊廿九年經曰齊人伐山戎註曰山戎北戎也又卅一年傳曰齊侯來獻戎捷獲也故書以示過也僖九年傳齊侯盟諸侯于葵丘宰孔先歸遇晉侯曰可無會也齊侯不務德而勤遠略故北伐山戎南伐楚西爲此會也其在亂乎晉侯乃還

急極也王於江漢之水上命召公使以王命行伐開辟四方治我疆界於天下非可以兵病害之也非可以兵急操切之使來於王國受政教之中正而已齊桓公經陳鄭之間乃伐北戎則違此言也

于疆于理至于南海 箋云于往于於也召公於有叛戾之國則往正其境界修其分理周行四方至於南海而功大成事終也

○**王命召虎來旬來宣文武受命召公維翰** 旬徧也召公召康公也 箋云翰幹也旬當作營宣徧也召康

公名奭召虎之始祖也王命召虎女勤勞於經營四方女勤勞於徧疆理衆國之昔文王武王受命召康公爲之楨幹之臣以正天下爲虎之勤勞故述其祖之功以勸之也

無曰予小子召公是似肇敏戎公用錫爾祉

似嗣肇謀敏疾戎大公事也箋云戎猶女也女无自減損曰我小子耳女之所爲乃嗣女先祖召康公之功今謀女之事乃有敏德我用是之故將賜女福慶也王爲召虎志太讓故進之云爾

○釐爾圭瓚秬鬯一卣

告于文人　鬯賜也、秬黑黍也、鬯香草也、築煮合而鬱之曰鬯也、卣器也、九命賜圭瓚秬鬯之文人文德之人也　箋云秬鬯黑黍酒也、謂之鬯者、芬香條暢也、王賜召虎、以鬯酒一罇、使以祭其宗廟告其先祖諸侯有德美見記者也

錫山土田于周受命自召祖命　諸侯有大功德、則賜之名山土田附庸也　箋云周岐周也、自用也、宣王欲尊顯召虎、故如岐周、使召虎受山與土田之賜、命用其祖召康公受封之禮、岐周周之所起也、為其先王之靈、故就之

虎拜稽首天子萬年箋云拜稽首者受王命策書也受恩无可以報謝者稱言使君壽考而已○虎拜稽首對揚王休作召公考天子萬壽明明天子令聞不已矢其文德洽此四國對遂考成矢施也箋云對荅休美作爲也虎既拜而荅王策命之辭稱揚王之德美君臣之言宜相成也王命召虎用召祖命故虎對王亦用召康公受王命時對成王命之辭謂如其所言也如其所言者天子萬

壽以下
是也

江漢六章章八句

常武召穆公美宣王也有常德以立武事因以為誡然
誡者王舒保作匪紹匪游徐方驛騷也

赫赫明明王命卿士南仲太祖大師皇父整我六師以修我戎
赫赫然盛也明明然察也命南仲於太祖

皇父為大師 箋云南仲文王時武臣也、顯者乎昭察乎宣王之命卿士為大將也、乃用其以南仲為太祖者、今大師皇父是也、使之整齊六軍之衆、治其兵甲之事、命將必本其祖者、因有世功於焉尤顯大師者三公兼官也 既敬既戒惠此南國 箋云敬之言警也、敬之戒六軍之衆以惠淮浦之旁国、謂勅以毋暴掠為害也 每軍各有將、中軍之將尊之也 ○王謂尹氏命程伯休父左右陳行戒我師旅率彼淮浦省此徐土尹氏掌命卿士程伯休父始命為大司馬濆淮也箋云尹氏天子世大夫也率循也王使大夫尹氏策命程伯休父於六軍將行治兵之時使其士衆左右陳列而敕戒之使循彼淮浦之旁省視此徐国之土地叛逆者軍礼司馬掌其誓戒也

不留不處三事就緒誅其君弔其民為之立三有事之臣○箋云緒業也王又使軍將豫告淮浦徐土之民云兵不久處於是也女三農之事皆當就其業為其驚怖先以此言安之

○赫赫業業有嚴天

子王舒保作匪紹匪游徐方繹騷赫赫然盛也業業然動也嚴然而威舒序保安也匪紹匪游不敢繼以敎游也繹陳騷動也　箋云作行紹緩也繹當作驛王之軍行其貌赫赫業業然有尊嚴於天子之威謂聞見者莫不憚也王舒安軍行三十里亦非解緩也亦非敎游也徐國傳遽之驛見之知王兵必克馳走以相恐動爾震驚徐方如雷如霆徐方震驚箋云震動也驛馳走相恐動以驚動徐國如雷電之恐怖人然徐國則驚動而

將服罪也○王奮厥武如震如怒進厥虎臣闞如虓虎鋪敦淮濆仍執醜虜虎之自怒虓然濆涯仍就虜服也　箋云進前也敦當作屯醜衆也王奮揚其威武而如震雷其聲而如勃怒其色前其虎臣之將闞然如虎之怒陳屯其兵於淮水大防之上以臨敵就執其衆之降服者也截彼淮浦王師之所截治也　箋云治淮旁之国有罪者就王師而斷之○王旅嘽嘽如飛如翰如江

如漢。如山之苞。如川之流。嘽嘽然盛也。疾如飛。摯如翰。苞本也 箋云嘽嘽閑暇有餘力之貌也。其行疾自發舉如鳥之飛也。翰其中豪俊也。江漢以喻盛大也。山本以喻不可驚動也。流以喻不可禦也

緜緜翼翼 緜緜靜也。翼翼敬也。

不測不克。濯征徐國 濯大也 箋云王兵安靜且皆敬。其勢不可測度。不可攻勝。既服淮浦矣。今又以大征徐國言必勝也

○王猶允塞。徐方既來 猶謀也 箋云猶尚。允信也。王重兵

兵雖臨敵之尚守信自實滿兵未陳而徐徐由己來告服所謂善戰者不陳也

方既同天子之功四方既平徐方來庭來王庭

徐方不回王曰旋歸箋云回猶違也旋歸振振也

常武六章章八句

瞻卬凡伯刺幽王大壞也凡伯天子大夫也春秋魯隱公七年冬天王使凡伯來聘也

瞻卬昊天則不我惠孔塡不寧降此大厲

昊天天也塡久厲惡也　箋云惠愛也仰視幽王爲政則不愛我下民甚久矣天下不安王乃下此大惡以敗亂也

邦靡有定士民其瘵蟊賊蟊疾靡有夷屆罪罟不收靡有夷瘳

瘵病夷常也罪罟設罪以爲罟也瘳愈也　箋云屆極也天下騷擾邦国无有安定者士卒與民皆勞病其爲殘酷痛疾於民如蟊賊之害禾稼然爲之无常亦无止息時也

刑罪以罪罟天下而不收斂爲之亦无常无止息之時也此自王所下大惡也○

人有土田女反有之人有民人女覆奪之

箋云此言王削黜諸侯及卿大夫无罪著也覆猶反也

此宜無罪女反收之彼宜有罪女覆說之

收拘收也說赦也

哲夫成城哲婦傾城

哲知也

箋云哲謂多謀慮也城猶国也大夫陽也陽動故多謀慮則成国婦人陰也陰靜故多謀慮乃乱国也○懿厥

哲婦爲梟爲鴟箋云懿有所痛傷之聲也厥其也其幽王也梟鴟惡聲之鳥喻襃姒之言无善也婦有長舌維厲之階亂匪降自天生自婦人匪教匪誨時維婦寺寺近也箋云長舌喻多言語是王降大厲之階也所由上下也今王之有此乱政非從天而下但從婦人出耳又非有人教王爲乱語王爲乱者是維近愛婦人用其言故也

○鞫人忮忒譖始竟背豈曰不極伊胡爲

慝忮害、忒變也　箋云鞫窮也、譖不信也、竟猶終也、胡何、慝惡也、婦人長舌者多謀慮、好窮屈人之語、忮害轉化、其言无常、始於不信、終於背違、人豈謂其是不得中乎、反云、維我言何用爲惡不信也

如賈三倍、君子是識、婦無公事、休其蠶織

休息也、婦人无與外政、雖王后猶以蠶織爲事、古者天子爲籍由、千畝、冕而朱紘、躬秉耒耜、諸侯爲籍由、百畝、冕而青紘、躬秉耒耜、以事天地山川社稷先古、敬之至也、天子諸侯必有公桑蠶室、近川而爲之、築宮仞有三尺

棘牆而外閉之及大昕之朝君皮弁素積
卜三宮之夫人世婦之吉者使蠶于蠶室
奉種浴于川桑于公桑風戾以食之歲既
單矣世婦卒蠶奉繭以示于君遂獻繭于夫
人夫人曰此所以為君服與以副禕而受
之少牢以禮之及良日后夫人繅三盆手
遂布于三宮之夫人世婦之吉者使繅而
遂朱綠之玄黃之以為黼黻文章服既
成矣君服之以祀先王先公敬之至也
箋云識知也賈物而有三倍之利者小人
所宜知也而君子反知之非其宜也今婦
人休其蠶桑織絍之職而與朝廷之事其

箋云宜亦猶是也、孔子曰君子諭於義、小人諭於利也

天何以刺、何神不富、舍爾介狄、維予胥忌

刺責、富福、狄遠、忌怨也

箋云介甲也、王之為政、即无過惡、天何以責王、見變異也、神何以不福王、而有災害也、王不念此而改修德、乃舍女被甲夷狄來侵犯中國者、反與我相怨、謂其疾怨羣臣畔違也

不弔不神、威儀不類、人之云亡、邦國殄瘁

類善、殄盡、瘁病也

箋云弔至也、王之為政、德不能至於天矣、不能致徵

祥於神矣威儀又不善於朝廷矣賢人〇皆去奔亡則天下邦国將盡困病也

天之降罔維其優矣人之云亡心之憂矣

優渥也　箋云優寛也天之下羅罔以取有罪亦甚寛也謂但以災異譴告之不指加罰於其身疾王爲惡之甚也賢者奔亡則人心無不憂也

天之降罔維其幾矣人之云亡心之悲矣

幾危也　箋云幾近也言災異譴告離人身近耳愚者不能覺也

〇觱沸檻泉維其

深矣心之憂矣寧自今矣不自我先不自
我後箋云檻泉正出正出涌出也觱沸其貌也涌泉之源所由者深也喩已憂
所從來久也憂政不先已不從已怪何故正當也藐藐昊天無不
克鞏藐藐大貌也鞏固也箋云藐藐美貌也王者有美德者藐藐然無不能自
堅固於其位者微箴之也無忝皇祖式救爾後箋云式用也後
謂子孫也

瞻卬七章，三章章十句，四章章八句

召旻，凡伯刺幽王大壞也。旻，閔也。閔天下無如召公之臣也。閔，病也。

旻天疾威，天篤降喪，瘨我饑饉，民卒流亡。箋云：旻天，斥幽王也。疾，猶急也。瘨，病也。病乎幽王之為政，急行暴虐之法，厚下喪亂之教，時謂重税賦也。病国中，以饑饉令民盡移去也。

我居圉卒荒

句解云王遣使之平治我邦以所以致乱也

也、箋云荒虛也、国中以○天降罪罟蟊
至邊境、以此、故盡空虛也
賊内訌
訌潰也　箋云訌争相陷入之言
也、王、施刑罪以羅罔天下、衆爲殘
酷之人、雖然以害民、人
内自手相讒惡之也　昏椓靡共潰潰回
遹實靖夷我邦
椓夫椓也、潰潰亂也、靖謀
夷平也　箋云昏椓皆奄
人也、昏其官名也、椓椓毀陰者也、王、遠賢
者而近任刑奄之人、刑奄之人、无肯共其
職事者、皆潰潰然維邪○皋皋訿訿不
是、皆謀夷滅王之国也

知其玷臯臯頑不知道也訿訿窳不供事也箋云玷缺也王政已大壞小人在位曾不知大道之缺也兢兢業業孔塡不寧我位孔貶貶墜也箋云兢兢戒也業業危也天下之人皆戒懼危怖甚久矣其下安也我三之位又甚陵言見侵侮政教不行也後大我伐之而周與諸侯无異也〇如彼歲旱草不潰茂如彼棲苴遺遂也苴水中浮草也箋云潰茂之潰當作彙彙茂貌也王无恩惠於天下天下之人如旱草之

草皆枯槁无潤澤如樹上之棲苴也**我相此邦無不潰止**箋云潰乱也无者言皆乱也春秋傳曰国曰潰邑曰叛也**○維昔之富不如時**往者富仁賢今者富讒佞箋云富福也時今時也**維今之疚不如茲**今則病賢也　箋云茲此也此者此古昔明主也**彼疏斯粺胡不自替職況斯引**彼宜食疏今反食精粺替廢況茲引長也　箋云疏麤也謂糲米也職主也彼賢者祿薄食麤而此昏椓之黨反食精粺

女小人耳、何不自廢退使賢者得進、乃茲復主長此爲亂之事乎、責之也、米率、糲十、粺九、鑿八、侍御七也

○池之竭矣、不云自頻

頻厓也　箋云頻當作濱、濱涯也、猶水外、自由也、池水之益由外灌焉、今池竭、人不言由外、无益者與、言由之也、喻王猶池也、其政之亂由外者无賢臣益之者也

泉之竭矣、不云自中

泉水從中以自益者也　箋云泉者中水生則益深、水不生則竭、喻王猶泉也、其政之亂又由内无賢妃益也

溥斯害矣、職兄斯

弘不烖我躬 箋云遑猶徧也今之時徧有此外內之害矣乃滋復主大此為亂之事是豈不災王之身乎責王也災謂見誅伐也 ○昔先王受命有如召公日辟國百里今也日蹙國百里 辟開蹙促也 箋云先王受命謂文王武王時也召公康公也言有如此者時賢臣多非獨召公也今今猶王臣也 於乎哀哉維今之人不尚有舊 箋云哀哉哀其不高尚賢者尊任有舊德之臣將以喪亡其国

召旻七章上四章章五句下三章章七句

蕩之什十有一篇九十二章七百六十九句

毛詩卷第十八

毛詩卷第十九

清廟之什詁訓傳第二十六

毛詩周頌　鄭氏箋

清廟祀文王也周公既成雒邑朝諸侯率以祀文王焉 清廟者祭有清明之德者之宮也謂祭文王也天德清明文王象焉故祭之而歌此詩也廟之言貌也死者精神不可得而見但以生時之居

立宮室象貌爲之耳成洛邑者居攝五年時也

於穆清廟肅雝顯相於歎之辭也穆美肅敬雝和相助也箋云顯光也見也於乎美哉周公之祭清廟也其礼儀敬且和又諸侯有光明著見之德者來助祭也

濟濟多士秉文之德對越在天執文德之人也箋云對配越於也濟濟之衆士皆執行文王之德文王精神已在天矣猶配順其素折如生存焉

駿奔走在廟不顯不承無射

於人斯 駿，長也。顯於天矣，見承於人矣，不見厭於人矣。箋云：駿，大也。諸侯與衆士於周公祭文王，俱奔走而來在廟中助祭，是不光明文王之德與？言其光明之也。是不承順文王之志意與？言其承順之也。此文王之德人無厭之也。

清廟一章八句

維天之命，太平告文王也。告太平者，居攝五年之末也。文王受命不卒而崩，今天下太平，故承其意而告之也。明六年制禮作樂也。

維天之命、於穆不已。孟仲子曰、大哉天命之无極、而美周之祀也。箋云、命猶道也。天之道、於乎美哉。動而不止、行而无已。於乎不顯、文王之德之純。假以溢我、我其收之。駿惠我文王。純、大。假、嘉。溢、慎。收、聚也。箋云、純亦不已也。溢、盈溢之言也。於乎不光明與、文王之施德教之无倦已。美其與美、同功也。以嘉美之道饒衍與我、我其聚斂之、以制法度、以大順我文王之意。謂為周禮六官之職也。書曰、考朕昭子刑、乃單

文祖德也

曾孫篤之

成王能厚行之箋云曾猶重也自孫子而下事先祖皆稱曾孫是謂曾孫欲後王皆厚行之非唯今也

維天之命一章八句

維清奏象舞也

象舞者象用兵時刺伐之舞也武王制焉

維清緝熙許其反文王之典

典法也箋云緝熙光明也天下之所以无敗乱之政而清明者乃文王有征伐之功故也文王受命七年五伐也

肇禋

下

肇始禋祀也箋云文王受命始祭天而征伐也周礼以禋祀祀昊天上帝箋云文

用有成維周之禎迄至禎祥也箋云文王造此征伐之法至今用之而有成功謂伐紂克勝也征伐之法乃周家得天下之吉祥也

維清一章五句

烈文成王即政諸侯助祭也新王即政必以朝享之礼祭於祖考告嗣位也

烈文辟公錫茲祉福惠我無疆子孫保之

烈光也文王錫之也　箋云惠愛也光文百辟卿士及天下諸侯者天賜之以此祉福文長愛之无有期竟子孫得傳世安而居之謂文王武王以純德受命定天位也

無封靡于爾邦維王其崇之念茲戎功繼序其皇

封大靡累崇立戎大皇美也　箋云崇厚皇君也无大累於女国謂諸侯治国无罪惡也王其厚之謂其爵土也念此大功勤事不廢謂卿大夫能守

職也、得繼世在位、以其次序其君之者、謂有功王則出而封之。無競維人、四方其訓之。不顯維德、百辟其刑之。於乎前王不忘。競彊、訓道也、前王、武王也。箋云、無彊乎、維得賢人、得賢人、則國家彊矣、故天下諸侯順其所爲也。不勤明其德乎、勤明之也、故卿大夫法其所爲也。於乎先王文王武王、其於此道、人稱頌之不忘也。

烈文一章十三句

天作祀先王先公也先王謂大王以下先公謂諸盩以上至不窋也

天作高山大王荒之作生荒大也天生萬物於高山大王行道能安天之所作也箋云高山謂岐山也書曰導汧及岐至于荊山天生此高山使興雲雨以利萬物大王自豳遷焉則能尊大之廣其德澤居之一年成邑二年成都三年五倍其初彼作矣文王康之彼徂矣岐有夷

行之 夷易也 箋云彼彼万民也但往行之道也彼万民居岐邦者皆築作宮室以為常居文王則能安之後之往者又以岐邦之君有佼易之道故也易曰乾以易知坤以簡能易則易知也簡則易從也易知則有親易從則有功有親則可久有功則可大可久則賢人之德也可大則賢人之業也以此訂大王文王之道卓爾與天地合其德者也

子孫保之

天作一章七句

昊天有成命郊祀天地也

昊天有成命二后受之成王不敢康夙夜基命宥密

二后文武也基始命信宥寬密寧也　箋云昊天天大號也有成命者言周自后稷之生而已有王命也文王武王受其業施行道德成此王功不敢自安逸早夜始順天命不敢懈倦行其寬仁安靜之政以定天下寬仁所以止苛刻也安靜所以息暴亂也

於緝熙單厥心肆其靖之

九七九

緝，明。熙，廣。單，厚。肆，固。靖，和也。箋云：廣當作光，固當爲故，字之誤也。於美乎，此成王之德也。既光明矣，又能厚其心，爲之不懈倦，故於其功終能和安之也。謂夙夜能自勤，至於天下太平也。

昊天有成命一章七句

我將，祀文王於明堂也。

我將我享，維羊維牛，維天其右之。將，大。享，獻也。

箋云將猶奉養也我奉養我享祭之羊牛皆充盛肥腯有天氣之力助言神饗其德而祐助之

儀式刑文王之典日靖四方伊嘏文王既祐饗之

儀善刑法典常靖謀也箋云靖治也受福曰嘏我儀則式象法行文王之常道以日施政於天下維受福於文王文王既佑而饗之言其受之而福也

我其夙夜畏天之威于時保之

箋云于於時是也早夜敬天於是得安文王之道也

我將一章十句

時邁，巡狩告祭柴望也。巡狩告祭者，天子巡行邦國，至于方嶽之下而封禪也。書曰：歲二月，東巡狩，至于岱宗，柴，望秩于山川，徧于羣神也。

時邁其邦，昊天其子之。實右序有周。薄言震之，莫不震疊。懷柔百神，及河喬嶽。允王維后。邁，行。震，動。疊，懼。懷，來。柔，安。喬，高也。高嶽，岱宗也。箋云：薄猶甫也。甫，始也。

信也武王既定天下時出行其邦国謂巡狩也天其子愛之佐助次序其事謂多生賢知使為之臣也其兵所征伐甫動之以威則莫不動懼而服者言其威武又見畏也王行巡狩其至方嶽之下柴祭羣神望秩于山川皆以尊卑次序祭之信哉武王之德宜為君也美之也

明昭有周式序在位

明矣知未然也乃然不疑　箋云昭見也武王巡狩而明見天之子有周家也以其俊乂用次第處位言此者著天其子愛之佐序之効也

載戢干戈載櫜弓矢

戢聚櫜韜也 箋云載之言則也王巡狩而天下咸服兵不復用此又著震疊之効也

我求懿德肆于時夏 夏大也 箋云懿美肆陳也我武王求有美德之士而任用之故陳其功於是夏而歌之樂歌大者稱夏也

允王保之 箋云信哉武王之德能長保此時夏之美也

時邁一章十五句

執競祀武王也

執競武王無競惟烈不顯成康上帝是皇

无競競也烈業也不顯顯乎其成天功而安之也皇美也　箋云競彊也能持彊道者唯有武王爾不彊乎其克商之功業言其彊也不顯乎其成安祖考之道言其又顯也天以是故美之予之以福祿也

自彼成康奄有四方斤斤其明

自彼成康用彼成安之道也奄同也斤斤明察也　箋云四方謂天下也武王用成安祖考之道故受命伐紂定天下為周明察之君斤斤如也

鍾

鼓喤喤磬筦將將降福穰穰降福簡簡威儀反反既醉既飽福祿來反喤喤和也鏘鏘集也穰穰衆也簡簡大也反反難也反復也箋六反反順習之貌也武王既定天下祭祖考之廟奏樂而八音克諧神予之福文衆大謂如嘏辭也羣臣醉飽礼无違者以重得福祿也

執競一章十四句

思文后稷配天也

思文后稷克配彼天立我烝民莫非爾極
極中也　箋云克能也立當作粒烝衆也
周公思先祖之有文德者后稷之功能配
天背堯遭洪水黎民阻飢后稷播殖百穀
烝民乃粒食万国作乂天下之人无不於
女時得其中者
言反其性也
貽我來牟帝命率育無此
疆爾界陳常于時夏
牟麥率用也　箋云
貽遺率循育養也武
王渡孟津白魚躍入于王舟出涘以燎後
五日火流為烏五至以穀俱來此謂遺我

來牟、天命以是、循有后稷養天下之功而廣大其子孫之国、此无封境於女今之經界、乃是大有天下也、用是故陳其久常之功於是夏而歌之、夏異屬有九、書說說鳥以穀俱來、穀紀后稷之德也

思文一章八句

清廟之什十篇十章九十五句

臣工之什詁訓傳第二十七

毛詩周頌　鄭氏箋

臣工諸侯助祭遣於廟也

嗟嗟臣工敬爾在公王釐爾成來咨來茹

嗟嗟勑也工官也公君也　箋云臣謂諸侯也釐理咨謀茹度也諸侯來朝天子有不純臣之義於其將歸故於廟中正君臣之礼勑其諸官卿大夫云敬女在君之職之事王乃平理女之成功女有事當來謀之來度之於王之朝毋自專也

嗟嗟

保介維暮之春。亦又何求。如何新畬。田二歲曰

新、三歲曰畬。箋云保介車右也。月令孟春天子親載耒耜措之于參保介之御間、也。暮晚也。周之季春於夏爲孟春。諸侯朝周之春。故曰晚春。遣之勅其車右以時事女歸當何求於民。將如新田、畬田何。急其教農穀時也。介甲也。車右勇力之士被甲執兵也。

於皇來牟。將受厥明。明昭上帝。迄用康年。康樂也。箋云將大。迄至。皇美也。於美乎赤烏以牟麥俱來。故我周家大

受其光明也謂為珍瑞天下所休慶也此瑞乃明見於天至今用之有樂歲謂五穀豐熟也

命我衆人庤乃錢鎛奄觀銍艾 庤具錢銚鎛鎒銍穫也箋云奄久觀多也教我庶民具女田器終久必多銍艾以勸之也

臣工一章十五句

噫嘻春夏祈穀于上帝也 祈猶禱也求也月令孟春祈穀于上帝夏則龍星見而雩是與

噫嘻成王既昭假爾率時農夫播厥百穀

噫歎嘻勑也成是王事也　箋云噫嘻有所多大之聲也假至也播猶種也噫嘻乎能成周王之功其德已著至矣謂光被四表格于上下也又能率是主田之吏農夫使民耕田而種百穀也

駿發爾私終三十里亦服爾耕十千維耦

私民田也言上欲富其民而讓於下欲民之大發其私田爾終三十里言各極其望也　箋云駿疾發伐亦大服事也使民疾耕發其私田竟

三十里者一部一吏主之於是民大事耕其私田萬耦同時舉也周礼曰凡治野田夫間有遂遂上有徑十夫有溝溝上有畛百夫有洫洫上有涂千夫有澮澮上有道萬夫有川川上有路計此萬夫之地為方三十里少半里也耜廣五寸二耜為耦一川之間萬夫故有萬耦耕言三十里者舉其成數也

噫嘻一章八句

振鷺二王之後來助祭也 二王夏殷也其後杞宋也

振鷺于飛于彼西雝我客戾止亦有斯容

興也振振羣飛之貌也鷺白鳥也雝澤也容
二王後也 箋云白鳥集于西雝之澤言
所集得其處也興者喻杞宋之君有絜白
之德來助祭於周之廟得禮之宜也其至
止亦有此容言威儀之善如鷺然也

在彼無惡在此無斁庶
幾夙夜以永終譽 箋云在彼謂居其國也
无怨惡之者也在此謂
其來朝也皆愛敬之无厭
之者也永長也譽聲美也

振鷺一章八句

豐年秋冬報也　報者謂嘗也烝也

豐年多黍多稌亦有高廩萬億及秭　豐大稌稻也廩所以藏粢盛之穗也數萬至萬曰億數億至億曰秭箋云豐年大有年也亦大也萬億及秭以言穀數多也

為酒為醴烝畀祖妣以洽百禮降福孔皆　皆徧也箋云烝進畀予孔甚也

豐年一章七句

有瞽始作樂而合乎太祖也王者治定制礼功成作樂合者大合諸樂而奏之也

有瞽有瞽在周之庭設業設虡崇牙樹羽應田縣鼓鞉磬柷圉瞽樂官也業大板也所以飾栒為縣也捷業如鋸齒或曰畫之植者為虡横者為栒崇牙上飾卷然可以為縣者也樹羽置羽

也應小鞞鼓也田大鼓也懸鼓周鼓也鞉鞉鼓也柷木椌也圉揭也　箋云瞽矇也以爲樂官者目無所見於音聲審也周禮上瞽四十人中瞽百人下瞽百六十人有視瞭者相之又設懸田當作朄朄小鼓在大鼓傍應鞞之屬也聲轉字誤變作田也

既備乃奏簫管備舉喤喤厥聲肅雝和鳴先祖是聽　箋云既備者懸也朄也皆畢已也乃奏謂樂作也簫編小竹管爲之如今賣餳者所吹也管如篴併而吹之也

我客戾止永觀

厥成箋云我客二王後也、永長觀、多長多其成功謂深感於和樂遂入善道終无所愆過也

有瞽一章十三句

潛季冬薦魚春獻鮪也冬魚之性定春鮪新來薦獻之者謂於宗廟也

猗與漆沮潛有多魚有鱣有鮪鰷鱨鰋鯉

漆沮岐周之二水也潛糝也　箋云猗與歎美之言也鱣大鯉也鮪鮥也鰷白鰷也鰋鮎

以享以祀以介景福　箋云介助也景大也

潛一章六句

雝禘大祖也　禘大祭也大於四時而小於祫大祖謂文王也

有來雝雝至止肅肅相維辟公天子穆穆

於薦廣牡相予肆祀　相助廣大也雝雝和也肅肅敬也　箋云

有是來時雝雝然既至止肅肅然者乃助王禘祭百辟與諸侯也天子是時則穆穆然於進大牲之牲百辟與諸侯又乃助我我陳祭祀之饌言得天下之歡心也

假哉皇考綏予孝子宣哲維人文武維后

假嘉也　箋云宣徧也嘉哉君考斥文王也文王之德乃安我孝子謂受命定其基業也文徧使天下之人有才智以文德武功為之君故也

燕及皇天克昌厥後綏我眉壽介以繁祉

燕安也　箋云繁多也文王之

德安及皇矣謂降瑞應无變異也文能既昌太其子孫安助之以考壽與多福也

右烈考亦右文母烈考武王也文母太姒也箋云烈光也子孫所以得考壽與多福者乃以見右助於光明之考與文德之母歸美也

雝一章十六句

載見諸侯始見乎武王廟也

載見辟王曰求厥章龍旂陽陽和鈴央央

鞗革有鶬休有烈光　載始也、龍旂陽陽、言有文章也、和在軾前、鈴在旂上、鞗革有鶬、言有法度也　箋云諸侯始見君王、謂見成王也、曰求其章者、求車服禮儀文章制度也、交龍爲旂也、鞗革轡首也、鶬金飾貌也、休者休然盛壯意也

率見昭考以孝以享以介眉壽永言保之思皇多祜　昭考武王也、享獻也　箋云言我、皇君也、諸侯既以朝禮見於武王、至祭時、伯又率之見於武王廟使助祭也、以致考孝之事、以獻祭祀之禮

以助考壽之福、長我安行烈文辟公綏以此道思使成王之多福也

多福俾緝熙于純嘏箋云俾使、純大也、祭祀有十倫之義、成王、乃光文百辟與諸侯安之、以多福使光明於大嘏之意天子受嘏、故曰大嘏、嘏辭有福祿之言也

載見一章十四句

有客微子來見祖廟也成王既黜殷命殺武庚命微子代殷

後匪受命來
朝而見也

有客有客亦白其馬有萋有且敦琢其旅

殷尚白亦周也萋且敬愼貌也　箋云
有客有客重言之者異大之也亦亦武庚
也武庚爲二王後乘殷之白馬乃叛而誅
不肖之甚也今微子代之亦乘殷之白馬
獨賢而見尊異故言亦駁而美之也其來
威儀萋萋且且盡心力其事又選擇衆臣
卿大夫之賢者與之朝王言敦琢

有客宿

者以賢美之故以金玉言之也

宿有客信信言授之縶以縶其馬一宿曰宿再宿
曰信欲縶其馬而留之也　箋云縶絆也
周之君臣皆愛微子其所館宿可以去矣
而言絆其馬者意各殷勤也薄言追之左右綏之箋云追送
也於微子去王始言餞送之左右
之臣又欲從而安樂之厚无已也既有淫
威降福孔夷淫大威則夷易也　箋云既有大法則謂用殷正朔行其
禮樂如天子也神與之福又
甚易也言動作而有度也

有客一章十二句

武奏大武也　大武周公作樂所為舞也

於皇武王無競惟烈允文文王克開厥後

烈業也　箋云皇君也於乎君哉武王也无疆乎其克商之功業言其疆也信有文德哉文王也能開其子孫之基緒也

嗣武受之勝殷遏劉耆定爾功

武迹劉殺耆致也　箋云遏止耆老也嗣子武王受文王之業舉兵

伐殺而勝之以止天下暴虐而殺人者年老乃安定女之此功言不汲汲於誅紂須暇五年也

武一章七句

臣工之什十篇十章百六句

閔予小子之什詁訓傳第二十八

毛詩周頌　鄭氏箋

閔予小子嗣王朝於廟也　嗣王者謂成王也除武王之喪

將始即政
朝於廟也

閔予小子遭家不造嬛嬛在疚 閔病造為
疚病也
箋云閔悼傷之言也造猶成也可悼傷乎
我小子耳遭武王崩家道未成嬛嬛然孤
特在憂病
之中也

於乎皇考永世克孝念茲皇祖

陟降庭止 庭直也 箋云茲此也陟降上下
也於乎我君考武王長世能
孝謂能以孝行為子孫法度使長見行也
念此君祖文王上以直道事天下以直道

治民言无私枉也

維予小子夙夜敬止於乎皇王

序緒也　箋云夙早敬慎也我小子早夜慎行祖考之道

繼序思不忘

言不敢解倦也於乎君王歎文王也武王也我繼其緒業思其所行不忘之也

閔予小子一章十一句

訪落嗣王謀於廟也

謀者謀政事也

訪予落止率時昭考於乎悠哉朕未有艾

將予就之繼猶判渙訪謀落始時是率循悠遠猶道判分渙散也變云昭明艾數猶圖也成王始即政也自以羨聖父業懼不能遵其道德故於廟中與群臣謀我始即政之事群臣曰當猶是明德之教所施行故答之以謙曰於乎遠哉我於是未有數言遠不可及也艾扶將我就其典法而行之繼續其業圖我所失分散者收斂之

惟予小子未堪家多難

變云多衆也我小子耳未任統理我国家衆難成之事心有任賢待年長大之志也難成之事謂諸

政有業未紹庭上下陟降厥家休矣皇考
平者也以保明其身箋云紹繼也厥家謂羣臣也繼文王陟降庭止之道上下之羣臣之職以次序者美矣我君考武王能以此道尊安其身謂定天下居天子之位也

訪落一章十二句

敬之群臣進戒嗣王也

敬之敬之天維顯思命不易哉無曰高高

在上陟降厥士日監在茲顯見士事也箋云顯光監視也羣臣見王謀政之事故因此時戒之曰敬之哉敬之哉天乃光明去惡與善其命吉凶不變易也无謂天高又高在上遠又而不畏也天上下其事謂轉運日月施其所行日日視瞻近在此也

維予小子不聰敬止日就月將學有緝熙于光明佛時仔肩示我顯德行小子嗣王也將行光廣佛大仔肩克也箋云緝熙光明也佛輔時是仔

肩任也。羣臣戒成王以敬之敬之。故兼之以謙云我小子耳。不聰達於敬之意。日就月行。言當習之以積漸也。且欲學於有光明之光明者謂賢中之賢者也。輔弼是任示導我以顯明之德行。是時自知未能成文武之功也。周公始有居攝之志也

敬之一章十二句

小毖嗣王求助也　毖慎也。天下之事當慎其小小時而不慎後為禍大。故成王求忠臣早輔助已為政以救患難也

予其懲而毖彼後患莫予荓蜂自求辛螫毖慎也荓蜂掣曳也　箋云懲艾也始者管叔及其羣弟流言於國成王信之而疑周公至後三監叛而作亂周公以王命舉兵誅之歷年乃已故今周公歸政成王受之而求賢臣以自輔助也曰我其創艾於往時矣畏慎後復有禍難羣臣小人无敢我掣曳謂為諂詐誑欺不可信也女如是徵自求辛苦毒螫之害耳謂將有刑誅之也

肇允彼桃蟲拚飛惟鳥桃蟲鷦也鳥之始小終大者也

箋云肇始允信也始者信以彼管蔡之屬雖有流言之罪如鷦鳥之小不登誅之後反叛而作亂猶鷦之翻飛爲大鳥也鷦之所爲鳥題肩也或曰鴞也皆惡鳥也

未堪家多難予又集于蓼

堪任予我也予又集于蓼言辛苦也　箋云集會也未任統理我國家衆難成之事謂使周公居攝時也我又會辛苦遇三監及淮夷之難也

小毖一章八句

載芟，春籍田而祈社稷也。籍田，甸師氏所掌，王載耒耜所耕之田也。天子千畝，諸侯百畝。籍之言借也，借民力治之，故謂之籍田也。

所衛又除草也

載芟載柞，其耕澤澤。千耦其耘，徂隰徂畛。

云耕二注同爾雅作郝々云耕也郭云言土解也

侯主侯伯，侯亞侯旅，侯彊侯以。傳：除草曰芟，除木曰柞也。畛，場也。主，家長也。伯，長子也。亞，仲叔也。旅，子弟也。彊，彊力也。以，用也。箋云：載，始也。隰謂新發田也。畛謂舊田有徑路者也。彊，有餘力者也。周禮曰：以彊予任民。以謂

間民今時傭賃者也春秋之義能東西之
曰以也成王之時萬民樂治田業耕先
始芟柞其草木土氣烝達而和耕之則澤
澤然解散於是芸除其根株輩作者千耦
言趨時也或往之隰或往之畛父子餘夫
俱行彊有餘力者相助又取傭賃務疾畢
已當種之也

有嗿其饁思媚其婦有依其士

嗿衆貌也士子弟也箋云饁饋饟也依之言
愛也婦子來饋饟其農人於田野乃逆而
媚愛之言勸其事勞而不自苦之也

有略其耜俶載南畝播

厥百穀實函斯活畧利也 箋云俶載當作熾菑播猶種也實種

函含活生也農夫既芸除其草木根株乃

更以利耜熾菑而後種其種皆成好含生

氣也驛驛其達有厭其傑厭厭其苗緜緜其

麃達射也有厭其傑言傑苗厭然特美也麃芸也 箋云達出地也傑先長者

也厭厭其苗言衆齊等也載穫濟濟有實其積萬億及

秭濟濟難也 箋云難者穰穰衆難進也有實實成也其積之乃萬億言得多也

為酒為醴烝畀祖妣以洽百禮箋云烝進畀與洽合也進予祖妣謂祭先祖先妣也以洽百礼謂饗宴之屬也有飶其香邦家之光飶芬香也箋云以芬香之酒醴饗燕賓客則多得其歡心於国家有榮譽也有椒其馨胡考之寧椒猶飶也胡壽考成也箋云寧安也以芬香之酒醴祭於祖妣則多得福祐也匪且有且匪今斯今振古如茲且此振自也箋云匪非振亦古也饗燕祭祀心非

云且而有且、謂將有嘉慶禎祥先來見也、心非云今而此有今、謂嘉慶之事不聞而至也、言修德行禮莫不獲報也、乃古古而如此、所由來者久、非適今時也

載芟一章三十一句

良耜秋報社稷也

畟畟良耜、俶載南畝、播厥百穀、實函斯活

畟畟猶測測也　箋云良善也、農人測測以利善之耜、熾菑是南畝、種此百穀、其種

皆成好含生氣言得其時也

或來瞻女載筐及筥其饟伊黍其笠伊糾其鎛斯趙以薅荼蓼笠所以禦暑雨也趙刺也蓼水草也箋云瞻視也有來視女謂婦子來饁者也筐筥所以盛黍稷也豐年之時雖賤者猶食黍饁者見戴糾然之笠以田器刺地薅去荼蓼之事言閔其勤苦也

荼蓼朽止黍稷茂止穫之挃挃積之栗栗其崇如墉其比如櫛以開百室挃挃

穫聲也、栗栗衆多也、墉城也　箋云百室一族也、草穢既除而禾稼茂、禾稼茂而穀成熟而積聚多、如墉、如櫛也、以言積聚之高大且相比迫也、其已治則百室開戶內之、千耦其芸輩作、尚衆也、一族同時內穀親親也、百室者出必共洫間而耕、入必共族中而居、又有祭酺合醵之歡也

百室盈止、婦子寧止、殺時犉牡、有捄其角、以似以續、續古之人

黃牛黑脣曰犉、社稷牛角尺、以似以續、嗣前歲續往事也　箋云捄角貌也、五穀畢入婦

子則安无行饁之事於是殺牲報祭社稷嗣前歲者復求有豊年也續往事者復以養人也續古之人求有良司穡也

良耜一章二十三句

絲衣繹賓尸也高子曰靈星之尸也繹又祭也

天子諸侯曰繹以祭之明日卿大夫曰賓尸與祭同日周曰繹商謂之肜也

絲衣其紑載弁俅俅自堂徂基自羊徂牛

鼐鼎及鼒絲衣祭服也紑絜鮮貌俅俅恭慎貌也基門塾之基也自羊徂
牛言先小後大也大鼎謂之鼐小鼎謂之
鼒也　箋云載猶戴也弁爵弁也爵弁而
祭於王士服也繹礼輕也使士升門堂視
壺濯及籩豆之屬降往於基告濯具又視
牲從羊之牛反告充已乃舉冪鼎告
絜礼之次也鼎圜弇上謂之鼒也
兕觥其觩旨酒思柔不吳不敖胡考之休吳譁
考成也　箋云柔安也繹之旅士用兕觥
變於祭也飲美酒之者皆思自安也不讙

謔謔，不敬慢也。此得壽考之休徵也。

絲衣一章九句

酌，告成大武也。言能酌先祖之道以養天下也。

周公居攝六年，制禮作樂，歸政成王，乃後祭於廟而奏之，其始成告之也。

於鑠王師，遵養時晦。時純熙矣，是用大介。

鑠，美。遵，率。養，取。時，是。晦，昧也。箋云：純，大。熙，興。介，助也。於美乎文王之用師，率殺之叛國以事紂，養是闇昧之君，以老其惡，是用周道大興，而天下歸往之，故有致死之士助之也。

我龍受之，蹻蹻王之造，載用有嗣。

龍，和也。蹻蹻，武貌也。造，爲也。箋云：龍，寵也。來助我者，我寵而受用之。故蹻蹻之士皆爭來造王，王則用之，有嗣傳相致也。

實惟爾公允師。

公，事也。箋云：允，信也。王之事所以舉兵克勝者，實惟女之事，信得用師之道也。

酌一章九句

桓講武類禡也桓武志也 類也禡也皆師祭也

綏萬邦屢豐年 箋云綏安屢亟也誅无道安天下則亟有豐熟之年陰陽和也

天命匪解桓桓武王保有厥士于以

四方克定厥家 士事也 箋云天命為善不懈倦者以為天子也我桓桓有威武之武王則能安有天下之事此言其當天意也於是用其武事於四方能安定其家先王之業遂有天下也

於昭于天皇以閒之 閒代

也　箋云于曰、皇君也、於明乎、曰天也、紂爲天下之君、但由爲惡、天以武王、代之也

桓一章九句

賚大封於廟也、賚予也、言所以錫予善人也　大封武王封伐紂時、諸臣有功者也

文王既勤止、我應受之、敷時繹思、我徂惟求定　勤勞、應當、繹陳也　箋云敷猶徧也、文王既勞心於政事以有天下之業、

我當而受之敷是文王之勞心能陳繹而行之今我往以此求定謂安天下也

時周之命於繹思箋云勞心者是周之所以受天命而王之所由也於女諸侯受封者陳繹思行之以文王之功勸之也

賚一章六句

般巡狩而祀四岳河海也般樂也

於皇時周陟其高山嶞山喬岳允猶翕河高山曰四岳也嶞山山之嶞嶞小者也翕合也箋云皇君喬高猶圖也於乎美哉

箋是周邦而巡狩其所至則登其高山而
祭之也望秩于山川小山及高嶽皆信案
山川之圖而次序祭之河言合者河自
大陸之北敷爲九河祭者合爲一也

溥天之下裒時之對時周之命傳裒聚也箋
云裒衆對配
也徧天之下衆山川之神皆如是配
而祭之是周之所以受天命而王也

般一章七句

閔予小子之什十一篇十一章百三十七句

卷終

駉 本作駫 古螢反 古螢反 駿馬之肥壯盛皃 駫馬苑也

魯者周公之子伯禽所封之國也周公有大勲勞於天下成王留之輔相而封伯禽爲其封域在禹貢徐州蒙羽之野十七世至僖公當周惠王襄王之時能遵伯禽之法以化進其國人美之於是周卿季孫行父請周而使史克作頌四篇夫子刪詩録之名以周公有

毛詩卷第二十

駉之什詁訓傳第二十九

毛詩魯頌　　鄭氏箋

駉頌僖公也僖公能遵伯禽之法儉以足用寬以愛民務農重穀牧于坰野魯人尊之於是季孫行父請命于周而史克作是

致太平之勳然成王命魯郊祭用天子礼樂故歌魯頌而同於王者之後焉

頌 季孫行父季文子也史克魯史也

公

駉駉牡馬在坰之野 駉駉良馬腹幹肥張也坰遠野也邑外曰郊郊外曰野野外曰林林外曰坰箋云必牧於坰野者辟民居與良田也周礼曰以官田牛田賞田牧田任遠郊之地

薄言駉者有驈有皇有驪有黃以車彭彭 牧之坰野則駉駉然驪馬白跨曰驈黃白曰皇純黑曰驪黃騂曰黃諸侯六閑馬四種有良馬有戎馬有田馬有駑馬彭彭有力有

尸鷸又驪馬白跨亦作驈亦作驒故兆文馬黃白

三年也

一征伐所乘

一田獵所乘

一給宮中之役

容也 箋云坰之牧地水草既美牧
人又良飲食得其時則自肥健耳 思無
疆思馬斯臧 箋云臧善也僖公之思遵伯
禽之法反覆思之无有竟已
乃至於思馬斯善 ○駉駉牡馬在坰之野
多其所及廣博
薄言駉者有騅有駓有騂有騏以車伾伾
蒼白雜毛曰騅黃白雜毛曰駓赤
黃曰騂蒼騏曰騏伾伾有力也 思無期
思馬斯才 才多材也 ○駉駉牡馬在坰之野薄

言駉者有驒有駱有駵有雒以車繹繹青驪驎曰驒白馬黑鬣曰駱赤身黑鬣曰駵黑身白鬣曰雒繹繹善走也思無斁思馬斯作作始也箋云斁厭也思遵伯禽之法無厭倦也作謂牧之使可乘駕也○駉駉牡馬在坰之野薄言駉者有駰有騢有驔有魚以車祛祛陰白雜毛曰駰彤白雜毛曰騢豪骭曰驔二目白曰魚祛祛彊健也思無邪思馬斯徂箋云

御猶行也思遵伯禽之法專心无復邪意也。牧馬使可走行也

駉四章章八句

有駜頌僖公君臣之有道也

有道者以礼義相與之謂也

有駜有駜駜彼乘黄

駜馬肥彊貌馬肥彊則能升高進遠臣彊力則能安国。箋云此喩僖公之用臣必先致其禄食禄食足而臣莫不盡其忠也

夙夜在公在公明明

箋云夙早也言時臣憂念君事早起夜寐

在於公之所在於公之所俱明義明振振
德也禮記曰大學之道在明明德　振振
鷺鷺于下鼓咽咽（一本又作淵鼓同烏玄反又於巾反）醉言舞于胥樂兮　羣飛
貌鷺白鳥也以興絜白之士咽咽鼓節
箋云于於胥皆也僖公之時君臣無事則
相與明義明德而已絜白之士羣集於君
之朝君以禮樂與之飲酒以鼓節之咽咽
然至於無算爵則又舞燕樂以　○有駜有
盡其歡君臣於是則皆喜樂也
駜駜彼乘牡夙夜在公在公飲酒　言臣有餘敬而

君有餘惠也

振振鷺鷺于飛鼓咽咽醉言歸于胥樂兮

箋云飛喻羣臣飲酒醉欲退也

○有駜有駜駜彼乘駽

青驪曰駽 呼縣反又休縣反又火玄反

夙夜在公在公載燕

箋云載之言則也

自今以始歲其有君子有穀詒孫子于胥樂兮

歲其有豐年也 箋云穀善詒遺也君臣安樂則陰陽和而有豐年其善道則可以遺子孫也

有駜三章章九句

泮水頌僖公能脩泮宮也（定本無能字）

思樂泮水薄采其芹　泮水泮宮之水也天子辟廱諸侯泮宮言水則采取其芹宮則采取其化箋云芹水菜也言已思樂僖公之脩泮宮之水復伯禽之法而往觀之采其芹也辟廱者築土雝水之外圓如璧四方來觀者均也泮之言半也半水者蓋東西門以南通水北無也天子諸侯宮異制因形然

魯侯

戾止言觀其旂其旂茷茷鸞聲噦噦無小無大從公于邁戾來止至也言觀其旂言法則其文章也茷茷言有法度也噦噦言有聲也　箋云于往邁行也我采泮水之芹見僖公來至于泮宮我則觀其旂茷茷然鸞和之聲噦噦然臣無尊卑皆從君行而來稱言此者僖公賢君人樂見之○思樂泮水薄采其藻魯侯戾止其馬蹻蹻其馬蹻蹻其音昭昭其馬蹻蹻言彊盛也　箋

云其音昭昭僖公之德音載色載笑匪怒伊教色温潤也箋
云僖公之至泮宮和顏色而笑語非有所怒於是有所教化也○思樂泮
水薄采其茆茆鳧葵也魯侯戾止在泮飲酒既
飲旨酒求錫難老箋云在泮飲酒者徵先生君子與之行飲酒之
禮而因以謀事也已飲美酒而長賜其難使老難使老者最壽考也長賜之者如王
制所云八十日耄九十日有秩者與順彼長道屈此羣醜

屈收醜衆也　箋云順從長遠屈治醜惡
也是時淮夷叛逆既謀之於泮宮則從彼
遠道往伐之治
此羣爲惡之人　○穆穆魯侯敬明其德敬
愼威儀維民之則允文允武昭假烈祖假
至
也　箋云則法也僖公之行民之所法傚
也僖公信文矣爲脩泮宮也信武矣爲伐
淮夷也其聰明乃至於美
祖之德謂遵伯禽之法也　靡有不孝自求
伊祜　箋云祜福也国人无不法傚之
者皆庶幾力行自求福禄也　○明

明魯侯克明其德既作泮宮淮夷攸服 箋云

克能攸所也言僖公能明其德脩泮宮而德化大行於是伐淮夷所以能服也 矯

矯虎臣在泮獻馘淑問如皐陶在泮獻囚

古獲又叶況碧反

囚拘也 箋云矯矯武貌馘所格者左耳淑善也囚所虜獲者僖公既伐淮夷而反在泮宮使武臣獻馘又使善聽獄之吏如皐陶者獻囚言伐有功所任得其人 ○

濟濟多士克廣德心桓桓于征狄彼東南

南

桓桓威武貌　箋云多士謂虎臣及如皋陶之屬征征伐也狄當作剔剔治也東南斥淮夷也

烝烝皇皇不吴不揚不告于訩在泮獻功

烝烝厚也皇皇美也揚傷也　箋云烝烝猶進進也皇皇當作暀暀暀暀猶往往也吴譁也訩訟也言多士之於伐淮夷皆勸之有進進往往之心不讙譁不大聲僖公還在泮宮又无以爭訟之事告於治訟之官者皆自獻其功也

○角弓其觩束矢其搜戎車孔博徒御無斁既

持弦急也束矢
搜然言

克淮夷孔淑不逆觩弛貌五十矢為束搜衆意也箋云角弓觩然言持弦急也束矢搜然言勁疾也博當作傅甚傅致者言安利也徒行者御車者皆敬其事又無厭倦也僖公以此兵衆伐淮夷而勝之其士卒甚順軍法而善無有為逆者謂堙井刊木之類式固爾猶淮夷卒獲箋云式用猶謀也用堅固女軍謀之故故淮夷盡可獲服也謀謂度己之德慮彼之罪以出兵也

○翩彼飛鴞集于泮林食我桑黮懷我好

音

翩飛貌鴞惡聲之鳥也黮桑實也　箋云懷歸也言鴞恒惡鳴今來止於泮水之木上食其桑黮為此之故改其鳴歸就我以善音喻人感於恩則化也

憬彼淮夷來獻其琛元龜象齒大賂南金

憬遠行貌琛寶也元龜尺二寸賂遺也南謂荊揚也　箋云大猶廣也廣賂者賂君及卿大夫也荊揚之州貢金三品

泮水八章章八句

閟宮頌僖公能復周公之宇也 宇居也

閟宮有侐實實枚枚 閟閉也先妣姜嫄之廟在周常閉而無事孟仲子曰是禖宮也侐清淨也實實廣大也枚枚礱密也 箋云閟神也姜嫄神所依故廟曰神宮

赫赫姜嫄其德不回上帝是依無災無害彌月不遲 上帝是依依其子孫也 箋云依依其身也彌終也赫赫乎顯著姜嫄也其德貞正不回邪天用是馮依而降精氣其任之時又無災

害不坼不副終人道是生后稷降之百福
十月而生子不遲晚
黍稷重穋稙稺菽麥奄有下國俾民稼穡
先種曰稙後種曰稺　箋云奄猶覆也姜
嫄用是而生子后稷天神多與之福以五
穀終覆蓋天下使民知稼穡之道言其不
空生也后稷生而名棄長大堯登用之使
居稷官民賴其功後雖作
司馬天下猶以后稷稱焉有稷有黍有稻
有秬奄有下土纘禹之緒
緒業也　箋云
秬黑黍也纘事

黍稷

也堯時洪水爲災民不粒食天神多予后稷以五穀禹平水土乃教民播種之於是天下大有故云纘禹之事也美之故申說以明之 ○后稷之孫實維大王居岐之陽實始翦商翦齊也 箋云翦斷也大王自豳徙居岐陽四方之民咸歸往之於時而有王迹故云始翦商也 至于文武纘大王之緒致天之屆于牧之野無貳無虞上帝臨女虞誤也 箋云勴無貳虞虞也文王武王纘大王

致德

之事至受命致太平天所以罰極紂於商郊牧野其時之民皆樂武王之如是故戒之云无有二心也无復計度也天視護女至則克勝**敦商之旅克咸厥功**箋云敦治旅衆咸同也武王克殷而治商之臣民使得其所能同其功於先祖也后稷大王文王亦周公之祖考也伐紂周公又與焉故述之以美大魯**王曰叔父建爾元子俾侯于魯大啓爾宇為周室輔**王成王也元首宇居也箋云叔父謂周公也成王告周公曰叔父

我立女首子使爲君於魯謂欲封伯禽也
封魯公以爲周公後故云大開女居以爲
我周家之輔謂封以
七百里欲其彊於衆國 ○乃命魯公俾侯
于東錫之山川土田附庸箋云東藩魯國也既告周公以
封伯禽之意乃策命伯禽使爲君於東加
錫之以山川土田及附庸令專統之王制
曰名山大川不以封諸
侯附庸則不得專臣也周公之孫莊公之
子龍旂承祀六轡耳耳春秋匪解享祀不

周公之孫莊公之子謂僖公也耳耳然至盛也　箋云交龍爲旂承祀謂視祭事也四馬故六轡春秋言四時也忒變也　○皇皇后帝皇祖后稷享以騂犧是饗是宜降福既多騂赤犧純也　箋云皇皇后帝謂天也成王以周公功大命魯郊祭天亦配之以君祖后稷其牲用赤牛純色與天子同也天亦饗之宜之多予之福也　周公皇祖亦其福女秋而載嘗夏而福衡白牡騂剛犧

尊將將毛炰胾羹籩豆大房萬舞洋洋孝

孫有慶 諸侯夏禘則不礿秋祫則不嘗唯天子兼之楅衡設牛角以楅之也白牡周公牲也騂剛魯公牲也犧尊有沙飾也毛炰豚也胾肉也羹大羹鉶羹也大房半體之俎也洋洋衆多也 箋云此皇祖謂伯禽也載始也秋將嘗祭於夏則養牲楅衡其牛角為其觸觝人也秋嘗而言始者秋物新成尚之也大房玉飾俎也其制足間有横下有柎似乎堂後有房然萬舞干舞也

俾爾熾而昌俾

爾壽而臧保彼東方魯邦是常不虧不崩不震不騰三壽作朋如岡如陵震動騰乘壽考也

箋云此皆慶孝孫之辭也俾使臧善保安常守也虧毀崩皆謂毀壞也震騰皆謂僭踰相侵犯也三壽三卿也岡陵取堅固也

公車千乘朱英綠縢二矛重弓大国之賦千乘朱英矛飾也縢繩也重弓重於鬯中也箋云二矛重弓備折壞也兵車之法左人持弓右人持矛中人御也

公徒三萬

貝冑朱綅烝徒增增具冑具飾也朱綅以綫綴之增增衆也箋云萬二千五百人為軍大國三軍合三萬七千五百人言三萬者舉成數也烝進也徒進行增增然戎狄是膺荊舒是懲則莫我敢承膺當承止也箋云懲艾也僖公與齊桓舉義兵北當戎與狄南艾荊及羣舒天下無敢禦之俾爾昌而熾俾爾壽而富黃髮台背壽胥與試箋云此慶僖公勇於用兵討有罪也黃髮台背皆壽徵也

胥相也壽而相與試謂講氣力不衰倦也俾爾昌而大俾爾耆而艾萬有千歲眉壽無有害箋云此又慶僖公勇於用兵討有罪也中時魯微弱為鄰国所侵削今乃復其故故喜而重慶之俾爾猶使尒也眉壽秀眉亦壽徵也○泰山巖巖魯邦所詹奄有龜蒙遂荒大東至于海邦淮夷來同莫不率從魯侯之功詹至龜山蒙山荒有也箋云奄覆荒奄也大東極

東海邦近海之国也來同爲同盟也率從相率從於中国也魯侯謂僖公也○

保有鳧繹遂荒徐宅至于海邦淮夷蠻貊及彼南夷莫不率從莫敢不諾魯侯是若

鳧山繹山宅居也淮夷蠻貊而夷行也南夷荊楚也若順也箋云諾應辭也是若者是僖公所謂順也○

天錫公純嘏眉壽保魯居常與許復周公之宇

常許魯南鄙西鄙箋云純大也受福曰嘏許

許田也魯朝宿之邑也常或作嘗在薛之旁。春秋魯莊公三十一年築臺于薛是與周公有嘗邑。許田未聞也。六國時齊有孟嘗君。食邑於薛。

魯侯燕喜令妻壽母宜大夫庶士邦國是有既多受祉黃髮兒齒

箋云燕燕飲也令善也僖公燕飲於內寢。則善其妻。壽其母謂爲之祝慶也與羣臣燕則欲與之相宜亦祝慶也是有猶常有也兒齒亦壽徵也

○徂來之松新甫之栢是斷是度是尋是

尺徂徠山也新甫山也八尺曰尋也松桷有舄路寢孔碩桷榱也舄大貌路寢正寢也新廟閔公廟新廟奕奕奚斯所作也有立夫公子奚斯者作是廟也箋云孔甚碩大也奕奕佼美也脩舊曰新新者姜嫄廟也僖公承衰亂之政脩周公伯禽之教故治正寢上新姜嫄之廟姜嫄之廟廟之先也奚斯作者教護屬功課章程也至文公之時大室屋壞也孔曼且碩萬民是若曼長也箋云曼脩也廣也且然也国人謂之順也

閟宫八章二章章十七句一章十二句一章三十八句二章章八句二章章十句

駉四篇二十三章二百四十三句

那詁訓傳第三十

或本作詩

毛詩商頌　鄭氏箋

陸曰商者契所封之地名成湯伐桀王天下遂以爲国号後世有中宗高宗中興時有作詩頌之者當周宣王之時宋大夫正考父校商之名頌十二篇於周之大師以那爲首歸而祭於先王孔子錄詩之時止五篇而已乃列之以備三頌

那祀成湯也微子至于戴公其閒禮樂廢壞有正考甫者得商頌十二篇於周之大師以那爲首礼樂廢壞者君怠慢於爲政不修祭祀朝聘養賢待賓之事有司忘其礼之儀制樂師失其聲之曲折由是散亡也自正考甫至孔子之時又亡七篇矣正考甫孔子之先也其祖弗甫何以有宋而授厲公

猗與那與置我鞉鼓猗歎辭那多也鞉鼓樂之所成也夏后氏

足鼓。殷人楹鼓。周人縣鼓。箋云置讀曰
植。植鞉鼓者，爲楹貫而樹之。美湯受命伐
桀定天下而作護樂，故歎之。多其改夏之
制，乃始植我殷家之樂。鞉與鼓也。鞉雖不
植，貫而摇之，亦植之類也。

奏鼓簡簡，衎我烈祖。湯孫奏假，綏我思成。

衎，樂也。烈祖，湯有功烈之祖也。假，大也。

箋云奏鼓奏堂下之樂也。烈祖，湯也。湯孫，太甲也。假，升。綏，安也。以金奏堂下諸縣，其聲和大簡簡然，以樂我功烈之祖成湯。湯孫太甲又奏升堂之樂，絃歌之，乃安我心所思而成之，謂神明來格也禮記曰齊之日思其居處思其笑語思其志意思其所樂思其所嗜齊三日乃見其所爲齊者祭之日入室僾然必有見乎其位周還出戶肅然必有聞乎其容聲出戶而聽愾然必有聞乎其歎息之聲此之謂思成也

鞉鼓淵淵

嘒嘒然和

嘒嘒管聲既和且平依我磬聲

也平正平也依倚也磬聲之清者也以象萬物之成周尚臭殷尚聲

箋云磬玉磬也堂下諸縣與諸管聲皆和平不相奪倫又與玉磬之聲相依亦謂和平也玉磬尊故異言之

於赫湯孫穆穆厥聲庸鼓有斁萬舞有奕

於赫湯孫盛矣湯為人子孫也大鐘曰庸斁斁然盛也奕奕然閑也　箋云穆穆美也於盛矣湯孫呼太甲也此樂之美其聲鐘鼓則斁斁然有次序其干舞又閑習也

我有嘉客亦不夷懌自古在昔先民有作溫恭朝夕執事有恪

夷說也先王稱之曰在古古曰在昔昔曰先民先民有作有所作也恪敬也　箋云嘉客謂二王後及諸侯來助祭者我客之來助

祭

祭者亦不説懌言説懌也乃太古而有此助祭之礼非專歟今也其礼義渦渦然恭敬執事焉、則又敬也**顧予烝嘗湯孫之將**箋云顧猶念也將猶扶助也嘉客念我殷家有時祭之事而來者乃太甲之扶助也序助者來之意

那一章二十二句

烈祖祀中宗也中宗殷王太戊成湯之玄孫也有桑穀之異懼而脩德殷道復興故表顯之號為中宗

嗟嗟烈祖有秩斯祜申錫無疆及爾斯所既載清酤賚我思成

秩常、申重、酤酒、賚賜、○箋云祜福也賚讀如往來之來嗟嗟乎我功烈之祖成湯既有此王天下之常福天又重賜之以無竟界之期其福乃又及女之此所女女中宗也言承湯之業能興之也既載清酒於罇酌以裸獻而神靈來至我致齋之所思則用成重言嗟嗟美歎之深也

亦有和羹既戒既平鬷假無言時靡有爭綏我眉

假

壽黄耇無疆戒至鬷總假大也總大无言
无爭也箋云和羹者五味
和調腥熟得節食之於人性安和喻諸侯
有和順之德也我既裸獻神靈來至亦復
由有和順之德諸侯來助祭也其在廟中
既恭肅敬戒矣既齊立乎列位矣至于設薦
進俎又總升堂而齊一皆服其職勸其事
寂然无言語者无爭訟者此由其心平性
和神靈用之故安我以壽考之福歸美焉
約軧錯衡八鸞鶬鶬軧音支
以假以享我受命溥將自天降康豐年穰穰

詩十 十八

穰八鸞鶬鶬言文德之有聲也假大也箋云約軧轂飾也鸞在鑣四馬則八鸞假升享獻也將猶助也諸侯來助祭者乘篆轂金飾錯衡之車駕四馬其鸞鶬鶬然聲和言車服之得其正也以此來朝升堂獻其國之所有於我受政教至祭祀又溥助我言得萬國之歡心也天於是下平安之福使年豐也來假來饗降福無疆箋云饗謂獻酒使神饗也諸侯助祭者來升堂來獻酒神靈又下與我久長之福也顧予烝嘗湯孫之將箋云此祭中宗諸侯來助

之所言湯孫之將者中宗之饗此祭由湯之功故本言之

烈祖一章二十二句

玄鳥祀高宗也

祀當為祫祫合也高宗殷王武丁中宗玄孫之孫也有雊雉之異又懼而脩德殷道復興故亦表顯之號為高宗云崩而始合祭於契廟歌是詩焉古者君喪三年既畢禘於其廟而後祫祭於太祖明年春禘于羣廟自此之後五年而再殷祭一禘一祫春秋謂之大事

天命玄鳥降而生商宅殷土芒芒玄鳥鳦也春分玄鳥降湯之先祖有娀氏生簡狄配高辛氏帝帝率與之祈于郊禖而生契故本其為天所命以玄鳥至而生焉芒芒大貌箋云降下也天使鳦下而生商者謂鳦遺卵娀氏之女簡狄吞之而生契為堯司徒有功封商堯知其後將興又錫其姓焉自契至湯八遷始居亳之殷地而受命國日以廣大芒芒然湯之受命由契之功故本其天意也

古帝命武湯正域彼四方方命厥后

奄有九有正長域有也九有九州也箋云古帝天也天帝命有威武之德者成湯使之長有邦域爲政於天下方命其君謂徧告諸侯也湯有是德故覆有九州爲之王也商之先后受命不殆在武丁孫子武丁高宗也箋云后君也商之先君受天命而行之不解殆者在高宗之孫子言高宗興湯之功法度明也武丁孫子武王靡不勝龍旂十乘大糦是承勝任也箋云交龍爲旂糦黍稷也高宗之孫子有

武功有王德於天下者無所不勝服乃有諸侯建龍旂者十乘奉承黍稷而進之者亦言得諸侯之歡心十乘者二王後八州之大国也

邦畿千里維民所止肇域彼四海

畿疆也　箋云止猶居也肇當作兆也王畿千里之内其民居安乃後兆域正天下之經界言其為政自内及外也

四海來假來假祁祁景員維河殷受命咸宜百祿是何

景大也員均也何任也　箋云假至也祁祁衆多也員古文作云河之言何也

天下既蒙王之政令皆得其所而來朝覲貢獻其至也邦邦然衆多其所貢於殷大至所云維何乎言殷王之受天命皆其宜也百祿是何謂當擔負天之多福也

玄鳥一章二十二句

長發大禘也

大禘郊祭天也禮記曰王者禘其祖之所自出以其祖配之是謂也

濬哲維商長發其祥洪水芒芒禹敷下土

方外大國是疆，幅隕既長。濬，深。洪，大也。諸夏爲外。幅，廣。隕，均也。箋云：長猶久也。隕當作圓。圓謂周也。深知乎維商家之德也，久發見其禎祥矣。乃用洪水，禹敷下土，正四方，定諸夏，廣大其竟界之時，始有王天下之萌兆，歷虞夏之世，故爲久也。

有娀方將，帝立子生商。有娀，契母也。將，大也。契生商也。箋云：帝，黑帝也。禹敷下土之時，有娀氏之國亦始廣大，有女簡狄吞鳦卵而生契，堯封之於商，後湯王因以爲天下號，故云帝立子生商也。○玄王桓撥受小國是達受大國是達率履不越遂視既發玄王契也桓大撥治履禮也箋云承黑帝而立子故謂契為玄王遂循徧也發行也玄王廣大其政治始堯封之商為小國舜之末年乃益其土地為大國皆能達其教令使其民循禮不得踰越乃徧省視之教令則盡行也

相土烈烈海外有截相土契孫也烈烈威也箋云截整齊也相土居夏后之世承契之業入為王官之伯出長諸侯其威武之盛烈烈然四海之

外率服截爾整齊也

○帝命不違至于湯齊至湯與天心齊

○箋云帝命不違者天之所以命契之事世世行之其德浸大至於湯而當天心也

湯降不遲聖敬日躋昭假遲遲上帝是祗

帝命式于九圍不遲言疾也躋升也九圍九州也箋云降下假暇祗敬式用也湯之下士尊賢甚疾其聖敬之德日進然而以其德聰明寬暇天下之人遲遲然言急於己而緩於人天用是故愛敬之也天於是又命之使用事於天下

言天之也○受小球大球，為下國綴旒，何天之休。球玉，綴表，旒章也。箋云：綴猶結也。旒，旌旗之垂者也。休，美也。湯既為天所命，則受小玉，謂尺二寸圭也；受大玉，謂珽也，長三尺。執圭搢珽，以與諸侯會同，結定其心，如旌旗之旒縿著焉。擔負天之美譽，為衆所歸鄉。不競不絿，不剛不柔，敷政優優，百祿是遒。絿，急也。優優，和也。遒，聚也。箋云：競，逐也。不逐，不與人爭前後。○受小共大共，為下國駿厖，何天之龍。共，法。駿，大。厖，厚。龍，和也。箋云：共，執也。小共大共，猶所執搢小球大球也。駿之言俊也。龍當作寵。寵，榮名之謂。敷奏其勇，不震不動，不戁不竦，百祿是總。戁，恐。竦，懼也。箋云：不震不動，不可驚憚也。○武王載旆，有虔秉鉞。如火烈烈，則莫我敢曷。武王，湯也。旆，旗。虔，固。曷，害也。○箋云：有之言又也。上既美其剛柔得中，勇毅不懼，於是有武功，有王德，乃建旆興師出伐，又固持其鉞，志在誅有非也其威勢如猛火之炎熾誰敢禦害我也苞有三蘖莫遂莫達九有有截苞本蘖餘也箋云苞豐也天豐大先三正之後世謂居以大国行天子之禮樂然而無有能以德自遂達於天者故天下歸鄉湯九州齊壹截韋顧既伐昆吾夏桀有韋国者有顧国者有昆吾国者箋云韋豕韋彭姓也顧昆吾皆已姓也三国黨於桀惡湯先伐韋顧克之昆吾夏桀則同時誅之。○昔在中葉有震且業允也天子

顧ハ二国名也虞書曰古今人表作韋鼓已音紀又音杞

降予卿士葉世業危也箋云中世謂相土也震猶威也相土始有征伐之威以為子孫討惡之業湯遵而興之信也天命而子之下予之卿士謂生賢佐也春秋傳曰畏君之震師徒撓敗實維阿衡實左右商王阿衡伊尹也左右助也箋云阿倚衡平也伊尹湯所依倚而取平故以為官名商王湯也

長發七章一章八句四章章七句一章九句一章六句

殷武祀高宗也
撻彼殷武奮伐荆楚罙入其阻裒荆之旅
撻疾意也殷武殷王武丁也荆楚荆州之
楚国也罙深裒聚也　箋云有鐘鼓曰伐
罙冒也殷道衰而楚人叛高宗撻然奮揚
威武出兵伐之冒入其險阻謂踰方城之
隘克其軍率而
俘虜其士衆也有截其所湯孫之緒箋云緒業
也所猶處也高宗所伐之處国邑皆服其
罪更自敕整截然齊壹是乃湯孫太甲之

等功業也○維女荊楚居國南鄉昔有成湯自

彼氐羌莫敢不來享莫敢不來王曰商是

常鄉所也箋云氐羌夷狄國在西方者

也享獻也世見曰王維女楚國近在荊

州之域居中国之南方而背叛乎成湯之

時乃氐羌遠夷之国來獻來見曰商王是

吾常君也此所用責楚之

義女乃遠夷之不如也○天命多辟設

都于禹之績歲事來辟勿予禍適稼穡匪

解辟君適過也　箋云多衆也來辟猶來王也天命乃令天下衆君諸侯立都於禹所治之功以歲時來朝覲於我殷王者勿罪過與之禍適徙敕以勸民稼穡非可解倦時楚不脩諸侯之職此所用告曉楚之義也禹平水土弼成五服而諸侯之国定是以云然

○天命降監下民有嚴不僭不濫不敢怠遑命于下國封建厥福

嚴敬也不僭不濫賞不僭刑不濫也封大也　箋云降下也遑暇也天命乃下視下民有嚴明之君能明德

慎罰不敢怠惰自暇於政事者則命之於小国以為天子大立其福謂命湯使由七十里王天下也時楚僭號王位此又天命用告曉楚之義也○商邑翼翼四方之極赫赫厥聲濯濯厥靈壽考且寧以保我後生商邑京師也箋大極中也商邑之礼俗翼翼然可則傚乃四方之中正也赫赫乎其出政教也濯濯乎其見尊敬也王乃壽考且安以此全守我子孫此又用商德重告曉楚之義也○陟彼景山松柏丸丸

丸是斷是遷方斲是虔松桷有梴旅楹有閑寢成孔安丸丸易直也遷徙虔敬也梴長貌旅陳也寢路寢也箋云椹謂之虔升景山揄材木取松柏易直者斷而遷之正斲於椹上以為桷與衆楹路寢既成王居之甚安謂施政教得其所也高宗之前王有廢政教不脩寢廟者高宗復成湯之道故新路寢焉

殷武六章三章章六句二章章七

句一章五句

那五篇十六章一百五十四句

毛詩卷第二十

經凡四萬六百一十二言

注凡一十萬五千二百一十六言

卷首標先大夫及太夫人罔章者記不忘其

泉也 翰

日本五山版毛詩

第三册

漢　毛氏傳　漢　鄭玄箋
日本南北朝覆刻南宋本（日本島田翰批校）

山東人民出版社·濟南

毛詩卷第十二

節南山之什詁訓傳第十九

毛詩小雅　　鄭氏箋

節南山，家父刺幽王也。家父，字。周大夫也。

節彼南山，維石巖巖。興也。節，高峻之貌。巖巖，積石之貌。箋云：興者，喻三公之位，人所尊嚴也。赫，許百反。赫赫師尹，民具爾瞻。憂心

監。古御反注同韓詩領也

如惔不敢戲談赫赫顯盛之皃也。師太師周之三公也。尹尹氏。爲大師也。具俱瞻視惔燔也箋云此言尹氏女之居三公之位。天下之民俱視女之所爲。皆心憂如火灼爛之矣。又畏女之威。不敢以相戲而談語也。疾其貪暴脅下以刑罰也國既卒斬何用不監卒盡也斬斷也監視也。箋云。天下諸侯日相侵伐其國已盡絶滅。女何用爲職不監察之乎○節彼南山有實其猗實滿猗長也。箋云。猗倚也。言南山旣能高峻。又以草木平滿其傍

倚之畎咎。使之齊均也 赫赫師尹。不平謂何。箋云此責三公

之位不均平。不如南山之為也。謂何猶云何也 天方薦瘥。喪亂弘

多。薦重瘥病也。弘大也。重以疫病長幼相亂而死喪其太多也 箋云。天氣方今又

民言無嘉。憯莫懲嗟。憯曾也。也。天下之民皆以禍 箋云。懲止

害相弔唁。无一嘉慶之言。曾无以恩德止者。嗟奈何也 ○尹氏大師。

維周之氐。秉國之均。四方是維。天子是毗。

詩 二

俾民不迷柢本均平毗厚俾使也 箋云柢當作桎鎋之桎毗輔也言尹氏作大師之官為周之桎鎋之臣持周政之平維制四方上輔天子下教化天下使民无迷惑之憂言任至重也

不弔昊天不宜空我師弔至也空窮也 箋云至猶善也不善乎昊天訴之也不宜使此人居尊官困窮我之衆民

○弗躬弗親庶民弗信弗問弗仕勿罔君子○庶民之言不可信也勿罔其上而行也 箋云仕察也勿當作末也此言王之

政。不躬不親之。則恩澤不信於衆民
矣。不問而察之。則天下民末罔其上矣
式夷。式已。無小人殆
式用也。夷平也。則已也。无以
小人之言至於危殆也。
箋云。夷平也。涖近也。爲政當用平正之
人用能已理其事者。无小人近也
瑣瑣姻亞則無膴仕
瑣瑣小貌也。兩壻相謂曰
亞也。膴厚也。箋云。壻之父
曰姻。瑣瑣婚姻。妻黨之小人。毋
厚仕用之置之大位重其祿也 ○
昊天不傭降此鞫訩。昊天不惠降此大戾
傭均也。鞫
盈也。訩訟

惡也。箋云。盈猶多也。戾乖也。昊天乎。師氏為政。不均。乃下此多訟之俗。又為不和順之行。乃下此乖爭之化。病特民傲為之訴天也矣**君子如屆。俾民心闋。君子如夷。惡怒是違**屆極也。闋息也。夷易違去也。箋云。屆至也。君子斥在位者。如行至誠之道。則民鞠訩之心息。如行平易之政。則民乖爭之情去。言民之失由於上。可反覆之也　○**不弔昊天。亂靡有定。式月斯生。俾民不寧。憂心如酲。誰秉國**

成病酒曰酲。成平也。箋云。屆至也。至猶善也。定止也。式用也。不善乎昊天。天下之
亂。以无肯止之者。用月此生。言月月益甚
也。使民不得安。我今憂之。如病酒之酲矣。
觀此君臣。誰能持國
之平者。言无有之也不自為政卒勞百姓
箋云。卒終也。昊天不自出政教。則終窮苦
百姓。欲昊天使出圖書有所授命。民乃得
安。○駕彼四牡四牡項領項大也。箋云。四牡者人君之
所乘駕。今但養大其領。不肯為
用。喻大臣自恣。王不能使之也我瞻四方。

正曰箋本无大離集本云入辭是爭義亦得通也入離或作大辭

蹙蹙靡所騁 騁極也。箋云。蹙蹙縮小之貌也。我視四方。土地日見侵削於夷狄。蹙蹙然。雖欲馳騁。无所至也 方茂爾惡相爾矛矣 茂勉也。箋云。相視也。方爭訟自勉於惡之時。女則視女戈矛矣。言欲戰鬭相殺傷也 既夷既懌如相醻矣 懌服也。箋云。夷說也。言本臣之乖爭。本无不離。其已相和順而說懌則。如賓主之飲酒相醻酢也 ○ 昊天不平。我王不寧。不懲其心。覆怨其正 正長也。

四

箋云。昊天平。師尹爲政。不平使我王心不得安。寧女不懲止女之邪心。而反怨憎其正也。

家父作誦。以究王訩。家父周大夫也。箋云。究窮也。大夫。家父作此詩而爲王誦之。以窮極王政所以致多訩之本意也。

式訛爾心。五訛反 以畜萬邦。許六反 箋云訛化也。畜養之也

節南山十章其六章章八句四章章四句

六段夏之四月從陽用夏改曰正月

正月大夫。刺幽王也

癙本又作鼠亦同字林
癙亦怨癙亦鼠癙
憂恙憂憂心

正月繁霜我心憂傷正月夏之四月也繁多也。箋云。夏之四月建巳純陽用事。而霜多急恒寒若之異傷害萬物。故我心爲之憂傷之也民之訛言亦孔之將將大也。箋云。訛僞也。人以僞言相陷入。使王行酷暴之刑致此衆異故言亦甚大念我獨兮憂心京京我小心癙憂以痒京京憂不去也。癙痒皆病也。箋云。念我獨兮言我獨憂此政也○父母生我胡俾我瘉不自我

重言不自我先不自
我後二本詩謄仰

先不自我後。父母。謂文武也。我我天下也。瘉病也。箋云。自從也。天使父母生我。何故不長遂我而使我遭此暴虐之政病。此亂何不出我之前。不居我之後。窮苦之情。苟欲免身。好言自口。莠言自口。莠醜也。箋云。自從也。此疾訛言之人。善言從女口出。惡言亦從女口出。女口。一耳。善也惡也同出其中。謂其可賤也。憂心愈愈。是以有侮。愈愈憂懼也。箋云。我心憂政如是。是與訛言者殊塗。故見用賤侮也。○憂心惸惸。念我無祿惸惸憂意也。箋云。無祿者。言不得天祿。自傷值今生也。民之無辜并其臣僕古者有罪不入於刑則役之圜土。以為臣僕。箋云。辜罪也。人之尊卑有十等。僕第九。臺第十。言王既刑殺无辜。乃并及其家之賤者。不止於所罪而已。書曰。越茲麗刑。并制也哀我人斯于何從祿箋云。斯此。于於也。哀乎今我民人見遇如此。當於何從得天祿。免於是難也。瞻烏爰止于誰之屋富人之屋烏所集也。箋云。視烏集於富人之屋。以言今之民。亦當求明君而。歸之亦也 ○瞻彼中林。侯薪侯蒸。中林林中也。薪蒸言似而非也。箋云。侯維也。林中大木之處。而維有薪蒸耳。喻朝廷宜有賢者而但聚小人也 民今方殆。視天夢夢。王者為亂夢夢然。箋云。方且也。民今既危亡。視王所為。反夢夢然而亂。无統理安定之意也。既克有定。靡人弗勝。勝乘也 箋云。王既能有所定皆尚復事之小者耳。无人而不勝。言凡人所定。皆勝王也 有皇上帝。伊誰云

勝言凡人所定皆勝王之

憎皇君也。箋云。伊讀爲繄。繄猶是也。有君上帝者。以情告天也。使王暴虐如是。憎惡誰乎。欲天指害其所憎而已也 ○ 謂山蓋卑爲岡爲陵在位非君子乃小人也。箋云。此諭爲君子賢者之道。人尚謂之卑。況爲凡庸小人之行乎民之訛言寧莫之懲箋云。小人在位曾无欲止衆民之爲訛言相陷害也召彼故老訊之占夢故老元老也。訊問也。○箋云。君臣在朝侮僈元老。召之不問政事。但問占夢。是不尚道德而信徵祥之甚

也

具曰予聖，誰知烏之雌雄。君臣俱自謂聖也。箋云：時君臣賢愚適同，如烏之雌雄相似，誰能別異之乎。○謂天蓋高，不敢不局；謂地蓋厚，不敢不蹐。井亦反。蹐，音積。說文：小步也。維號斯言，有倫有脊。局，曲也。蹐，累足也。倫，道。脊，理也。箋云：局蹐者，天高而有雷霆，地厚而有陷淪。六倫反，又倫峻反。此民疾苦王政上下皆可畏怖之言也。維民號呼而發此言，皆有道理所以至然者，非徒苟妄為誣辭也。哀今之人，胡為虺蜴。暉鬼反。蜴 [illegible]

三二二　八二

箋云。虺蜴之性。見人則走。哀哉 ○ 瞻彼阪今之人。何為如是。傷時政也　箋云。

田有菀其特 言朝廷曾無桀臣也 阪田崎嶇墝埆之處。而有菀然茂特之苗。諭賢者在閒辟隱居時也

天之扤我如不我克 扤動也。箋云。我我特苗也。天以風雨動搖我。如將不勝我。謂其迅疾也

彼求我則如不我得 箋云。彼彼王也。王之始徵求我。如恐不得我。言其禮命之繁也

執我仇仇。亦不我力 仇仇猶謷謷也 ○ 箋云。王既得

我。孰留我。其礼待我。妻言然。尓不問我在位之功力。言其有貪賢之名。而无欲用賢之實。○心之憂矣。如或結之。今茲之正胡然厲之

厲惡也。箋云。茲此。正長也。心憂如有結之者。憂今此之君臣。何一然為惡。如是乎矣

燎之方揚。寧或滅之

滅之以水也。箋云。火田為燎。燎之方盛之時。炎熾。熛怒寧有能滅息之者乎。言无有也。以无有諭有之若為甚也

赫赫宗周。褒姒烕之

宗周鎬京也。褒国名也。姒姓也。烕

烕也。有褎之女。幽王惑焉。而以為后也。詩人知其必烕周也。○終其永懷，又窘陰雨。窘困也。箋云。窘仍也。終王之所行其長可憂傷矣。又將仍憂於陰雨。陰雨諭君有泥陷之難也。其車既載，乃棄爾輔。大車重載。又棄其輔。箋云。以車之載物。諭王之任國事也。棄其輔。諭遠賢者。載輸爾載，將伯助予。將請伯長也。箋云。輸墮也。棄女車輔。墮女之載乃請長者見助以言國危而求賢者亦已晚也。○無棄爾輔，員于爾

許鉏反又作墮待回反

輻員益輻也屢顧爾僕不輸爾載箋云。屢數也。僕將車者也。顧循視也念也終踰絶險曾是不意箋云。女不棄車之輔數顧視女之僕。終用是踰度陷絶之險。女曾不以是爲意乎。以喻事論治国也○魚在于沼。亦匪克樂。潛雖伏矣。亦孔之炤沼池也。箋云。池魚之所樂也。而不能樂也。其潛伏於淵。又不足以逃。甚炤炤易見也。以諭時賢者。在朝廷。道不行。无所樂。退而窮處。又无所止也憂心慘慘念

三二二　正月　一二

國之為虐。傪傪（七感反），猶戚戚也。○彼有旨酒，又有嘉殽。（本又作肴，戶交反）

言礼物備也。箋云：

洽比其隣，婚姻孔云。

彼，彼尹氏太師也。洽，合。隣，近也。員（云），旋也。是言王者不能親親以及遠也。箋云：員（去）猶友也。言尹氏當與兄弟相親友，為朋黨也。

念我獨兮，憂心慇慇。

慇慇（殷又於謹反）然痛也。箋云：此賢者孤特自傷也。○

佌佌（音此）彼有屋，蔌蔌（六速）方有穀。

佌佌，小人也。蔌蔌，陋也。箋云：穀，祿也。此言小人富而窶（其矩反又其慮）陋將貴也。

民今之無

新註作夭夭

禄。天夭是椓。君天之在位椓之。箋云。民於今而活天祿者。天以薦瘥夭殺之。是王者之政。又復椓破之。言遇害之甚。哿矣富人。哀此惸獨。哿可也。獨單也。箋云。此言王政如是。富人已可。惸獨將困之也

正月十三章。其八章章八句。五章章六句

十月之交。大夫刺幽王也。當為刺厲王也。毛公作詁訓傳時。移其篇第。因改之耳。節刺師尹之不平。乱靡有定。此篇譏皇父擅恣。日月告凶。平

十月以夏正言之建亥之月也交日月交會謂晦朔之間也

月惡褒姒滅周。此篇疾豔妻方熾。又幽王時司徒乃鄭桓公友。非此篇之所云潘也。是以知其然也

十月之交。朔日辛卯。日有食之。亦孔之醜。之交日月之交會也。醜惡也。箋云。周十月夏之八月也。八月朔日日月交會而日食。陰侵陽。臣侵君之象也。日辰之義。日為君。月為臣。辛金也。卯木也。又以卯侵辛故甚惡也

彼月而微。此日而微。月臣道也。日君道也。箋云。微

潘方表又從用言又或本作番亦同韓詩作繁

謂不明也。彼月則有微。今此日反微。非其常也。爲異尤大者

今此下民。亦孔之哀。箋云。君臣失道。災害將起。故下民。甚可哀傷也

○日月告凶。不用其行。四國無政。不用其良。箋云。告凶。告天下以凶亡之徵也。行道度也。不用之者謂相干犯也。四方之國。無政治者。由天子不用善人也

彼月而食。則維其常。此日而食。于何不臧。箋云。臧善也

○爗爗震電。不寧不令。爗爗

震電貌。震雷也。箋云。雷震過常。天下不安。政教不善之徵也。百川沸騰

山冢崒崩沸出也。騰乘也。山頂曰冢。箋云。崒者崔嵬也。百川沸出相乘陵者由貴小人也。山頂崔嵬者崩諭君道壞也高岸為谷深谷為陵言易位也。箋云。易位者君子居下。小人處上。此之謂也哀今之人

胡憯莫懲箋云。憯曾也。變異如是。禍亂方至哀哉。今在位之人。何曾無以道德止也

○皇父卿士潘維司徒家伯維宰仲

六典〻〻者謂治〻教〻政〻礼〻刑〻事〻

允膳夫。棸子內史。蹶維趣馬。楀維師氏。豔妻煽方處。

豔妻褒姒也。美色曰豔。煽熾也。箋云。皇父。家伯。仲允。皆字也。番。棸。蹶。楀。皆氏也。厲王淫於色。七子皆用后。嬖寵熾之訴。並處位。言妻黨盛女謁行之甚也。敵夫曰妻。司徒之職。掌天下土地之圖。人民之數。冢宰掌建邦国之六典。皆卿也。膳夫。上士也。掌王之飲食膳羞。內史中大夫也。掌爵祿廢置。殺生與奪之法。趣馬。中士也。掌王馬之政也。師氏。亦中大夫也。掌司朝得失之事。此六人之中。雖官有

十三

尊卑權寵。相連朋黨於朝。是以疾焉。皇父則。為之端首。兼擅羣職。故但以卿士云也。

○抑（如字譯述徐音噫韓詩云意也）此皇父。豈曰不時。胡為我作。不即我謀。徹我牆屋。田卒汙萊。哇是也。下則汙。高時萊也。箋云。抑之言噫也。噫是皇父疾而呼之也。女豈曰我所為不是乎。言其不自知惡也。女何為役作我。不先就與我謀。使我得遷徙。乃反徹毀我牆屋。令我不得趨農。田卒為汙萊乎。此皇父所築邑民之。怨辭也。曰予不戕。禮則然矣。箋云戕殘也。言皇父既不自知不是，反云我。不戕敗女田業。禮下供上役，其道當然。言文過也。

○皇父孔聖，作都于向。擇三有事，亶侯多藏。

皇父甚自謂聖也。向邑也。三有事，三有司。國之三卿也。信維貪淫。多藏之人也。箋云：專權足已，自比聖人。作都立三卿，皆取聚斂之臣，言不知厭也。禮，畿內諸侯二卿也。

不慭遺一老，俾守我王。

箋云：慭者，心不欲，自強之辭也。言盡將舊在位之人與之俱去，無留衛王者也。

擇有車馬，以居

慭 魚覲反

徂向箋云。又擇民之富有車馬者以往居於向也〇黽勉從事民允反本又僶同不敢告勞箋云。詩人。賢者。見時如是自勉以從王事。雖勞苦。不敢自謂勞畏刑罰也

無罪無辜讒口嚻嚻五刀反韓詩作敖箋云。嚻嚻衆多貌也。時人非有辜罪也。其被讒口見椓譖。嚻嚻然也

下民之孼魚列反匪降自天噂子損反說文作僔云聚也沓背憎職競由人噂猶噂噂也。沓猶沓沓也。職主也。箋云。孼妖孼也。謂相爲災害也。下民有此言非從天墮也。噂噂沓沓。相對談語。背則相憎逐爲

此行者由主人也。○悠悠我里亦孔之痗。悠悠憂也。里病也。箋云。痗病。里居也。悠悠乎我居今之世。亦甚困病也。四方有羨我獨居憂。羨餘也。箋云。四方之人。盡有饒餘。我獨居此而憂之也。民莫不逸我獨不敢休。箋云。逸逸豫也。天命不徹我不敢傚我友自逸。徹道也。親屬之臣。心不能已者也。箋云。不道者言王不循昊天之政教也。

十月之交八章章八句

雨無正。大夫刺幽王也。雨自上下者也。衆多如雨。而非所以爲政也亦當爲刺厲王。厲王之。所下敎令甚多而无政者也

浩浩昊天不駿其德降喪饑饉斬伐四國駿長也。穀不熟爲飢。蔬不熟曰饉。箋云。此言王不能繼長昊天之德。至使昊天下

五五四

此死喪飢饉之災。而天下諸侯於是。更相侵伐之旻天疾威弗慮弗圖箋云。慮圖皆謀也。王既不駿昊天之德矣。今昊天又疾其政以刑罰威恐天下而。不慮不圖也舍彼有罪既伏其辜若此無罪淪胥以鋪舍除淪率也。箋云。胥相鋪徧也。言王使此無罪者見牽率相引而徧得罪也○周宗既滅靡所止戾戾定也。箋云。周宗鎬京也。是時諸侯。不朝王。民不堪命。王流于彘。无所安定之也正大夫離居莫知我勩（以世反）勞也。箋曰。正長也。長官之大夫。於王離居而皆散處。无復知我民之見罷（音皮）勞也。

三事大夫莫肯夙夜邦君諸侯莫肯朝夕 箋云。王流在外。三公及諸侯。隨王而行者皆。无知君臣之禮。不肯晨夜朝暮省王也。

庶曰式臧覆出為惡（覆芳服反）覆反也 箋云。見王之失所。庶幾其自改悔而用善人。反出教令。復為惡也 ○

如何昊天辟言不信 如彼行邁則靡所臻 辟法也。箋云。如何乎。昊天。痛而愬之

凡紀在位之君子雖知其危无
肯用此事以告王者而王又好信讒
近受用說侮若有道听非法之
言即則應荅而受之若有諸毀
之言云此又不可任則用其言為
罪退之言以說言進退人也王
政如此所以將危亡也

災也。為之陳法度之誥。不見信之也。我凡百君
之言。不見信。如行而无所至也　箋云。凡
子各敬爾身胡不相畏不畏于天
百君子
謂衆在位者。各敬慎女之身正君臣之礼。
何為上下不相畏乎。上下不相畏。是不畏
于天
戎成不退飢成不遂曽我暬御憯憯日瘁
戎兵也遂安也。暬御侍御也。瘁病也。
箋云。兵成而不退。謂王見流于彘无
禦止之者。飢成而不安。謂王在彘乏於
飲食之蓄。輸粟歸餼者也。此二者曽但。侍御

祖醉反　勅六反

左右小臣憯憯憂之大臣无念凡百君子莫肯用訊聽言

則荅譖言則退以訊進退人也。箋云訊告也。衆在位者。无肯用此

相告語者。言不憂王之事也。荅猶距也。有可聽用之言則。共以辭距而違者。有可譖

毀之言則。共為排退之。羣臣並為不忠。惡直醜正也○哀哉不能言

匪舌是出（尺遂反）維躬是瘁哀賢人不得言。不得出是舌也。箋云。瘁

病也。不能言。言之拙也。言非可出於舌。其身旋見困病也哿（古我反）矣能言巧

六信許息停反又六

（剴微ーー之者谷傳注云剴切説文云剴摩也謂摩切其謗不作言）

言如流俾躬處休　哿可也。哿矣。世所謂能言也。巧言從俗。如水轉流矣。箋云。巧猶善也。謂以事類風（補對反）切剴（古愛反又古哀反）微之。言。如水之流。忽然而過。故不悖（蒲背切逆也）逆。使身居安休休然。亂世之言。順説為上

◯維曰于仕孔棘且殆云不可使得罪于天子亦云可使怨及朋友　于往也。箋云。棘急也。不可使者。不正不從也。可使者。雖不正亦從也。居今亂之世。云往仕乎。甚急迮（側格切）且危。急迮且危以此二者也

◯謂爾遷于

泣血說文云哭哀聲也注无聲出涙也則无聲謂之泣連言血者以涙出於目猶血出於体故以涙比血礼記曰子皐執親之喪泣血三年注云无聲血出是也

王都曰予未有室家賢者不肯遷于王都也。箋云。王流于彘正大夫。離居同姓臣。從王。思其友而呼之謂曰。女今。可遷居王都。王都謂鎬也。其友辭之云我未有室家於王都可居也癙思泣血無言不疾无聲曰泣血也。无所言而不見疾也。箋云。鼠憂也。既辭之以无室家。爲其意恨。又患。不能聿止之。故云。我憂思泣血。欲遷王都見女。今我无一言而不道疾者。言己方困於病。故未能也昔爾出居誰從作爾室遭亂世也。義不得去。思其友

本文作嶇

本文作家

而坏埥反者也　箋云。往始離居之時、誰隨為安。作室。女猶自作之爾。今反以无室家、離我根之難也

雨無正七章二章章十句二章章八句三章章六句

小旻大夫。刺幽王也　所刺列於十月之交雨无正。為小。故曰小旻。亦當為刺厲王也

旻天疾威。敷于下土。敷布也。箋云。旻天之德。疾王者以刑罰威恐萬民。其政教乃布於下土。言天下徧知之也。謀猶回遹。何日斯沮。回邪。遹辟也。沮壞也。箋云。猶道也。沮止也。今王謀為政之道。回辟不循旻天之德已甚矣。心猶不悛。何日此惡將止也。謀臧不從。不臧覆用。我視謀猶。亦孔之邛。邛病也。箋云。臧善也。謀之善者。不從。不善者。反用之。我視王謀為政之道。亦甚病天下。○潝潝訿訿。亦孔之哀潝潝然患其上。訿訿然思不稱乎其上。○箋云。臣不事君。亂之階也。甚可哀也。

謀之其臧則具是違謀之不臧則具是依

我視謀猶伊于胡底箋云。于往底至也。謀之善者俱背違之。其不善者。依就之。我視今君臣之謀道。往行之將何所至乎。言必至於亂也○

我龜既厭不我告猶猶道也。箋云。猶圖也。卜筮數而瀆龜。龜靈厭之。不復告其所圖之吉凶。言雖得吉兆。占繇不中

謀夫孔多是用

不集 集就也。箋云。謀事者衆。而非賢者
是非相奪莫適可從。故所為不成也
發言盈庭誰敢執其咎 謀人之國。國危則死之古之道也 箋
云。謀事者。衆訩訩滿庭。而无敢決當其是
非。事若不成。誰云也當其咎責者。言小人
爭知而 如匪行邁謀是用不得于道 箋云。
讓過也 匪非
也。君臣之謀事。如此。與不行而坐圖遠
近是於道路无進於跬步。何以異乎也 ○
哀哉為猶匪先民是程匪大猶是經維邇

言是聽。維邇言是爭。古曰在昔。昔曰先民。程法。經常。猶道。邇近也。爭爭爲近言。箋云。哀哉。今之君臣。謀事。不用古人之法。不循大道之常。而徒聽順近言之同者。爭近言之異者。如彼築室言是動輕則。泜陷不至於遠也。箋云。如于道謀。是用不潰于成。潰遂也。當路築室。得人而與之謀所爲。路人之意不同。故不得遂成也水也。○國雖靡止。或聖或否。民雖靡膴。或哲或謀。或肅或艾。靡止言小

也。人有通聖者。有不能者。亦有明哲者。有
聰謀者。艾治也。有恭肅者。有治理者。箋
云。靡无也止礼也膴法也。言天下諸侯。今雖无
礼。其心性。猶有通聖者。有賢者。民雖无法
其心性。猶有知者。有謀者。有肅者。有艾者
王何。不擇焉置之於位而任之為治乎。書曰
叡作聖。明作哲。聰作謀。恭作肅。從作艾。詩
人之意。欲王敬用五事以明天道。故云然
如彼泉流無淪胥以敗箋云。淪率也。王之政。當如源泉之
流行則清。无相牽率
為惡以自濁敗。○不敢暴虎不敢馮河

人知其一莫知其佗馮陵也。徒涉曰馮河徒搏曰暴虎。一非也。佗不敬小人之危殆也。箋云。人皆知暴虎。馮河立至之害。而无知當畏愼小人能危亡己也戰戰兢兢戰戰恐也。兢兢戒也如臨深淵恐墜也

如履薄氷恐陷也

小旻六章三章章八句三章章七句

小宛於阮切大夫刺幽王也或作宣亦當爲刺厲王也

正曰毛以作小宛詩者大夫刺
幽王也政教為小故曰小宛宛
是小皃刺宣王政教狹小宛
然經云宛彼鳴鳩不言名小宛
者王才智卑小但小鳥然傳曰
小鳥是也鄭刺厲王為異
注曰文武者是文王武王也

宛彼鳴鳩，翰飛戾天。興也。宛，小皃也。鳴鳩，鶻鵰。翰，高也。戾，至也。行小人道，責高明之功，終不可得也。我心憂傷，念昔先人。文武也。明發不寐，有懷二人。明發，發夕至明。○人之齊聖，飲酒溫克。齊，正。克，勝也。箋云：中正通知之人，飲酒雖醉，猶能溫藉自持以勝也。彼昏不知，壹醉日富。醉日而富矣。○箋云：童昬無知之人，飲酒一醉，自謂日益富。大逞自恣，以財驕人也。各敬爾儀，天命

不又又復也 箋云。今女君臣。各敬慎女威儀。天命所去。不復來也中原有菽。庶民采之中原原中也。菽藿也。力采者則得之 箋云藿生原中。非有主也。以喻王位無常家也。勤於德者則得之螟蛉有子。蜾蠃負之。螟蛉桑蟲也。蜾蠃蒲盧也。負持也。 箋云。蒲盧取桑蟲之子。負持而去煦嫗養之以成其子。以喻有王萬民。不能治。則失之能治將得之教誨爾子。式穀似之箋云。式用穀善也。今有教誨女之萬民所善道者。亦似蒲盡。言將得而子也 ○ 題彼脊令。載飛載鳴 題。視也。脊令不能自舍。君子有取節爾 箋云。題之爲言視睇也。載之言則也。則飛。則鳴。翼也。口也。

我日斯邁。而月斯征 不有止息也 箋云。我。我王也。邁。征。皆行也。王日此行。謂日視朝也。而月此行。謂月視朝也。先王。制此礼。使君與羣臣。議政事。日有所決。月有所行。亦无時止息也。

夙興夜寐。無忝爾所生 忝。辱也

○ 交交桑扈。率場啄粟 交交。小貌。桑扈。竊脂也。言上爲

竊陸機云青雀也好竊人脯肉脂及膏故云竊脂

皆我窮盡寡財之人恤被繫禁在上謂之宜有此訟宜有此獄在位不矜愍在乃无以自救但手握其粟出卜其勝負之困如此竟從何而能生活乎是尤可哀也

乱政而求下之治。終不可得也。箋云。竊脂肉食。今无肉而循場啄粟。失其天性。不能以自活

哀我填寡宜岸宜獄握粟出卜自何能穀填盡。岸訟也。箋云。仍得曰宜。自從穀生也。可哀哉我窮盡寡財之人仍有獄訟之事。无可以自救。但持粟行卜也。求其勝負。從何能得生乎也○

温温恭人温温和柔貌如集于木恐墜也惴惴小心如臨于谷恐隕也戰戰兢兢如履薄冰箋云。衰亂之世。賢人

君子。雖无罪。猶恐懼也

小宛六章章六句

小弁刺幽王也太子之傅作焉

弁彼鸒斯歸飛提提 興也。弁樂也。鸒卑居。卑居雅烏也。提提羣飛貌也 箋云。樂乎。彼雅烏。出食在野。甚飽。羣飛而歸提提然。興者喻凡人之父子兄弟。出入宮庭相與飲食亦忽提提然樂傷今太子之獨不然也 民莫不穀我獨于罹幽王。取申国女、生太子宜咎、又説褒姒。生子伯服。立以為后。而放宜咎。將殺之　箋云。穀養也。罹憂也。天下之人。无不父子相養者。我太子獨。不然。曰以憂也何辜于天我罪伊何舜之怨慕。日號泣于旻天。于父母心之憂矣云如之何○踧踧周道鞫為茂草踧踧平易皃也。周道。周室之通道。鞫。窮也。○箋云。此喩幽王信褒姒之讒。乱其徳政。使不通於四方我心憂傷惄焉如擣假寐永嘆維憂用老。心之憂矣。疢如疾首。惄思也。擣心疾也。箋云。不脫冠衣而寐。曰假寐。疢猶病也。○維桑與梓。必恭敬止。父母所樹。己尚不敢不恭敬也。靡瞻匪父。靡依匪母。不屬于毛。不離于裏。毛在外。陽。以言父。裏在內。陰。以言母。箋云。此言人。无不瞻仰其父取法則者。无不依恃其母以長大者。以我獨不得父皮膚之氣乎。獨不處母之胞胎乎。何曾无恩於我也。天之生我。我辰安在。

歲時日月星辰也六也
陰陽風雨晦明是六之

辰時也　箋云。此言我生所值之辰。安所在乎。謂六物之吉凶　○菀彼柳斯。鳴蜩嘒嘒。有漼者淵。萑葦淠淠　蜩蟬也。嘒嘒聲也。漼深貌。淠淠衆貌也。　箋云。柳木茂盛則多蟬。淵深而旁生萑葦。言大者之旁无所不容。譬彼舟流。不知所屆　箋云。屆至也。言今太子不爲王及后所容。而見放逐。狀如舟之流行。无制之者。不知終所至也　心之憂矣。不遑假寐　箋云。遑暇也　○鹿斯之奔。維足伎伎。雉之朝雊尚求其雌伎伎舒貌。謂鹿之奔走其足伎伎然舒也。箋云。雊雉鳴也。尚猶也。鹿之奔。走其勢宜疾。而屖伎伎然舒留其羣也。雉之鳴猶知求其雌。今太子之見放。棄其妃匹。不得與之去。又鳥獸之不如也譬彼壞木疾用無枝壞瘣也。謂傷病也。箋云。太子放逐而不得生子。猶內傷病之木用有疾故無枝也心之憂矣寧莫之知箋云。寧猶曾也○

相彼投兔尚或先之行有死人尚或墐之

墐路冢也。箋云。相視。投掩也。行道也。視彼人將掩兔。尚。有先驅走之者。道中有死人。尚。有覆掩之以成其墐者。言此所不知。其心。不忍耳也

君子秉心維其忍之

箋云。君子斥幽王也。秉執也。言王之執心。不如彼二人也

心之憂矣涕既隕之

隕墜也

○君子信讒如或醻之

箋云。醻旅醻也。如醻之者。謂受而行之

君子不惠不舒究之

箋云。惠愛也。究謀也。王不愛太子。故。聞讒言則放之。不舒謀也

伐木掎矣

寄彼反

析薪杝矣。伐木者。掎其巔。析薪者。隨其理。箋云。掎其巔者。不欲妄踣之。杝謂觀其理也。必隨其理者。不欲妄挫折也。之。以言今王之遇太子。不如伐木析薪者。

舍彼有罪。予之佗矣。佗加也。箋云。予我也。舍褒姒讒言之罪而。妄加我太子。

○莫高匪山。莫浚匪泉。浚深也。箋云。山高矣。人登其巔。泉深矣。人入其淵。以言人无所不至。雖欲避逃之。猶有黙存者焉。

君子無易由言。耳屬于垣。箋云。由用也。王无輕用讒人之言。人

將有屬耳於牆𨻶而聽之者。知
王有所受之。知王心不正也　無逝我梁
無發我笱　箋云。逝之也。之人梁發人笱。此
必有盜魚之罪。以言褒姒以淫色
來嬖於王。盜我太子母子之寵也　我躬不閱遑恤我後　念父孝也
高子曰。小弁小人之詩也。孟子曰。何以言
之。曰。怨乎也。孟子曰固哉夫高叟之爲詩也。
有越人於此。關弓而射我。我則談笑而道
之。无他。疏之也。兄弟關弓而射我。我則垂
涕泣而道之。无他。戚之也。然則小弁之怨
親親也。親親仁也。固哉夫高叟之爲詩。曰

毛十二　十八

凱風何以不怨。曰、凱風親之過小者也。小
弁。親之過大者也。親之過大而不怨。是愈
疏也。親之過小而怨。是不可磯也。愈疏不
孝也。不可磯。亦不孝也。孔子曰。舜其至孝
矣。五十而慕父。箋云。念父孝也。太子念王
將受讒言不止。我死之後懼被讒者
无知之何。故自决。我身尚不
能自容。何暇乃憂我死之後也

小弁八章章八句

巧言刺幽王也。大夫傷於讒。故作是詩也

悠悠昊天曰父母且無罪無辜亂如此憮火呉反

憮大也。箋云。悠悠思也。憮敖也。我憂思乎昊天愬王也。始者詳其且爲民之父母。今乃刑殺无罪无辜之人。爲乱如此甚敖慢。无法度也

昊天已威予慎無罪昊天泰憮予慎無辜。

威畏也慎誠也。箋云。已泰皆。言甚也。昊天乎王甚可畏王甚敖慢。我誠无罪。而罪我也○

亂之初生僭始既涵鄭子念反

僭數也涵容也。箋云。僭不信也。既盡也涵同也。王之初。生乱萌羣

臣之詐。不信與信盡同之皆測也　亂之又生君子信讒　箋云。君子云。作在位者也。在位者信讒人之言。是復亂之所以生也　君子如怒亂庶遄沮　遄疾沮止也。箋云。君子見讒人如怒責之則。此亂庶幾可疾止也　君子如祉亂庶遄已　祉福也。箋云。福者福賢者謂爵祿之也。　如此則乱亦庶幾可疾止也　○君子屢盟亂是用長　本又作婁力住反　乍国　有疑會同則。用盟。而。相要也　箋云。屢數也。盟之所以數者由世衰乱多相背違也時覲曰會。殷見曰同。非此時而盟。謂之數也 君子信盜。亂是用暴 盜逃也 箋云。盜謂小人也。春秋傳曰。賤者窮諸盜 盜言孔甘。亂是用餤 餤進也 匪其止共。維王之邛 箋云。邛病也。小人好為讒佞。既不共其職事。又為王作病也。○ 奕奕寢廟。君子作之。秩秩大猷。聖人莫之。他人有心。予忖度之。奕奕大貌。秩秩進知也。莫謀也。躍躍毚兔。遇犬獲之 毚兔狡兎

他歷反 七咸反

也。箋云。此四事者。言各有所能也。因己能忖度讒人之心。故列道之爾。猷道也。大道治國之禮法。遇犬。犬之馴者。謂田犬也。○**荏染柔木。君子樹之。往來行言。心焉數之。**荏染柔意也。柔木椅桐梓漆也。箋云。此言君子樹善木。如人心思數善言而出之。善言者。往亦可行。來亦可行。於彼亦可。於己亦可。是之謂行言也。**蛇蛇碩言。出自口矣。**蛇蛇淺意也。箋云。碩大也。大言者。言不顧其行。徒從口出。非由心也。**巧言如簧。**

顏之厚矣 箋云。顏之厚者。出言虛偽而不知慚於人也。○彼何人斯。居河之麋 水草交謂之麋 箋云。何人者。斥讒人也。賤而惡之。故曰何人也。無拳無勇。職為亂階 拳力也 箋云言无力勇者。謂易誅除也。職主也。此人主為乱作階。言乱由之來也。既微且尰。爾勇伊何。骭瘍為微。腫足為尰 箋云。此人居下濕之地。故生微尰之疾。人憎惡之。故言之。女勇伊何。何所能為也 為猶將多。爾居徒幾何 箋云。

猶謀將大也。女作讒佞之謀。太多女所與居之衆。幾何人素能然乎

巧言六章章八句

何人斯蘇公刺暴公也。暴公為王卿士而譖蘇公焉故蘇公作是詩而絶之暴也。蘇也。皆畿內國名

彼何人斯。其心孔艱胡逝我梁不入我門

箋云。孔甚。艱難也。逝之也。梁魚梁也。在蕃國之門外。彼何人乎。謂與暴公俱見於王者也。其持心甚難知。言其性堅固。似不妄也。暴公譖已之時。女與之乎。今過我國。何故近之我梁。而不入見我乎。疑其與之而未察。斥其姓名爲太切。故言何人。

伊誰云從。維暴之云。

云言也。箋云。譖我者。是言從誰生乎。乃暴公之所言也。由已情而本之。以解何人意之。〇

二人從行。誰爲此禍。胡逝我梁。不入唁我。

箋云。二人者。謂暴公與其侶也。女相隨而

行見王。誰作我是禍乎。時穢公。以得譖讓
也。女即不為。何故近之我梁而不入弔唁
乎

始者不如今云不我可 箋云。女始者於我甚厚。不如今
日也。今日云我所行有何不可者乎。何更於己薄也

○彼何人斯胡逝我陳我聞其聲不見其身 陳堂塗也。箋云。堂塗者
公館之堂塗也。女即不為。何故近之我館
庭使我得聞女之音聲。不得覩女之身乎

不愧于人不畏于天 箋云。女今不入唁我
何所愧畏乎。皆疑之

未察之辭也。○彼何人斯其為飄風胡不自北胡不自南胡逝我梁祇攪我心飄風暴起之風攪乱也箋云。祇適也。何人乎。女行來而去疾。如飄風。不欲入見我。何不乃從我国之南。不則乃從我国之北。何近之我梁。適乱我之心。使我疑女乎○爾之安行亦不遑舍爾之亟行遑脂爾車壹者之來云何其盱箋云。遑暇。亟疾。盱病也。女可安行乎。則何不暇舍息乎。女當疾行乎。

則又何暇職女車乎。極其情求其意。終不得壹者之來。恐我於女亦何病也 ○

爾還而入我心易也還而不入否難知也

易說也祇病也。方九反鄭林鄙反 箋云

壹者之來俾我祇也

還行反也。否不通也。祇安也。女行反入見我。我則解說也。反又不入見我。則我與女情不通。女與於譖我與。否復難知也。壹者之來見我。我則知之是使我心安也 ○

伯氏吹壎仲氏吹篪

土曰壎竹曰篪 箋云。伯仲喻兄弟也。我與女恩。如兄弟。其相

詛 側吏反以禍福之言相要曰

蜮 生南越，越婦人多淫，故其地多淫女，蜮乱之氣所生也

應和如壎篪以言俱

為王臣。宜相親愛也 **及爾如貫。諒不我知**

出此三物。以詛爾斯 三物。豕犬雞也。民不相信。則盟詛之。君以

豕。臣以犬。民以雞。 箋云。及與也。諒信也。我

與女俱為王臣。其相比次。如物之在繩索

之貫也。今女心誠信。而我不知。且共出此

三物。以詛女之此事。為其情難知。己又不

欲長怨。故設 ○**為鬼為蜮。則不可得。有靦**

之以此言也

面目。視人罔極 蜮短狐也。靦姡也 箋云。使女為鬼為蜮也。則女誠

靦 吐轉反

不可得見也。姡然。有靣目。女乃人也。作此好歌以極反側
人相視。无有極時。終必與女相見也

反側，不正直也。箋云。好猶善也。反側輾轉也。作八章之歌求女之情。女之情反側極於是也

何人斯八章章六句

巷伯刺幽王也。寺人傷於讒故作是詩也

巷伯奄官。寺人內小臣也。奄官上士四人。掌王后之命。於宮中為近。故謂之巷伯與

哆 說文云張口也

箕 二十八宿有箕星无南箕故云南箕即箕星也 箕四星二為踵二為舌其踵狹而舌廣則大張矣

寺人之官。相近讒人。譖寺人。寺人又傷其將及巷伯。故以名篇也

萋兮斐兮成是貝錦七西反 芳匪反或作菲 興也。萋斐文章。相錯也。貝錦錦文也。箋云。錦文者。文如餘泉餘蚳直基反之貝文也。興者喻。讒人集作己過以成於罪。猶女工之集采色以成錦文

彼譖人者亦已太甚徐勑佐反 箋云。太甚者謂使已得重罪也

哆兮侈兮成是南箕昌者反 尺是反 哆大貌。南箕箕星也。侈之言是必有因也。斯人自謂辟嫌之不審也。昔者顏叔子獨處于室。鄰之釐力之反婦又獨處于室

詩十二 三

夜懸風雨。至而室壞。婦人趨而至。顏叔子。
顏叔子納之而使執燭。放乎旦蒸盡。縮屋
而繼之。自以為避嫌之不審矣。若其審者。
宜若魯人然。魯人。有男子獨處于室。鄰之
釐婦。又獨處于室。夜懸風雨至而室壞。婦
人趨而託之。男子閉戶而不納。婦人自牖
與之。言曰。子何為不納我乎。男子曰。吾聞
之也。男女不六十不閒居。今子幼。吾亦幼。
不可以納子。婦人曰。子何不若柳下惠然。
嫗不逮門之女。國人不稱其亂。男子曰。柳
下惠固可。吾固不可。吾將以吾不可。學柳
下惠之可。孔子曰。欲學柳下惠者。未有似

斉是也　箋云。箕星哆然踵狹而舌廣。今讒人之因寺人之近嫌而成言其罪。猶因箕星之哆然而又侈大之也

彼譖人者誰適與謀　箋云。適往也。誰往就汝謀乎。怪其言多且巧也

○緝緝翩翩謀欲譖人　緝緝口舌聲也。翩翩往來貌

慎爾言也謂爾不信　箋云。慎誠也。女誠心而後言王。將謂女不信而不受。欲其誠者惡其不誠也

○捷捷幡幡謀欲譖言　捷捷猶緝緝也。幡幡猶翩翩也

豈不爾受既其

女遷遷去也。箋云。遷言言訕也。王倉卒豈將不受女言乎。已則亦將復訕誹女也○驕人好好勞人草草好好喜也。草草勞心也。箋云好好者喜讒言之人也。草草者憂將妄得罪也蒼天蒼天視彼驕人矜此勞人○彼譖人者誰適與謀取彼譖人投畀豺虎投棄畀與也豺虎不食投畀有北北方寒涼而不毛也有北不受投畀有昊昊昊天也箋

去。付與昊天使制其罪也

○楊園之道猗于畝丘

楊園園名猗加也。畝丘丘名也。箋云。欲之楊園之道。當先歷畝丘。以言此讒人。欲譖大臣。故從近小者始也

寺人孟子作為此詩凡百君子敬而聽之

寺人而曰孟子者。罪已定矣。而將踐刑作此詩也。箋云。寺人。王之正內五人也。作起也。孟子起而為此詩。欲使衆在位者慎而知之。既言寺人。復自著孟子者。自傷將去此官也

欲使衆在位者慎而知之也

巷伯七章四章章四句一章五句

一章八句一章六句

節南山之什十篇七十九章五百五十二句

每卷首捺先大夫及太夫人圖章者記不忘其原也　翰謹記

毛詩卷第十二

毛詩卷第十三

谷風之什詁訓傳第二十

毛詩小雅　　鄭氏箋

谷風刺幽王也。天下俗薄朋友道絕焉

棄恩忘舊

習習谷風。維風及雨興也。風雨相感。朋友相須。箋云。習習和諷之聽。東風。謂之谷風。興者。喻風而有雨。則潤澤。行。朋友感志。則恩愛成。

將恐將懼。維予與女。箋云。將且也。恐懼喻遭厄難。勤苦之事也。當此之時獨。我。與女。爾。謂同其憂務

將安將樂。女轉棄予。言朋友趨利窮達。相棄。箋云。朋友。無大故。則不相遺棄也今。女。已志達而。安樂。棄恩。忘舊。薄之甚也

習習谷風。維風及頹。頹風之焚輪者也。風薄相扶而上。喻朋友相須而成也

將恐將懼。寘予于懷。箋云。寘置也。置我於懷。言

諭

而上

之致反

寘

至親已也將安將樂。棄予如遺。箋云。如遺者。如人行道。遺忘物。忽然不省存也

○習習谷風。維山崔嵬。無草不死。無木不萎。崔嵬山巔也。雖盛夏。萬物茂壯。草木。無不有死葉萎枝。者。箋云。此言東風。生長之風也。山巔之上。草木猶及之。然而。盛夏養萬物之時。草木枝葉。猶有萎槁者。以喻朋友。雖以恩相長養。亦。安能不時有小訟乎忘我大德。思我小怨箋云。大德切磋以道相成之謂也

谷風三章章六句

蓼莪刺幽王也民人勞苦孝子不得終養爾不得終養者二親病亡之時時在役所不得見也

蓼蓼者莪匪莪伊蒿興也蓼蓼長大貌箋云我已蓼蓼長大我視之以爲非莪反謂之蒿興者喻憂思雖在役中心不精識其事哀哀父母生我劬勞箋云哀哀者恨不得終養父母報其生長已之苦也

蓼蓼者莪。匪莪伊蔚。蔚牡菣也 哀哀父母。生我勞瘁。箋云瘁病也 ○ 缾之罄矣。維罍之恥。缾小而罍大也。罄盡也。箋云。缾小而盡。罍大而盈。言為罍恥者。刺王不使富分貧。眾恤寡。

鮮民之生。不如死之久矣。鮮寡也。箋云。此言供養日寡矣。而我尚不得終養。恨之辭也 無父何怙。無母何恃。出則銜恤。入則靡至。箋云。恤憂。靡無也。孝子之心。怙恃父母。依依然。以為不可斯須無也。出門則思之而憂。
旋入門。又不見。如入室無所至也。○父兮生我。
母兮鞠我。拊我畜我。長我育我。顧我復我。
出入腹我。鞠養。腹厚也。箋云。父兮生我
者。本其氣也。畜起也。育覆育也。
顧旋視也。復反
覆也。腹懷抱之也。欲報之德。昊天罔極。箋云。之猶
是也。我欲報父母是
德。昊天乎我心無極。○南山烈烈。飄風發
發。烈烈至難也。發發疾貌也。箋云。民人
勞苦徭役。視南山。則烈烈然。飄風。發發

然。寒且。疾之也

民莫不穀我獨何害　箋云。穀養也。言民。皆。得養其父母。我。獨。何故覩此寒苦之害也　○

南山律律飄風弗弗　律律猶烈烈也。弗弗猶發發也

民莫不穀我獨不卒　箋云。卒終也。我。獨。不得終養父母。重自哀傷也

蓼莪六章四章章四句二章章八句

大東刺亂也。東國。困於役。而傷於財。譚大

夫。作是詩以告病焉。譏因。在東。故其大夫。尤。皆征役之事也。魯莊公十年。齊師。滅譚是也

有饛簋飱。有捄棘匕。興也。饛滿簋貌也。飱熟食。謂黍稷也。捄長貌。匕所以載鼎實也。棘赤心也。箋云。飱者。客始至。主人所致之禮也。凡飱饔餼以其爵等為之。牢禮之數陳。興者。喻古者。天子。施予之恩於天下厚也

周道如砥。其直如矢。如砥。貢賦。平均也。如矢。賞罰不偏也

君子所履。小

人所視箋云。此言古者。天子之恩厚也。君子。皆法傚而履行之。其。如砥矢之平。小人又。皆視之。供之無怨也睠言顧之。潸焉出涕。睠反顧也。古鄭反本又作眷潸涕下貌也。箋云。言我也此二事者。在乎前世過而去矣。我從今顧視之。為之出涕。傷今不如古也○小東大東。杼柚其空空盡也。箋云。小也。大也。謂賦斂之多少也。小亦。於東。大亦於東。言其政。偏。失砥矢之道也。譏無他貨。維絲麻爾。今。盡杼柚。不作也糾糾葛屨。可以履霜。佻佻公子。行彼周行。佻佻獨行貌也。公子譚公子也。箋云。葛屨夏屨也。周行周之列位也。言時財貨盡。雖公子。衣屨不能順時。乃夏之葛屨也今以履霜。送轉餫因見使行周在列位者而發幣焉。言雖困乏。猶不得止也

既往既來。使我心疚。箋云。既盡也疚病也。言譚人自虛竭餫送而往。周人則空盡受之。曾無反幣復禮之惠。是使我心傷病也

○有洌氿泉。無浸穫薪。契契寤歎。哀我憚人。洌寒意也。側出曰氿泉。穫艾也。契契憂苦也。憚

苦計反

或運

或本作轉運

勞也。箋云。穫落。木名也。既伐而析之以為薪。不欲使氿泉浸之。浸之則將濕腐不中用也。今譚大夫契契憂苦而寤歎。哀其民人之勞苦者。亦不欲使周之賦斂小東大東極盡之。極盡之則將困病。亦猶是也

薪是穫薪。尚可載也。哀我憚人。亦可息也

載載乎意也。箋云。薪是穫薪者。析是穫薪也。尚庶幾也。庶幾析是穫薪可載而歸蓄之以為家用。哀我勞人。亦可休息養之以待國事也。○

東人之子職勞不來。西人之子

粲粲衣服東人謂譚人也。來勤也。西人京師人也。粲粲鮮盛也。箋云。職主也。東人勞苦而不見謂勤京師人衣服鮮絜而逸豫。言王政偏甚也。自此章以下。言周道衰。其不言政偏則言衆官廢職。如是而已也舟人之子熊羆是裘舟人所楫之人也。熊羆是裘言富也。箋云。舟當作周。裘當作求。聲相近故也。周人之子謂周世臣之子孫也。退在賤官使搏熊羆。在冥氏穴氏之職也私人之子百僚是試私人私家人也。是試用於百官也。箋云。此言周道

褎君子小人。得志也

或以其酒。不以其漿　或醉於酒。或不得漿者也

○鞙鞙佩璲。不以其長　鞙鞙玉貌也。璲瑞也。箋云。佩璲者。以瑞玉爲佩。佩之鞙鞙然。居其官職。非其才之所長也。徒美其佩。而無其德。刺其素餐之也　胡犬反

維天有漢。監亦有光　漢天河也。有光而無所明。箋云。監視也。喻。王闓置官司。而無督察之實

跂彼織女。終日七襄　跂隅貌也。襄反也。箋云。襄駕也。駕謂更其肆也。從旦。至莫。七辰。辰一移。因謂之七襄也

雖

則七襄不成報章不能反報成章也。箋云：織女有織名爾，駕則有西無東，不如人織相反報成文章也。牽，苦堅反。睆彼牽牛，不以服箱睆，明星貌。何鼓謂之牽牛。服，牝服也。箱，大車之箱也。箋云：以，用也。牽牛不可用於牝服之箱。東有啓明，西有長庚日旦出謂明星爲啓明，日既入謂明星爲長庚。庚，續也。箋云：啓明、長庚皆有助日之名，而無實光也。有捄天畢，載施之行捄，畢貌。畢所以掩兔也。何嘗見其可用乎。箋云：祭

器。有捄畢。者。所以助載鼎實也。維南有箕不

今。天畢則。施於行列而已也

可以簸揚維北有斗不可以挹酒漿挹㪺也

維南有箕載翕其舌維北有斗西柄之揭

翕合也。　箋云。翕猶引

也。引舌者。謂上星相近也

大東七章章八句

四月大夫。刺幽王也。在位貪殘下國搆禍

怨亂並興焉

四月維夏，六月徂暑。徂，往也。六月火星中，暑盛而往矣。箋云：

徂猶始也。四月立夏矣，至六月乃始盛暑。興人為惡亦有漸，非一朝一夕也。先祖

匪人，胡寧忍予。箋云：匪，非也。寧，猶曾也。我先祖非人乎？人則當知患

難。何為曾使我當此亂世乎？

秋日淒淒，百卉具腓。淒淒

涼風也。卉，草也。腓，病也。箋云：具猶皆也。涼風用事而衆草皆病，興者諭貪殘之政行而

萬民國病也。亂離瘼矣，爰其適歸。離，憂也。瘼，病也。適，之也。箋云：爰，曰。
今政亂国。將有憂病者矣。曰此禍。其所之歸乎。言憂病之禍必自之歸為亂者

冬日烈烈，飄風發發。箋云：烈烈猶栗烈也。發發疾貌也。言王為酷虐慘毒之政。如冬日之烈烈矣。其敺疾行於天下。如飄風之疾也

民莫不穀，我獨何害。箋云：穀，養也。民莫不得養其父母者。我獨何故覩此寒苦之害也

山有嘉卉，侯栗侯梅。箋云：嘉，善也。侯，維也。山有美

善之草。生於梅栗之下。人取其菓實。蹊踐
而害之。令不得蕃茂。喻上多賦斂富人。財
盡而弱民。廢，忕也。
與受困窮。廢為殘賊。莫知其尤。箋云。尤過
也。言在位者。皆貪殘。為民之害。
無自知其行之過者。言忕於惡也。相彼泉
水載清載濁。箋云。相視也。我視彼泉水之
流。一則清一則濁。刺諸侯並
為惡。曾無一善。我日構禍。曷云能穀。構成也。曷逮也。箋云。構猶
合集也。曷之言何也。穀善也。言諸
侯。日作禍亂之行。何者可謂能善乎。滔滔

江漢南國之紀 滔滔大水貌也其神足以綱紀一方箋云江也漢也南國之大水紀理衆川使不壅滯喻吳楚之君能長理旁側之小國使各得其所也

盡瘁以仕寧莫我有 箋云瘁病也仕事也今王盡病其封畿之內以兵役之事使羣臣有土地曾無自保有者皆懼於危亡也吳楚舊名貪殘今周之政乃反不如也

匪鶉徒丸反匪鳶以專反翰飛戾天匪鱣張連反匪鮪潛逃于淵 鶉鵰也鵰鳶貪殘之鳥也大魚能逃處淵箋云翰高也戾至也鱣

鱣也鮪鮎也。言鶉鳶之高飛。鱣鮪之處淵。性能自然也。今非鶉鳶。能高飛。非鱣鮪。能處淵。背。驚駭。避害。爾。喻民性。安土重遷。今。而逃走。亦畏亂政。故之也

山有蕨薇。隰有杞桋。杞枸檵也。桋赤棟也。箋云。此言草木。尚各得其所。人反不得其所。君子作歌。維以告哀。箋云。告哀。言傷之也勞病而愬之

四月八章章四句

北山大夫刺幽王也。役使不均。己勞於從

事而不得終養其父母焉陟彼北山言采其杞箋云。言我也。登北山。而采杞非可食之物。喻。已行役。不得其事也。偕偕士子朝夕從事偕偕強壯貌。士子有王事者也。箋云。朝夕從事。言不得休止也。王事靡盬憂我父母箋云。靡無也。盬不堅固也。王事無不堅固。故我當盡力勤勞於役久。不得歸。父母思已而憂也溥天之下莫非王土率土之濱莫非王臣溥大也率循也濱涯也　箋云此言王之土地廣大矣王之臣又衆矣何求而不得何使而不行乎也大夫不均我從事獨賢賢勞也　箋云王既不均大夫之使而專以我有賢才之故獨使我從事於役自苦之辭也

四牡彭彭王事傍傍彭彭然不得息傍傍然不得已也嘉我未老鮮我方將將壯也　箋云嘉鮮皆善也王善我年未老乎善我方壯乎何獨久使我也旅力方剛經營四方旅衆也　箋云

王謂此事衆之氣力方盛乎。何乃勞苦使之經營四方乎也

或燕燕居息燕燕安息貌也或盡瘁事國盡力勞病以從國事或息偃在牀。或不已于行。箋云。不已猶不止也或不知叫號。或慘慘劬勞。叫呼也。號召也或棲遲偃仰。或王事鞅掌。於兩反鞅掌失容也。箋云。鞅猶荷也。掌謂捧持之也。負荷捧持以趨走言促遽也

或湛樂飲酒。或慘慘畏咎箋云。咎猶罪過也

或出入風議或靡事不爲 箋云風猶放也

北山六章三章章六句三章章四句

無將大車大夫悔將小人也 周大夫悔將小人幽王之時小人衆多賢者與之從事反見譖害自悔與小人並

無將大車祇自塵兮 大車小人之所將也箋云將猶扶進也祇適也鄙事者賤者之所爲也君子爲之不堪其勞以喻大夫而進舉小人適自作

憂累。故悔之也

無思百憂。祇自疧兮 都禮反 疧病也。箋云。百憂者衆小事之憂也。進舉小人使得居位。不任其職愆負及己。故。以衆小事為憂。適自病立

無將大車。維塵冥冥 箋云。冥冥者。蔽人目明。令無所見也。猶。進舉小人。蔽傷己之功德也

無思百憂。不出于熲 熲光也 古迥反 箋云。思衆小事以為憂。使人蔽闇不得出於光明之道也

無將大車。維塵雝兮 箋云。雝猶蔽也

無思百憂。祇自重兮 箋云

重猶累也

無將大車三章章四句

小明大夫悔仕於亂世也 名篇曰小明者言幽王日小其明損其政事以至於亂也

明明上天照臨下土 箋云明明上天喻王者當光明如日之中也照臨下土喻王者當察理天下之事據時幽王不能然故舉以刺之

我征徂西至于艽野二月初吉載離寒暑 艽野遠荒

之地初吉朔日也　箋云征行也徂往也我
行往之西方至於遠荒之地乃以二月朔
日始行至今則更夏暑冬寒矣尚未得歸
詩人牧伯之大夫使述其四方之事遭亂世
勞苦而　心之憂矣其毒大苦　箋云憂之甚
悔仕之也　心中如有藥
毒　念彼共人涕零如雨　箋云共人靖共爾
也　位以待賢者之君
豈不懷歸畏此罪罟　罟網也　箋云懷思
罪羅網也我誠思歸畏此刑
不敢歸爾　故　昔我往矣日月方除曷云

其還歲聿云莫除除陳生新也箋云四月為除。昔我往至於艽野以四月自謂其時將卽歸也何信其還乃至歲晚尚不得歸念我獨兮我事孔庶心之憂矣憚我不暇憚勞也箋云孔甚也庶衆也。我事獨甚衆。勞我不暇。皆言王政不均。臣事不同之也念彼共人睠睠懷顧箋云睠睠有往仕之志也豈不懷歸畏此譴怒

昔我往矣日月方奥奥煖也曷云其還政

事愈蹙。歲聿云莫。采蕭穫菽。蹙促也。箋云。愈猶益也。何。言其還。乃至於政事。更益。促急。歲。晚乃。至采蕭穫菽。尚不得歸之也。心之憂矣。自詒伊戚。戚憂也。箋云。詒遺也。我遭乱世。而仕自。遺此憂。悔仕之辭。念彼共人。興言出宿。箋云。興起也。夜臥起。宿於外。憂不能宿於內也。豈不懷歸。畏此反覆。箋云。反覆謂不以正罪見罪也。嗟爾君子。無恒安處。箋云。恒常也。嗟我君子。謂其朋友未

介

毛十三

十五

仕者也。賢人之居。無常安之處。謂當安安而能遷。孔子曰。鳥則擇木。靖共爾位正直是與。神之聽之。式穀以女靖謀也。正直。為正。能正人之曲曰直。箋云。共具也。式用也。穀善也。有明君謀具女之爵位。其志在於與正直之人為治。神明若明若祐而聽之。其用善人。則必用女。是使聽天任命。不汲汲求仕之。辭也言女位無常主。賢人則是之也嗟爾君子。無恒安息息猶處也靖共爾位。好是正直。神之聽之。介爾

景福。介、景皆大也。箋云。好猶與也。介助也。神明聽之。則將助女以大福。謂遭

是明君。道

德施行也

小明五章三章章十二句二章章六句

鼓鐘刺幽王也

鼓鐘將將。淮水湯湯。憂心且傷。幽王用樂。不與德比。

會諸侯于淮水上。鼓其淫樂。以示諸侯。賢

者。爲之憂傷。箋云。爲之憂傷者。嘉樂不

野。今儀象不出門。今乃於淮水之上。作先王之樂。失禮尤大也 淑人君子。懷允不忘 箋云。淑善也。儀至也。古者善人君子。其用禮樂。各得其宜。至信不可忘。○鼓鍾喈喈。淮水湝湝。憂心且悲。喈喈猶將將也。湝湝猶湯湯也。悲猶傷也 淑人君子。其德不回 回邪也

鼓鍾伐鼛。淮有三洲。憂心且妯。鼛大鼓也。三洲淮上地名。妯動也。箋云。妯之言悼也 淑人君子。其德不猶 猶若也。

箋云。猶當作
瘉。瘉病也
鼓鍾欽欽。鼓瑟鼓琴。笙磬
同音
欽欽言。使人樂進也。笙磬東方之樂
也。同音。四縣皆同也。箋云。同音者
謂堂上堂下
八音克諧之也
以雅以南以籥不僭
為雅為
南也。舞
四夷之樂。大德廣所及也。東夷之樂曰昧。
南夷之樂。曰南。西夷之樂。曰朱離。北夷之
樂曰禁。以為籥舞若是。為和。而不僭矣。
箋云。雅。万舞也。萬也。南也。籥也。三舞不僭。
言進退之旅也。周樂尚武。故謂
萬舞為雅。雅正也。籥舞文樂也

鼓鍾四章章五句

楚茨，刺幽王也。政煩賦重，田萊多荒，饑饉降喪，民卒流亡，祭祀不饗，故君子思古焉。

田萊多荒。茨棘不除也。饑饉倉庾不盈也。降喪。神不與以福助也

楚楚者茨，言抽其棘。自昔何為，我蓺黍稷。

楚楚，茨棘貌。抽，除也。箋云。茨，蒺藜也。伐除蒺藜與棘。自古之人，何乃自勤苦為此

事乎。我蓺黍稷焉。言古者。先王之政

以農為本。茨言楚楚。棘言抽。亟辭也

我黍與與。我稷翼翼。我倉既盈。我庾維億。露積

為庾。萬萬曰億也。箋云。黍與與。稷翼翼。蕃

廡貌也。陰陽和。風雨時。則萬物成。萬物成則

倉庾充滿矣。倉言盈。庾言億。

亦互辭。喻多也。十萬曰億也。以為酒食。以

享以祀。以妥以侑。以介景福。陽果反 妥安坐也。侑

勸也。箋云

享獻也。介助也。景大也。以黍稷為酒食。獻之以

祀先祖。既以又迎尸。使處神坐。而食之為

其嫌不飽。祝。以主人之辭勸之。所以助孝子受大福也

濟濟蹌蹌七羊反

絜爾牛羊以往烝嘗或剝或亨或肆或將

濟濟蹌蹌言有容也。亨飪之也。肆陳也將齊也。或陳于牙或齊其肉。箋云。有容言威儀。敬慎也。冬祭曰烝。秋祭曰嘗。祭祀之禮。各有其事。有解剝其皮者。有煑熟之者。有肆其骨體於俎者。或奉持而進之者也。

祝祭于祊祀事孔明

祊廟門內也。箋云。孔甚也。明猶備也。絜也。孝子。不知神明之所在。故使祝博求之平生門

內之旁。待賓客之處也。祀礼於是甚明也。先祖是皇。神保是饗。皇大也。保安也。箋云。皇暀也。先祖以孝子祀礼甚明之故。精氣歸暀之。其鬼神又安而饗其祭祀之也。孝孫有慶。報以介福。萬壽無疆。慶賜也。疆竟。境界也。○執爨踖踖。為俎孔碩。或燔或炙。爨饔爨廩爨也。踖踖言爨竈有容也。燔取膟膋。炙炙肉也。箋云。燔燔肉也。炙肝炙也。皆從獻之俎也。其為之於爨必取肉也。肝也。肥碩美者也。君婦莫莫

酬

為豆孔庶為賓為客莫莫言清靜而敬至也豆謂肉羞庶羞也繹而賓尸及賓客。箋云君婦謂后也凡嫡妻稱君婦婦事舅姑之稱也庶胾也祭祀之禮后夫人主共籩獻醻交錯禮儀卒豆必取肉物肥脆美者

度笑語卒獲東西為交邪行曰錯也度法也度獲得時也箋云始主人酌賓為獻賓既酌主人主人又自飲酌賓曰醻至旅而爵交錯以徧卒盡也古者旅也語

神保是格報以介福萬壽攸酢格來酢報也

○我孔熯矣式禮莫愆工祝致告徂賚孝
孫熯敬也善其事曰工賚予也箋云我
孝孫也式法莫無愆過徂往也孝孫
甚敬矣於禮法無過者祝以此故致神意
告主人使受嘏既以嘏之物往予主人也
苾芬孝祀神嗜飲食卜爾百福如幾如式苾蒲必反又蒲蔑反
幾期也式法也箋云卜予也苾苾芬芬有
馨香矣女之以孝敬享祀也神乃歆嗜女
之飲食今予女之百福其來如有期
矣多少如有法矣此者嘏辭之意也既齊

詩十三　二十

旣稷旣匡旣勑。永錫爾極。時萬時億。稷疾也勑固

也。箋云。齊減取也。稷之言即也。永長也。極

中也。嘏之禮。祝徧取黍稷牢肉魚擩于醢

以授尸。孝孫前就尸受之。天子使宰夫受

之以籩。祝則釋嘏辭以勑之。又曰。長賜女

以中和之福。是萬。○禮儀旣備。鐘鼓旣戒。

是億。言多無數也　致告告利成也。箋

孝孫徂位。工祝致告。云。鐘鼓旣戒。戒諸在

廟中者。以祭禮畢。孝孫往位。堂下西面

位也。祝於是致孝孫之意。告尸以利成

神

具醉止。皇尸載起。鼓鍾送尸。神保聿歸。大
也　箋云。具皆也。皇君也。載之言則也。尸節
神者也。神醉而尸謖。送尸。而神歸。尸出入
奏肆夏。尸稱君。尊之也
神安歸者。歸於天也
諸宰君婦。廢徹不
遲　箋云。廢去也。尸出而可徹。諸宰徹去
諸饌。君婦徹籩豆。而已。不遲。以疾為敬
也
諸父兄弟。備言燕私
燕而盡其私恩也
箋云。祭祀畢。歸賓
客之俎。同姓則留與之燕。
所以尊賓客親骨肉也
樂具入奏。以

綏後祿。爾殽既將。莫怨具慶。綏安也。安然後。受福祿也將行也 箋云。燕而祭時之樂。復。皆入。奏。以安後日之福祿。骨肉歡而君之福祿安女之殽羞。已行同姓之臣。無有怨者。而皆。慶君。是。其歡也

既醉既飽。小大稽首。神嗜飲食。使君壽考。箋云。小大猶長幼也。同姓之臣。燕已醉飽皆。再拜稽首曰。神乃歆嗜君之飲食使君壽且考。此。其慶辭之也

孔惠孔時。維其盡之。子子孫孫。勿替引之。替

也。引，長也。箋云：惠，順也。孔，甚也。甚順於禮[illegible]得其時。維君德能盡之。願子孫勿廢而長行之。

楚茨六章章十二句

信南山，刺幽王也。不能脩成王之業，疆理天下，以奉禹功，故君子思古焉。

信彼南山，維禹甸之。畇畇原隰，曾孫田之。甸，治也。畇畇，墾辟貌。曾孫，成王也。箋云：信乎彼南山之野，禹治而丘甸之。今原隰墾辟則又。成王之所佃也言成王乃遠修禹之功。今王反不脩其業乎。六十四井為甸。甸方八里。居一成之中。成方十里。出兵車一乘。以為賦法也**我疆我理**疆畫經界也。理分地理也。**南東其畝**或南或東也。○**上天同雲雨雪雰雰**雰雰雪貌也豐年之冬必有積雪也**益之。以霢霂。既優既渥**小雨曰霢霂也。箋云。成王之詩。陰陽和風雨時。冬有積雪。春而益之。以小雨。潤澤足。饒洽之也**既霑既足生我百穀。**○**疆埸翼翼**

黍稷彧彧〔於六反〕埸畔也。翼翼讓畔也。彧彧茂盛貌也　曾孫之穡以

為酒食。畀我尸賓。壽考萬年　箋云。斂稅曰穡。畀予也。成王。以黍稷之稅為酒食。至祭祀齊戒則以賜尸與賓。尊尸與賓。所以敬神也。敬神則得壽考萬年之也

〇中田有廬。疆埸有瓜。是剝是菹　剝瓜為菹也　箋云。中田田中也。農人作廬焉以便其田事。於畔上種瓜。瓜成又入其稅天子。剝削淹漬以為菹。貴四時之異物　獻之皇祖。曾孫壽

考受天之祜。箋云。皇君也。祜福也。獻瓜菹於先祖者。順孝子之心也。孝子則獲多福者也。○祭以清酒。從以騂牡。享于祖考。周尚赤也。箋云。清謂玄酒也。酒鬱鬯五齊三酒也。祭祀之禮。先以鬱鬯降神。然後迎牲。享于祖考。納亨時。執其鸞刀。以啓其毛。取其血膋。鸞刀刀有鸞者。言割中節也。箋云。毛以告純也。膋脂膏也。血以告殺。膋以升臭。合之黍稷。實之於蕭。合馨香也。○是烝是享。苾苾芬芬。祀

事孔明烝進也。箋云。既有牲物。而進之。苾苾。芬芬然香。祀禮。於是。則甚明也

先祖是皇報以介福萬壽無疆箋云。皇之言暀也。先祖之靈。歸暀是孝孫。而報之以福祿也

信南山六章章六句

谷風之什十篇五十四章三百五十六句

毛詩卷第十三

毛詩卷第十四

甫田之什詁訓傳第二十一　毛詩小雅

鄭氏箋

甫田刺幽王也君子傷今而思古焉刺者刺其倉廩空虛政煩賦重農人失職

倬彼甫田歲取十千倬明貌也甫田謂天下田也十千言多也

陸甫又韓詩作菿音同云菿卓也

箋云甫之言大也。明乎彼太古之時以丈夫稅田也。歲取十千。於井田之法。則一成之數也。九夫為井。井稅一夫。其田百畝。井十為通。通稅十夫。其田千畝。通十為成。成方十里。成稅百夫。其田萬畝。欲見其數從井通起。故言十千。上地穀畝一鍾。

我取其陳。食我農人。自古有年。尊者食新農夫食陳

箋云。倉廩有餘。民得賒貰取食之。所以紓官之蓄滯。亦使民愛存新穀也。自古者豐年之法。如

今適南畝。或耘或耔。黍稷薿薿。耘除草也。

耔雝本也。箋云。今者今成王之法也。使
農人之南畝治其禾稼。功至力盡則薿薿
然而茂盛。於古言稅
法。今言治田。互辭耳也。攸介。攸止。烝我髦士
烝進也。髦俊也。治田得穀。俊士以進。箋云。
介舍也。禮使民鋤作耘耔。閒暇則於廬舍
及所止息之處。以道藝相
講肄以進其為俊士之行也。以我齊明與
我犧羊以社。以方器實曰齊。在器曰盛。社
后土也。方迎四方神祭
氣於郊也。箋云。以絜齊豐盛與我純色
之羊秋。祭社與四方。為五穀成熟報其功

蜡子亦反又作䄍仕賀反
八蜡先嗇司嗇農郵表畷貓虎坊水庸昆虫

也

我田既臧。農夫之慶 箋云。臧善也。我田事。已善則慶賜農夫。謂大蜡仕詐反之時勞農夫以休息之也。年不順成。則八蜡不通也

琴瑟擊鼓。以御田祖。以祈甘雨。以介我稷黍。以穀我士女 田祖先嗇也。穀善也。箋云。御迎也。介助也。穀養也。設樂以迎祭先嗇。謂郊後始耕也。以求甘雨。佑助我禾稼。我當以養士女也。周禮曰。凡國祈年于田祖。吹豳雅擊土鼓以樂田畯也

曾孫來止。以其婦子。饁于輒反彼南

田畯古之先教田者尒雅曰畯農夫也又曰田畯田官在主稼穡故謂之司嗇漢世亦有嗇官謂之嗇夫故言今之嗇夫也

畝。田畯至喜。攘其左右，嘗其旨否。箋云：嘗者謂成王也。攘讀當為饟。饁饋也。田畯司嗇，今之嗇夫也。喜讀為饎。饎，酒食也。成王來止，謂出觀農事也。親與后世子行，使知稼穡之艱難也。為農人之在南畝者設饋以勸之。司嗇至，則又加之以酒食，饟其左右從行者。成王親為嘗其饋之美否，示親之也。

禾易長畝。終善且有。易，治也。長畝，竟畝也。曾孫不怒，

農夫克敏。敏，疾也。箋云：禾治而竟畝，成王則無所責怒，謂此農夫能且

如梁孟子十二月車梁成注謂水上橫橋橋有廣狹得容車渡則高廣者也故曰比禾積詩注梁車梁是也

斂也

曾孫之稼。如茨。如梁。曾孫之庾。如坻。如京茨積也。梁車梁也。京高丘也。箋云稼禾稼也謂有藁者也茨屋蓋也。上古之稅法。近者納總。遠者納粟米。庾露積穀也。坻水中之高地也乃求千斯倉。乃求萬斯箱箋云。成王。見禾穀之稅委積之餘於是。求千倉以處之。求萬車以載之。是言豐年收入踰前也黍稷稻粱。農夫之慶。報以介福。萬壽無疆箋云慶賜也年豐則勞賜農夫益厚。既有

黍稷加以稻粱。報者為之。求福助於八蜡之神。萬壽無疆竟也

甫田四章章十句

大田刺幽王也。言矜寡不能自存焉（古頑反注皆同字或作鰥）幽王之時。政煩賦重而不務農事。蟲災害穀。風雨不時。萬民飢饉矜寡無所取活。故時臣思古以刺今也

大田多稼。既種既戒。既備乃事 箋云大田謂地肥美

可墾耕也多。爲稼可以授民者也。將稼者必
先。相地之所宜而擇其種。季冬命民出五
穀種計耦耕事。脩耒耜具田器。此之謂戒。
是既備矣。至孟春土長冒橛陳根可拔而
耕之也。

以我覃耜。俶載南畝。

覃利也。箋云俶讀爲熾。載讀爲菑
栗之菑。時至民以其利耜熾菑發所受之地。趨農急也。田一歲曰菑。

播厥百穀。既庭且碩。曾孫是若。

庭直也。箋云碩大也。若順也。民既熾
菑則種其衆穀。衆穀生盡條直茂大。成
王於是則止力役以順民事。不奪其時也

六五四

稂 六良又云梁童梁草也說文作蓈或乎字字之禾粟之莠生而不成者謂之童蓈

既方既皁。既堅既好。不稂不莠。實未堅者曰皁。稂童梁也。莠似苗也。　箋云。方房也。謂孚甲始生而未合時也。盡生房矣。盡成實矣。盡堅熟矣。盡齊好矣。而無稂莠。擇種之善。民力之專。時氣之和所致之也

去其螟螣。及其蟊賊。無害我田稺。六稚下同　食心曰螟。食葉曰螣。食根曰蟊。徒得反　食節曰賊。　箋云。此四蟲者恒害我田中之稺。故明君以正己而去之

田祖有神。秉畀炎火。炎火盛陽也。　箋云。螟螣之屬盛陽氣嬴則生之。今

毛十七

一五一 六盈

明吾爲政。田祖之神。不受此害。持之付與炎火。使自消亡。

有渰萋萋。興雨祁祁。雨我公田。遂及我私。渰陰雲興貌也。萋萋雲行貌也。祁祁徐也。箋云。古者陰陽和。風雨時。其來祁祁然而不暴疾。其民之心。先公後私。今天主雨於公。因及私田爾。此言民怙君德。蒙其餘惠也。

彼有不穫穉。此有不斂穧。彼有遺秉。此有滯穗。伊寡婦之利。秉把也。箋云。成王之時。百穀既多種。同齊熟。收刈促遽。力皆不足

而有不稺不歛遺秉滯穗
故聽於寡取之以為利也
曾孫來止以
其婦子饁彼南畝田畯至喜
箋云喜讀為饎饎酒食也
成王出觀農事饋食耕者以勸之也
司嗇至則又加之以酒食勞倦之爾
來方
禋祀以其騂黑與其黍稷以享（許兩反）以祀以介
景福
騂赤牛也黑羊豕也　箋云成王之
來則又禋祀四方之神祈報焉陽祀
用騂牲陰
祀用黝（伊糾反）牲

大田四章二章章八句二章章九句

瞻彼洛矣。刺幽王也。思古明王能爵命諸侯賞善罰惡焉

瞻彼洛矣。維水泱泱。興也。洛宗周漑浸水也。泱泱深廣貌也。箋云。瞻視也。我視彼洛水灌漑。以時。其澤浸潤以成嘉穀。與者喩古明王恩澤加於天下爵命。賞賜以成賢者也

君子至止。福祿如茨。箋云。君子至止

者。謂來受爵命者也。爵命為福。賞賜為祿。茨。屋蓋也。如屋蓋。喻多也。韎韐有奭。以作六師。韎韐者。茅蒐染草也。一入曰韎。韐。所以代韠也。天子六軍。箋云。此諸侯世子也。除三年之喪。服士服而來。未遇爵命之時。有征伐之事。天子以其賢。任為軍將。使代卿士將六軍而出。韎韐者。茅蒐染也。茅蒐。韎聲也。韎韐。祭服之韠。合韋為之。其服爵弁服。紂衣纁裳也。

○瞻彼洛矣。維水泱泱。君子至止。鞞琫有珌。鞞。容刀鞞也。琫。上飾。珌。下飾也。天子琫而珧珌。諸侯盪琫而璆珌。大夫鐐琫而鏐珌。士珕琫而珕珌。箋云。此人世子之賢者也。既受爵命。賞賜。而加賜容刀有飾。顯其能制斷。

君子萬年。保其家室。

箋云。德如是。則能長安其家室。親家室。親安之。尤難也。安則無篡殺之禍也。〔初患反 本亦作弒 同音試〕

○瞻彼洛矣。維水泱泱。君子至止。福祿既同。

箋云。此人世子之能。繼世位者也。其爵命。賞賜。盡與其先君受命者同而已。無所加也。

君子萬年。保其家邦。

瞻彼洛矣三章章六句

裳裳者華刺幽王也古之仕者世祿小人在位則讒諂並進棄賢者之類絕功臣之世焉古者古昔明王時也小人斥今幽王也

裳裳者華其葉湑兮興也裳裳猶堂堂也湑盛貌也箋云興者華堂堂於上喻君也葉湑湑然於下喻臣也明王賢臣以德相承而治道興則讒諂

遠矣

我覯之子，我心寫兮。我心寫兮，是以有譽處兮。箋云：覯，見也。之子，是子也。謂古之明王也。言我得見古之明王，則我心所憂寫而去矣。我心所憂既寫，是則君臣相與聲譽常處也。憂者，讒諂並進。

裳裳者華，芸其黃矣。芸，黃盛也。箋云：華芸然而黃，興明王德之盛也。不言葉，微見無賢臣也。

我覯之子，維其有章矣。維其有章矣，是以有慶矣。箋云：章，禮文也。言我得見古之

明王。雖無賢臣。猶能使其政有禮文法度。政有禮文法度是則我有慶賜之榮也

裳裳者華。或黃或白

箋云。華或有黃者。或有白者。興明王之德。時有駁而不純者也

我覯之子。乘其四駱。乘其四駱。六轡沃若

言世祿也。箋云。我得見明王德之駁者雖無慶譽。猶能免於讒諂之害。守我先人之祿位。乘其四駱之馬六轡沃若然也。

○左之左之。君子宜之。右之右之。君子有之

左陽道朝祀之事也

右隱道。喪戎之事也。箋云。君子作其先維其
入也。多才多藝。有禮於朝。有功於國。似嗣也。箋云。維我先人。
有之。是以似之有是二德。故先王使之世
祿子孫嗣之。今遇讒
諂並進而見棄絕。

裳裳者華四章章六句

桑扈。剌幽王也。君臣上下。動無禮文焉動無
竊脂鳥也。說文扈作雇
禮文。舉事而不用
先王禮法。威儀也

交交桑扈。有鶯其羽。興也。鶯然有文章也。箋云。交交猶佼佼。飛往來貌也。桑扈竊脂也。興者竊脂飛而往來有文章。人觀視而愛之。喻君臣以禮法威儀升降於朝廷。則天下亦觀視而仰樂之也。君子樂胥。受天之祜。胥皆也。箋云。胥有才智之名也。祜福也。王者樂臣下有才知文章。則賢人在位。庶官不曠。政和而民安。天予之以福祿也。○交交桑扈。有鶯其領。領頸也。君子樂胥。萬邦之屏。屏蔽也。箋云。王者之德。樂賢君在位。則能為天下蔽捍四表患難矣。蔽捍之者謂蠻夷率服不侵畔也 ○之屏之翰。百辟為憲 翰幹也。憲法也 ■箋云。辟君也。王者之德。外。能。蔽捍四表之患難。內。能立功立事、為之楨幹。則百辟卿士。莫不修職、而法象之 不戢不難。受福不那 莊立反 戢聚也。不戢戢也。不難難也。那多也。不多多也。箋云。王者位至尊。天所守也。然而。不自斂以先王之法。不自難以亡國之戒。則。其受福祿。亦不多也 兕觥其觩。旨酒思柔 徐履反 古橫反 兕角爵也 箋云。兕觥罰爵也。古

之王者。與羣臣。燕飲上下無失禮者其罰爵徒觩然陳設而已其。飲美酒思得柔順中和與共其樂。言不憿古弔反敖五報反自淫恣也

彼交匪敖萬福來求箋云

彼彼賢者也。賢者居處恭。執事敬。與人交必以禮。則萬福之祿就而求之。謂登用爵命加以慶賜也

每卷首除先夫及太夫人國章者記不忘其愿也　翰　大

桑扈四章章四句

鴛鴦刺幽王也思古明王交於萬物有道

於袁反又於良反允央匹鳥止則相耦飛則為双

沈又元溫

毛十四

十二

自奉養有節焉 交於萬物有道謂順其性取之以時不暴夭也

鴛鴦于飛畢之羅之 興也鴛鴦匹鳥也太平之時交於萬物有道取之以時於其飛乃畢掩而羅之 箋云匹鳥言其止則相耦飛則為雙性馴耦也此交萬物之實也而言興者廣其義也獺祭魚而後漁豺祭獸而後田此亦皆其將縱散時也

君子萬年福祿宜之 箋云君子謂明王也交於萬物其德如是則宜壽考受福祿也

○鴛鴦在梁戢其左翼 言休

六六八

息也　箋云。梁石絶水之梁也。戢斂也。鴛鴦休息於梁。明王之時人不驚駭。斂其左翼以右翼掩之。自若無恐懼也。

君子萬年宜其遐福

箋云。遐遠也。遠猶久也。○

乘馬在廐摧之秣之

摧莝也。秣粟也。箋云。摧今莝字也。古者明王所乘之馬。繫於廐無事則委之以莝。有事乃予之穀。言愛国用也。以興於其身亦猶然。齊而後三舉設盛饌。恒日則減焉。此之謂有節也

君子萬年福祿艾之

艾養也　箋云。明王愛国用自奉養之節。如此。故宜

父。為福祿。養也。〇乘馬在廄。秣之摧之。君子萬年。福祿綏之。士果反又如字莝去綏安也

鴛鴦四章章四句

頍弁諸公刺幽王也。暴戾無親。不能宴樂同姓。親睦九族。孤危將亡。故作是詩也。戾肩

也。暴虐謂其政教如雨雪也

有頍者弁。實維伊何。興也頍弁貌弁皮弁也。箋云。實猶是也。言幽王。服是皮弁之冠。是維何為乎。言其宜以宴。而弗為也。禮天子。諸侯朝服以宴。天子之朝服皮弁。服以日視朝也。爾酒既旨。爾殽既嘉。箋云旨嘉皆美也。女酒已美矣。女殽已美矣。何以不用與族人。宴也。言其知其其禮。而弗為也。豈伊異人。兄弟匪他。箋云。此言王當所與宴者。豈有異人。疏遠者。乎。皆兄弟與王無他。言至親也。又刺其弗為也。蔦與女蘿。施于松

六鳥說文音弔尓雅云寓木宛童是

詩十八

十二

栢 蔦寄生也。女蘿菟絲松蘿也。喻諸公非自有尊。託王之尊也。箋云。託王之尊者王明則榮。王衰則微。刺幽王不親九族孤特自恃不知己之將危亡也

未見君子憂心弈弈既見君子庶幾説懌 弈弈然無所薄也。箋云。君子斥幽王也。幽王久不與諸侯宴。諸公未得見幽王之時。懼其將危亡已無所依怙。故憂而心弈弈然。故言我若已得見幽王諫正之則庶幾其變改意解懌也

有頍者弁實維何期 箋云何期猶伊何也期辭也

爾酒既旨。爾殽既時時善也豈伊異人。兄弟具來箋云具猶皆也蔦與女蘿。施于松上。未見君子。憂心怲怲。既見君子。庶幾有臧怲怲憂盛滿也臧善也

有頍者弁。實維在首。爾酒既旨。爾殽既阜。豈伊異人。兄弟甥舅箋云。阜猶多也。謂吾舅者吾謂之甥也如彼雨雪。先集維霰霰暴雪也箋云。將大雨雪始

必微温。雪自上下。遇温氣而摶。謂之霰。久而寒勝。則大雪矣。喻幽王之不親九族。亦有漸。自微至甚。如先霰後大雪也

死喪無日。無幾相見。樂酒今夕。君子維宴。箋云。王政既衰。我無所依怙。死亡無有日數。能復幾何與王。相見也。且今夕喜樂此酒。此乃王之宴禮也。刺幽王將喪亡。哀之也

頍弁三章章十二句

車軸頭鐵

車舝大夫刺幽王也。褒姒嫉妬。無道並進。

讒巧敗國德澤不加於民周人思得賢女以配君子故作是詩也

間關車之舝兮思孌季女逝兮興也。間關設舝也。孌美貌也季女謂有齊季女也。箋云。逝往也。大夫。嫉褒姒之爲惡。故嚴車設其舝。思得孌然美好之少女有齊莊之德。者往迎之以配幽王。代褒姒也。既幼而美。又齊莊。庶其當王意也

匪飢匪渴德音來括括會也。箋云。時讒巧。敗国下

氏。離散故大夫。汲汲欲迎季女。行道。雖飢不飢。雖渴不渴。覬得之而來使我王更脩德教合會離散之人也

雖無好友。式燕且喜

箋云。式用也。我得德音而來。雖無同好之賢友。我猶用是燕飲相慶且喜也

依彼平林。有集維鷮。辰彼碩女。令德來教

依茂木貌也。平林林木之在平地者也。鷮雉也。辰時也。箋云。平林之木茂則耿介之鳥往集焉。喻王若有茂美之德。則其時賢女來配之與相訓告改脩德教也

式燕且譽。好爾無

射。箋云。爾女。女王也。射。厭也。我。於碩女來敎則用是燕飲酒。且稱王之聲譽。我愛好王無有厭也。

雖無旨酒。式飲庶幾。雖無嘉殽。式食庶幾。雖無德與女。式歌且舞。箋云。諸大夫。謂得賢女以配王。於是酒雖不美。猶用之燕飲。殽雖不美。猶食之。心皆庶幾於王之變改。得輔佐之。雖無其德。我。與女。用是歌舞相樂。喜之至也。

陟彼高岡。析其柞薪。析其柞薪。其葉湑兮。箋云。陟。登也。登高岡

析星歷反　柞子洛反

者必折其木以爲薪析其木以爲薪者爲其葉茂盛蔽岡之高也此喩賢女得在王后之位則必辟除嫉妬之女亦爲其蔽君之明

鮮我覯爾我心寫兮

箋云鮮善覯見也善乎我得見女如是則我心中之憂除去也

高山仰止景行行止四牡騑騑六轡如琴

景大也

箋云景明也諸大夫以爲賢女既進則王亦庶幾古人有高德者則慕仰之有明行者則而行之其御羣臣使之有禮如御四馬騑騑然持其教令使之調均亦如六轡

緩急有和也覯爾新昏。以慰我心慰、安也。箋云。我得見女之新昏如是。則以慰除我心之憂也。新昏謂季女也

車舝五章章六句

青蠅大夫刺幽王也

營營青蠅。止于樊興也。營營往來貌。樊藩也。箋云。興者蠅之為蟲。汙白使黑。汙黑使白。喻佞人變亂善惡也。言止于藩。欲外之令遠物也豈弟

君子無信讒言箋云豈弟樂易也營營青蠅止于棘讒人罔極交亂四國箋云極猶已也營營青蠅止于榛榛所以為藩也讒人罔極搆我二人箋云搆合也合猶交亂也

青蠅三章章四句

賓之初筵衛武公刺時也幽王荒廢媟近

小人飲酒無度，天下化之，君臣上下沈湎淫液。武公既入，而作是詩也。淫液者，飲酒時情態也。武公既入者，入為王卿士也。

賓之初筵，左右秩秩。秩秩然，肅敬也。箋云：筵，席也。左右，謂折旋揖讓也。秩秩，知也。先王將祭，必先射以擇士。大射之禮，賓初入門，登堂即席，其趨翔威儀甚審知，言不失禮也。射有禮三：有大射，有賓射，有燕射。

籩豆有楚

殽核維旅。楚列貌也。殽豆實也。核加籩也。旅陳也。箋云。豆實菹醢也。籩實有桃梅之屬。凡非穀而食之曰殽

酒既和旨飲酒孔偕 箋云。和旨猶調美也。孔甚也。王之酒已調美。衆賓之飲酒。又威儀齊一。言主人敬其事而衆賓肅慎也

鍾鼓既設舉醻逸逸 逸逸往來有次序也 箋云。鍾鼓。於是言既設者。將射改縣也

大侯既抗弓矢斯張 大侯君侯也。抗舉也。有燕射之禮。箋云。舉者舉鵠而棲之於侯中也。周禮。梓人張皮侯而棲

鵠。天子諸侯之射皆張三侯。故君侯謂之
大侯。大侯張而弓矢亦張。節也。將祭而射
謂之大射。下章言烝**射夫既同獻爾發功**
衎烈祖。其非祭與也
箋云。射夫衆射者也。獻猶奏也。既比衆耦
乃誘射。射者乃登堂射各奏其發矢中的
之功也**發彼有的以祈爾爵**的質也祈求也。箋
云。發發矢也。射者
與其耦。拾發矢之時各心競云。我以此求
女爵。女爵射爵也。射之禮。勝者飲不勝者
所以養病也。故論語曰
下而飲。其爭也君子也
籥余若反**舞笙鼓樂既**

烝

和奏。烝衎烈祖。以洽百禮。秉籥而舞。與笙鼓。相應也。箋云。籥管也。殷人先求諸陽。故祭祀先奏樂。滌蕩其聲也。烝進也。衎樂也。烈美也。洽合也。言奏樂和。必進樂其先祖。於是又合見天下諸侯所獻之礼也。百禮既至。有壬有林。壬大也。林君也。箋云。壬任也。謂卿大夫也。諸侯所獻之礼既陳於庭。庭有卿大夫。又有国君。言天下徧至。得萬国之歡心也。錫爾純嘏。子孫其湛。荅南反 嘏大也。箋云。純大也。嘏謂尸與主人。以福也。湛樂也。王受神之福於尸。則王

之子孫皆喜樂也

其湛曰樂。各奏爾能。賓載手仇。

室人入又。

手取也。室人主人也。主人請射於賓。賓許諾。自取其匹而射。主人亦入于次。又射以耦賓也。箋云。子孫各奏爾能。者謂既湛之後各酌獻尸。尸酢而卒爵也。士之祭礼。上嗣舉奠。因而酌尸。天子則有子孫獻尸之礼。文王世子曰其登餕獻受爵則以上嗣是也。仇讀曰㪺。室人有室中之事者。謂佐食也。又復也。賓手挹酒。室人復酌為加爵也

酌彼康爵。以奏爾時。

酒所以安體也。

時中者也。箋云。康虚也。時謂心所尊者也。加爵之間。賓與兄弟交錯相醻。卒爵者酌之以其獻所尊。亦交錯而已。又無次序也

賓之初筵温温其恭

箋云。此復言初筵者既祭王。與族人。燕之筵也。王與族人。燕以異姓為賓

温温柔和也

其未醉止威儀反反。曰既醉止威儀幡幡。舍其坐遷屢舞僊僊

如字。重慎也。韓詩作昄。大也。蒲板反。善也

反反言重慎也。幡幡失威儀也。遷徙屢數也。僊僊舞。

箋云。此言賓初即筵之時能自敕戒以禮。至於旅酬而

小人之態出也言王既不得君子以爲賓又不得有恒之人所以敗乱天下率如此也

其未醉止威儀抑抑曰既醉止威儀怭怭

是曰既醉不知其秩抑抑愼密也怭怭媟嫚也秩常也

賓既醉止載號載呶亂我籩豆屢舞僛僛

是曰既醉不知其郵側弁之俄屢舞傞傞號呶號呼讙呶也僛僛舞不能自止也傞傞不止也箋云郵過也側傾也俄傾貌此

更言賓既醉而異章者着為無算爵以後也

既醉而出並受其福。醉而不出是謂伐德。飲酒孔嘉維其令儀

箋云。出猶去也。孔甚也。令善也。賓醉則出與主人俱有美譽。醉至若此。不出是誅伐其德也。飲酒而誠得嘉賓。則於礼有善威儀。武公見王之失礼。故以此言箴之

凡此飲酒或醉或否。既立之監或佐之史彼醉不臧。不醉反耻

立酒之監佐酒之史也。箋云。凡此者

言此時天下之人也飲酒於有醉者有不醉者則立酒監使視之又助以史使督酒欲令皆醉也彼醉則已不善人所非惡也反復取未醉者耻罰之謬此者疾也

式勿從謂無俾太怠匪言勿言匪由勿語

箋云式讀曰慝勿猶無也俾使也由從也武公見時人多說醉者之狀或以取怨致讎故爲設法禁醉者有過惡女無就而謂也當防護之無使顛仆至於怠慢也其所陳說非所當說無爲人說也亦無從而行也亦無以語人也皆爲其聞之將恚怒也

由

醉之言，俾出童羖。羖羊不童也。箋從行醉者言。使無角之羖羊。脅以無然之物。使戒。深也。羖羊之性，牝牡有角也。三爵不識，矧敢多又。箋云。矧，況也。又，復也。當言我於此醉者，飲三爵之不知。況能知其多復飲乎。三爵者，獻也。酬也。酢也。

賓之初筵五章章十四句

甫田之什十篇三十九章二百九十六句　卷終

毛詩卷第十五

魚藻之什詁訓傳第二十二

毛詩小雅　鄭氏箋

魚藻刺幽王也言萬物失其性王居鎬京將不能以自樂故君子思古之武王焉萬物失其性者王政教衰陰陽不和羣生不得其所也將不能以自樂言必自是有危亡

之禍

魚在在藻。有頒其首。頒大首貌。魚以依蒲藻爲得其性。箋云。藻水草也。魚依水草。猶人之依明王也。明王之時。魚何所處。處於藻。既得其性則肥充其首。頒然。此時人物皆得其所。正言魚者。以潛逃之類。信其著見。王在在鎬。豈樂飲酒。箋云。豈亦樂也。天下平安。萬物得其性。武王何所處乎。處於鎬京。樂八音之樂。與羣臣飲酒而已。今紂王處於襄如萬物失其性。方有危

者也

亡之禍。而弃。豈樂飲酒於鎬京。而无憂心。故以此刺焉

○魚在在藻。有莘其尾。莘長貌 所巾反 王在在鎬。飲酒樂豈。○魚在在藻。依于其蒲。王在在鎬。有那其居。那安貌 乃多反 箋云

那安。豈天下平安。王无四方之虞。故其居處。那然安也

魚藻三章章四句

采菽刺幽王也。本或作捋菽大豆之 侮慢諸侯。亡角反 諸侯來朝不能

錫命也禮數徵會之而無信義君子見微而思古焉 幽王徵會諸侯爲合義兵征討有罪既往而无之是於義事不信也君子見其如此知其後必見攻伐將无救之者也

采菽采菽筐之筥之 興也菽所以芼太牢而待君子也羊則以苦豕則以薇 箋云菽大豆也采之者采其葉以爲藿三牲牛羊豕芼以藿王饗賓客有牛俎乃用鉶羹故使采之也

君子來朝何錫予之雖無

予之。路車乘馬。君子謂諸侯也。箋云。賜諸侯以車馬。言雖无予之尚以為薄也又何予之。玄袞及黼。玄袞卷龍衣也。白與黒謂之黼。箋云。及與也。玄袞。玄衣而畫以卷龍也。黼黼黻。謂絺衣也。諸公之服自袞冕而下。侯伯自鷩冕而下。子男自毳冕而下。王之賜。維用有文章者也。○觱沸檻泉。言采其芹。觱沸泉出皃。檻泉正出也。箋云。言我也。芹菜也。可以為菹。亦所以用待君子也。我使采其水中芹者。尊絜清也。周禮芹菹鴈醢君子來朝。

言觀其旂。其旂淠淠。鸞聲嘒嘒。載驂載駟。
君子所届。淠淠動也。嘒嘒中節也。箋云
届極也。諸侯來朝王。使人迎之。
因觀其衣服車乘之威儀。所以爲敬。且省
禍福也。諸侯雖解于王。則驂乘乘駟馬而
往。此之服飾君子法制之極
也。言其尊而王。今不尊也
○赤芾在股。
邪幅在下。彼交匪紓。天子所予
諸侯赤芾。
邪幅幅偪
也。所以自偪束也。紓緩也。箋云芾太古
蔽膝之象也。冕服謂之芾。其他服謂之韠

以韋爲之。其制上廣一尺。下廣二尺。長三
尺。其頸五寸。肩革帶博二寸。脛本曰股。邪
幅如今行縢者也。偪束其脛自足至膝。故
曰在下。彼與人交接自偪束如此。則非有
解怠紓緩之心。天子以是故賜予以此之
樂只君子。天子命之
樂只君子。福祿申之申重也。箋云只之言是也。古者天子賜
諸侯也。以禮樂樂之。乃後命予也。天子賜之。
神則以福祿申重之。所謂人謀鬼謀也。刺
今王不然也。○維柞之枝。其葉蓬蓬蓬蓬盛貌也箋云此興也。

柞之幹猶先祖也枝猶子孫也其葉蓬蓬喩賢才也正以柞爲興者柞之葉新將生故乃落於地以喩繼世以徳相承者明也樂只君子殿天子之

邦樂只君子萬福攸同殿鎭也平平左右亦

是率從平平辯治也箋云率循也諸侯之有賢才之徳能辯治其連屬之國使得其所則連屬之國亦循順之汎汎楊舟紼纚維之

紼繂纚緌古明王能維持諸侯也箋云楊木之舟浮於水上汎汎然東西無所定

舟人。以紼繫其纚、以制行之。猶。諸侯之治民、御之以礼法。樂只君子、天子葵之。樂只君子、福祿膍之。葵揆。膍厚也。優哉遊哉、亦是戾矣。戾至也。箋云。戾止也。諸侯有盛德者、亦優游自安止於是、言思不出其位也。

采菽五章章八句

角弓、父兄刺幽王也。不親九族而好讒佞。

骨肉相怨故作是詩也

騂騂角弓翩其反矣 興也騂騂調利也不善繼檠巧用則翩然而反 騂思營反 箋云興者喻王與九族不以恩禮御持之則使之多怨也

兄弟昏姻無胥遠矣 箋云胥相也骨肉之親當相親信无相疏遠相疏遠則以親親之望易以成怨也

爾之遠矣民胥然矣爾之教矣民胥傚矣 傚户教反 箋云爾女也女幽王也胥皆也言上女不親骨肉則天下之

人皆效之。見女之教令。无善无惡。所尚者天下之人。皆學之。言上之化下。不可不慎

○此令兄弟。綽綽有裕。不令兄弟。交相爲瘉。綽綽寛大也。裕饒。瘉病也　箋云。令善也

○民之無良。相怨一方。箋云。良善也。民之意不獲。當反責之於身。思彼所以然者而恕之。无善心之。人則徒居爵祿。

受爵不讓。至于已斯亡。

下愛樂德之。不以相讓故。怨禍及之。比屬而當黨。愈端鄙爭而名愈辱。求安而身愈危。箋云。斯此也

○老馬反為駒。不顧其後。已老矣。而孩童慢之。箋云。此喻幽王。見老人反侮慢之。遇之如幼稚。不自顧念。後至年老人之遇己亦然也。如食宜饇。如酌孔取。饇飽也。箋云。王如食饇於據反又於具反老者則宜令之飽。如飲老者則當孔取。孔取謂度其所勝多少。如器之孔。其量大小不同。老者氣力弱。故取義焉。王有族食族燕之禮也。○毋教猱升木。如塗塗附。猱猿屬也。塗泥也。附著也。箋云。毋禁。猱之性善登木。若教使其為之。必也。以木桴也。塗之性善登木。若以塗附。其著亦必也。以喻人之心皆有仁義。教之則進也。君子有徽猷。小人與屬。徽美也。箋云。猷道也。君屬注同讀者亦然子有美道以得聲譽。則小人亦樂與之而自連屬焉。今無良之人相怨由王不教之耳。雨雪瀌瀌。見晛曰消。晛日氣也。箋云。雨雪之盛瀌瀌然。至日將出。其氣始見。人則皆稱曰。雪今消釋矣。喻小人雖多。王若欲興善政。則天下聞之莫不曰。小人今誅滅矣。其所以然者。人心皆樂善。王不能教之。莫肯下遺。式居婁驕。

箋云。莫无也。遺讀曰隨。式用也。婁斂也。今王。不以善政啓小人之心。則无肯謙虚以禮相卑下。先人而後己。用此自斂其驕慢之過。

○雨雪浮浮。見晛曰流。浮浮猶瀌瀌也。流流而去。如蠻如髦。我是用憂。蠻南蠻也。髦夷髦也。箋云。今小人之行。如夷狄而王。不能變化之我。用是為大憂也。髦西夷別名。武王。我伐紂。其等有八國從焉也

角弓八章章四句

音鬱徐於阮反

菀柳刺幽王也。暴虐無親而刑罰不中。諸侯皆不欲朝。言王者之不可朝事也

○有菀者柳。不尚息焉

興也。菀茂木也。箋云。尚庶幾也。有菀然枝葉茂盛之柳。行路之人。豈有不庶幾欲就之止息乎。興者。喻王有盛德。則天下皆庶幾願往朝焉。憂今不然

上帝甚蹈。無自暱焉

蹈動也。暱近也。箋云。蹈讀曰悼。上帝乎者。愬之也。今幽王暴虐不可以朝事。甚使我心中悼病。是以

不從而近之。釋己所以不朝之意也

俾予靖之後予極焉

靖治也極至也。箋云。靖謀也俾使也極誅也。假使我朝王。王留我使我謀政事。王信讒不察功考績後。反誅放我。是言王刑罰。不中。不可以朝事也

○有菀者柳不尚愒焉

愒息也

上帝甚蹈無自瘵焉

瘵病也。箋云。瘵接也

俾予靖之後予邁焉

箋云。邁行。行亦放也。春秋傳曰。子將行之

○有鳥高飛亦傅于天。彼人之心于

何其臻箋云傳臻皆至也彼人斥幽王
鳥之高飛極至於天耳幽王之心
於何所至乎言其轉側曷予靖之居以凶
無常人不知其所屆也
曷何矜危也箋云王何為使我謀之
矜隨而罪我殛我以凶危之地謂四裔也

菀柳三章章六句

都人士周人刺衣服無常也古者長民衣
服不貳從容有常以齊其民則民德歸壹

傷今不復見古人也 服謂冠弁衣裳也。古者古明王時也。長民謂在民上倡率者也。變易无常謂之貳。從容謂休燕也。休燕猶有常服則朝明矣。壹者專壹也。同也

彼都人士，狐裘黄黄。其容不改，出言有章。

彼，彼明王也。箋云：城郭之域曰都。古者明王時，都人之有士行者，冬則衣狐裘黄黄然，取温裕而已。其動作容貌既有常，吐口言語又有法度文章。疾今奢侈不自責人

遹行歸于周。萬民所望。周，忠信也。箋云

差于於也。都人之士所行。要歸於忠信。其餘萬民寡識者，咸瞻望而法效之也。又疾今不然。○彼都人士，臺笠緇撮。臺所以禦暑。笠所以禦雨也。緇撮，緇布冠也。箋云：臺，夫須也。都人之士以臺皮為笠，緇布為冠。古明王之時儉且節也。彼君子女，綢直如髮。密直如髮也。箋云：彼君子女者，謂都人之家女也。其情性密緻，操行正直，如髮之本末無隆殺也。我不見兮，我心不說。

爾雅作臺草名撮

箋云。疾時皆奢淫我不復見今士女之然者。心思之而憂也○彼都人士。充耳琇實琇美石也。箋云言以美石爲瑱。瑱塞耳也○彼君子女。謂之尹吉尹正也吉美也。箋云吉讀爲姞。尹氏姞氏周室昏姻之舊姓也。人見都人之家女咸謂之尹氏姞氏之女言有禮法也我不見兮。我心苑結於粉反徐於糧反於阮反箋云。苑猶屈也。積也○彼都人士。垂帶而厲彼君子女。卷髮如蠆厲帶之垂者也。箋云。而亦如也。而厲

如鞶厲也。鞶必垂厲以為飾。厲字當作裂。蠆螫蟲也。尾末揵然似婦人髮末曲上卷然也

我不見兮言從之邁

箋云。言亦我也。邁行也。我今不見士女以是為此飾心思之欲從之行言己憂悶欲自殺求從古人也

○**匪伊垂之帶則有餘匪伊卷之髮則有旟**

旟揚也。箋云。伊辭也。此言士。非故垂此帶也。帶。於禮自。當有餘也。女。非故卷此髮也。髮。於禮自。當有旟也。旟枝旟。揚起者也

我不見兮云何盱矣

箋云。盱病也。思

之甚。云何吁。我。今。已病也

都人士五章章六句

采綠刺怨曠也。幽王之時。多怨曠者也

怨曠者。君子行役過時之。所由也。而刺之者。譏其不但憂思而已欲從君子於外。非礼也

終朝采綠。不盈一匊

興也。自旦及食時為終朝。兩手曰匊。箋云。綠王芻也。易得之菜也。終朝采之而不滿手。怨曠之深。憂思不專於事

予髮。

局。薄言歸沐　局，卷也。婦人，夫不在，則
不容飾　箋云：言，我也。禮，婦
人在夫家，笄象笄。今曲卷其髮，憂思之
甚也。有云君子將歸者，我則沐以待之。
終朝采藍，不盈一襜　盧談反，沈力甘反　衣蔽前謂之襜。○五
日為期，六日不詹　昌占反　箋云：藍，染草也。
詹，至也。婦人五日一御。
箋云：婦人過於時，乃
怨曠。五日、六日者，五月之日、六月之日也。
期至五月而歸，今六月猶不至，是以憂思。
○之子于狩，言韔其弓。之子于釣，言綸之

繩也。箋云之子是子也。謂其君子也。于往也。綸釣繳也。君子往狩與。我當從之為之韔其弓。往釣與。我當從之為之繩。今怨曠自恨初行時不然。

其釣維何。維魴及鱮。維魴及鱮。薄言觀者。箋云觀多也。此美其君子之有技藝也。釣必得魴鱮。魴鱮是云其多者耳。其眾雜魚乃眾多矣。

采綠四章章四句

黍苗刺幽王也。不能膏潤天下。卿士不能

行召伯之職焉陳宣王之德召伯之功以刺幽王及羣臣廢此恩澤事業也

芃芃黍苗陰雨膏之興也芃芃長大貌箋云興者喻天下之民如黍苗然宣王能以恩澤育養之亦如天之有陰雨之潤○

悠悠南行召伯勞之悠悠行貌也箋云宣王之時使召伯營謝邑以定申伯之國將徒役有行衆多悠悠然召伯則能勞來勸說以先之○

我任我輦我

車我牛我行既集蓋云歸哉任者輦者車者牛者箋云集猶成也蓋猶皆也營謝轉餫之役有負任者有輓輦者有將車者有牽傍牛者其所為南行之事既成召伯則皆告之云可歸哉刺今王使民行役曾無休止時

我徒我御我師我旅我行既集蓋云歸處徒行者御車者師者旅者箋云步行曰徒召伯營謝邑以兵衆行其士卒有步行者有御兵車者五百人為旅五旅為師春秋傳曰諸侯之制君行師從卿行旅

肅肅謝功。召伯營之。烈烈征師。召伯成之

謝邑也　箋云。肅肅嚴正之貌。營治也。烈烈威武貌。征行也。美召伯治謝邑則使之嚴正將師旅行則有威武也

○原隰既平。泉流既清

土治曰平。水治曰清　箋云。召伯營謝邑

召伯有成。王心則寧

相其原隰之宜。通其水泉之利。此功既成。宣王之心。則安也。亦。刺今王臣。以无成功而亦心安之也

黍苗五章章四句

隰桑刺幽王也。小人在位。君子在野。思見君子盡心以事之。

隰桑有阿。其葉有難。興也。阿然美貌。難然盛貌也。有以利人也。箋云。隰中之桑。枝條阿阿然長美。其葉又茂盛。可以庇廕人。興者。喻時賢人。君子不用而野處。有覆養之德也。正以隰桑興者。云求山義。則原上之桑枝葉。不能然。以喻時小人在位无德於民也既見君子其樂如何箋云思在野之君子而得見其在位喜樂无度○隰桑有阿其葉有沃沃柔也既見君子云何不樂○隰桑有阿其葉有幽幽黑色也既見君子德音孔膠膠固也○箋云君子在位民附仰之其教令之行甚堅固也○心乎愛矣遐不謂矣中心藏之何日忘之箋云遐遠也謂勤藏善也我心愛此君子君

子。雖遠在野。豈能不勤思之乎。宜。思之也。
我心。善此君子。又誠不能忘也。孔子曰。愛
之。能勿勞乎。忠
焉能勿誨乎

隰桑四章章四句

白華周人刺幽后也。幽王取申女以為后。
又得褒姒而黜申后。故下國化之。以妾為
妻。以孽代宗。而王弗能治。周人為之作是

詩也 申姜姓之国也。褒姒褒人所入之女也姒其字也。是謂幽后。孽庶也。宗適子也。王不能治己不正故也

白華菅兮。白茅束兮 興也。白華野菅也已漚為菅。○箋云白華於野已漚。名之為菅。菅柔忍中用矣。而更取白茅收束之。茅比於白華為脆。興者喻王取后於申。申后礼儀備。任妃后之事。而更納褒姒。褒姒為孽。將至滅国

之子之遠。俾我獨兮 箋云之子斥幽王也。俾使也。王之遠外我不復答耦

我意欲使我獨也。老而无子曰獨。後。○英

褒姒，譖申后之子宜咎。宜咎奔申也。

英白雲，露彼菅茅。英英，白雲貌。露亦有雲，言天地之氣，无微不著，无不覆養。○箋云：白雲下露，養彼可以為菅之茅，使與白華之菅相亂易，猶天下妖氣生褒姒，使申后見黜。

天步艱難，之子不猶。步，行也。猶，可也。

箋云：猶，圖也。天行此艱難之妖，既久矣。王不圖其變之所由爾。昔夏之衰，有二龍之妖。卜藏其漦，周厲王發而觀之，化為玄黿，童女遇之，當宣王時而生女，懼而棄之。後褒人。有獻而入之幽王。幽王。嬖之。是謂褒姒也○滮池北流浸彼稻田滮流貌也。箋云。池水之澤浸潤稻田使之生殖。喻王无恩意於申后。滮池之。不如也豐鎬之間。水北流也嘯歌傷懷念彼碩人箋云。碩大也。妖大之人。謂褒姒也。申后見黜褒姒之所為。故憂傷而念之○樵彼桑薪卬烘于煁采也。我也。烘燎也。煁烓竈也。桑薪宜以養人者也。箋云。人之樵取彼桑薪。宜以炊饔饍之爨以養食人。桑薪薪之善者也。我反以燎於烓竈用炤事物而

鶖比褒姒鶴比申后

已。喻王始以禮取申后，申后禮儀備，今反黜之，使為卑賤之事，亦猶是也。

維彼碩人，實勞我心。鼓鍾于宮，聲聞于外。

有諸宮中，必形見於外。箋云：王失禮於內，而下國聞知而化之。王弗能治，如鳴鼓鍾於宮中，而欲外人不聞，亦不可止也。

念子懆懆，視我邁邁。

邁邁，不說也。箋云：此言申后之忠於王也。念之懆懆然，欲諫正之。王反不說於其所言。

有鶖在梁，有鶴在林。

鶖，秃鶖也。○箋云：鶖也、鶴也，皆以魚為美食者

也鶖之性貪惡而今在梁鶴性絜白而反
在林興者王養褒姒而餒申后近惡而遠
善也
維彼碩人實勞我心鴛鴦在梁戢其左
翼箋云戢斂也左斂左翼者謂以右掩左也
鳥之雌雄不可別者以翼右掩左雄左
掩右雌也陰陽相下之義也夫婦
之道亦以禮義相下以成家道之子無良
二三其德箋云良善也王无答耦己之善
意而變移其心志令我怨曠也
○有扁斯石履之卑兮扁扁乘石貌王乘
車履石箋云王

俾我疷我申后

喈篇大臣為小臣刺見惠之

后出入之禮。與王同。其行登車。亦履之子石。申后。始時亦然也今見黜而卑賤也

之遠。俾我疷兮 都礼反又祁支反 疷病也。箋云王之遠外我。欲使我困病

白華八章章四句

緜蠻微臣刺亂也。大臣不用仁心遺忘微賤。不肯飲食教載之。故作是詩也 微臣謂王也。古者。卿大夫出行。上為末介。士之祿薄。或困乏於資財則窮睏瞻之 市艷反。幽王之時。國。乱礼

今京腡瞻故刺之

廢恩薄。大不念小。尊不恤賤。故本其亂而刺之也

緜蠻黃鳥。止于丘阿。興也。緜蠻小鳥貌。丘阿曲阿也。鳥止於阿。人止於仁。箋云。止謂飛行所止託也。興者。小鳥知止於丘之曲阿。静安之處而託息焉。喻小臣擇卿大夫有仁厚之德者而依屬焉。道之云遠。我勞如何。飲之食之。教之誨之。命彼後車。謂之載之。箋云。在國依屬於卿大夫之仁者。至於為末介。從而行。道路遠矣。我罷勞

則卿大夫之恩宜如何乎。渴則予之飲。飢則予之食。事未至則豫教之。臨事則誨之。車敗也則命後車載之。後車倅車也 ○ 緜蠻黄鳥。止于丘隅。箋云。丘隅丘角也 豈敢憚行。畏不能趨。箋云。憚難也。我罷勞車。又敝。豈敢難徒行乎。畏不能及時疾至也 飲之食之。教之誨之。命彼後車。謂之載之 ○ 緜蠻黄鳥。止于丘側。箋云丘側丘旁也 豈敢憚行。畏不能極。箋云。極至

也

飲之食之教之誨之命彼後車謂之載之

緜蠻三章章八句

瓠葉大夫刺幽王也上棄禮而不能行雖有牲牢饔餼不肯用也故思古之人不以微薄廢禮焉牛羊豕爲牲繫養者曰牢熟曰饔腥曰餼生曰牽不肯用者自養厚而薄於賓客也

幡幡瓠葉。采之亨之。君子有酒。酌言嘗之。

幡幡瓠葉貌也。庶人之菜也。箋云。亨熟也。熟瓠葉者。以爲飲酒之菹也。此君子謂庶人之有賢行者也。其農功畢。乃爲酒漿以合朋友。習禮講道藝也。酒既成。先與父兄室人。亨瓠葉而飲之。所以急和親也。飲酒而曰嘗者。以其爲之主。於賓客也。嘗則加之以羞。易兊象曰。君子以朋友講習也。

有兎斯首。炮之燔之。

毛曰。炮。加火曰燔。

君子有酒。酌言獻之。

獻奏也。箋云。斯白也。

炕苦浪反。何沈又苦郎反。晉炕舉也。謂以物貫之而舉於火上以炙之。

今俗語斯白之字作鮮。齊魯之間聲相近斯。有兔白首者。兔之少者也。炮之。燔之者。將以爲飲酒之羞也。飲酒之禮。既祭酒於賓。乃薦羞。每酌言者。禮不下庶人。庶人依士禮立賓主爲酌名。

有兔斯首。燔之炙之。君子有酒酌言酢之。炕火曰炙。酢報也。○箋云報者。賓既卒爵洗而酌主人也。凡治兔之法。宜鮮者毛炮之。柔者炙之。乾者燔之。

○有兔斯首。燔之炮之。君子有酒酌言醻之。醻道飲也。箋云主

人。既卒酢爵又酌自飲卒爵復酌進賓猶今俗人勸酒也

瓠葉四章章四句

漸漸之石下國刺幽王也戎狄叛之荆舒不至乃命將率東征役久病於外故作是詩也荆謂楚也舒舒鳩舒鄝舒庸之屬役人謂士卒也

漸漸之石維其高矣山川悠遠維其勞矣

漸漸山石高峻也箋云山石漸漸然高峻不可登而上喻戎狄衆彊而无礼義不可得而伐也山川者荊舒之国所處也其道里長遠邦域又勞勞廣闊言不可卒服也

武人東征不皇朝矣箋云武人謂將率也皇正也將率受王命東行而征伐役人罷病必不能正荊舒使之朝於王

（二）漸漸之石維其卒矣山川悠遠曷其沒矣卒竟沒盡也箋云卒者崔嵬也謂山巔之末也曷何也廣闊之處何時其可盡服

武人東征不

皇出矣箋云不能正之令出使聘問於王也有豕白蹢烝

涉波矣豕豬也蹢蹄也將久雨則豕進涉水波箋云烝衆也豕之性能水又

唐突難禁制四蹄皆白曰駭則白蹄其尤躁疾者也今離其繒牧之處與衆豕涉入水

之波漣矣喻荊舒之人勇悍捷敏其君猶白蹄之豕也乃率民去礼義之安而

居乱亡之危賤之故比方於豕月離于畢俾滂沱矣畢噣也月

離陰星則雨箋云將有大雨徵氣先見於天以言荊舒之叛萌漸亦由王出也豕

捷

駭与駭字異義同

既涉波。今。又。雨。使之滂沱疾王甚也武人東征不遑他矣箋云。文能正之令其守職。不行王命

漸漸之石三章章六句

苕之華大夫閔時也。幽王之時西戎東夷交侵中國師旅並起因之以饑饉君子閔周室之將亡傷已逢之故作是詩也

師旅並起

者。諸侯或出師。或出旅。或敗王師。或與夷
也。大夫將師出見戎夷之侵周而閔之今
也。勸其難。自
傷近危亡也

苕之華芸其黄矣　興也。苕陵苕也。將落則黄。箋云。陵苕之華紫赤而繁。興者。陵苕之幹喻如京師也。其華猶諸夏也。故或謂諸夏爲諸華。華衰則黄猶諸侯之師旅罷病將敗則京師孤弱也

心之憂矣維其傷矣　箋云。傷者。謂國。日。見侵削者也

苕之華其葉青青　華落葉青青然。

箋云。京師以諸夏爲鄣蔽。今陵苕之華衰而葉見。青青然。喻諸侯微弱。而王之臣當出見也。**知我如此。不如無生。**箋云。我我王也。知王之爲政如此。則已之生不如不生也。自傷逢今世之難。憂閔之甚也。○**牂羊墳首。三星在罶。**牂羊。牝羊也。墳大也。罶曲梁也。寡婦之笱也。牂羊墳首。言無是道也。三星在罶。言不可久也。箋云。無是道者。喻周已衰。求其復興。不可得也。言不可久者。喻周將亡。如心星之光耀見於魚笱之中。其去須臾也。**人可以食。**

鮮可以飽 治日。少而乱日多。箋云。今者。士卒人人於晏早皆。可以食矣。時。饑饉。軍。興之。乏糧亦无可以飽之者也

苕之華三章章四句

何草不黃下國刺幽王也。四夷交侵中國背叛。用兵。不息。視民如禽獸君子憂之故作是詩也

何草不黄。何日不行 箋云。用兵不息軍旅。自歲始。草生而至歲晚矣。何草而不黄乎。言草皆黄也。於是下國。將率何日不行乎。言常行勞苦之甚也

何人不將。經營四方 言萬民。无不從役者也 ○ 何草不玄。何人不矜 箋云。玄赤黒色也。始春之時草牙孽者將生。必玄於此時也

矜。猶複行。老无妻曰矜。從役者。皆過時不得歸。故謂之矜 哀我征夫。獨為匪民 箋云。征夫從役者也。古者師出不踰時。所以厚民之性也。今則草玄

至於黃。黃至於玄。此豈非民乎

匪兕。匪虎。率彼曠野。兕虎野獸也。曠空也。箋云。兕虎比戰士也

哀我征夫。朝夕不暇。

有芃者狐。率彼幽草。有棧之車。行彼周道。芃小獸貌。棧車役車也。箋云。狐草行草止。故以比棧車輦者

何草不黃四章章四句

魚藻之什十四篇六十二章三百九十六句　卷終

毛詩卷第十六

文王之什詁訓傳第二十三

毛詩大雅一　鄭氏箋

文王文王受命作周也受命受天命而王天下制立周邦也

文王在上於昭于天在上在民上也於歎辭也昭見也　箋云文王初爲西伯有功於民其德著見於天故天命之以爲王使君天下也崩謚曰文

也

周雖舊邦其命維新乃新在文王也箋云大王聿來胥宇而焉於周王迹始矣而未有天命至文王而受命言新者美之有周不顯帝命不時有周周也不顯顯也時是顯光也不時時也箋云周之德不光明乎言光明矣天命之不是乎又是也文王陟降在帝左右言文王外接天下接人也箋云在察天也文王能觀知天意順其所爲從而行之也

○亹亹文王令聞不已陳錫哉周侯文

王孫子文王孫子本支百世亹亹勉也哉載侯維也本宗也支支子也箋云令善哉始侯君也勉勉乎不倦文王之勤用明德也其善聲聞日見稱歌无止時也乃由能敷恩惠之施以受天命造始周國故天下君之其子孫適為天子庶為諸侯皆百世也凡周之士不顯亦世世顯德乎仕者世祿也箋云凡周之士謂其臣有光明之德者亦得世世在位重其功也

○世之不顯厥猶翼翼思皇多士生此

王國王國克生維周之楨翼翼恭敬也思辭也皇天楨幹也○箋云猶謀思願也周之臣既世世光明其為君之謀事忠敬翼翼然願天多生賢人於此邦此邦能生之則是我周之幹事之臣也濟濟多士文王以寧濟濟多威儀也○穆穆文王於緝熙敬止假穆穆美也緝熙光明也假固也箋云穆穆乎哉天命有商孫子文王有天子之容於美乎又能敬其光明之德堅固哉天為此命之使臣有殷之乎

孫也

商之孫子其麗不億上帝既命侯于周服 麗數也盛德不可為衆也 箋云于於也商之孫子其數不徒億言多也至天已命文王之後乃為君於周之九服之中言衆之不可如德也

○侯服于周天命靡常 則見天命之无常也 箋云无常者善則就之惡則去也

殷士膚敏祼將于京厥作祼將常服黼冔 殷士殷侯也膚美敏疾也祼灌鬯也周人尚臭也將行京大也黼白與黑也冔殷冠

也夏后氏曰收殷曰冔周曰冕　箋云殷之臣壯美而敏來助周祭其助祭自服殷之服明文王以德不以彊也

王之藎臣無念爾祖　藎進也无念念也　箋云今王之進用臣當念女先祖所爲君之法度也王斥今成王也　○

無念爾祖聿脩厥德永言配命自求多福　聿述永長言我也我長配天命而行爾庶國亦當自求衆福也　箋云長猶常也王既述脩祖德常言當配天而行則福祿自來之也

殷之未喪師克

配上帝帝乙以上也箋云師衆也殷自紂父之前未喪天下之時皆能配天而行故不亡也宜鑒于殷駿命不易駿大也箋云王宜以殷王賢愚為鏡天之大命不可改易也○命之不易無遏爾躬宣昭義問有虞殷自天遏止義善虞度也箋云宣徧有又也天之大命已不可改易矣當使子孫長行之无終女身則止也徧明以礼義問老成人又度殷所以順天之事而施行也上天之載無聲無

臭儀刑文王萬邦作孚 載事刑法孚信也箋去天之道難知也耳不聞聲音鼻不聞臭芳儀法文王之事則天下咸信而順之也

文王七章章八句

大明文王有明德故天復命武王也 二聖相承其明德日以廣天故日大明也

明明在下赫赫在上 明明察也文王之德明明在於下故赫赫

然著見於天也 箋云明明者文王武王施明德於天下其徵應炤晢見於天謂三辰有效驗也

天難忱斯不易維王天位殷適使不挾四方

忱信也紂居天位而殷之正適也挾達也 箋云天之意難信矣不可改易者天子也今紂居天位而又殷之正適也以其為惡乃絶棄之使教令不行於四方四方共畔之是天命无常唯德是予耳言此者厚美周也 ○

摯仲氏任自彼殷商來嫁于周曰嬪于京乃

及王季維德之行摯國任姓之中女也嬪婦京大也王季大王之子文王之父也箋云京周國之地小別名也及與也摯國中女曰大任從殷商之畿內嫁爲婦於周之京配王季而與之共行仁義之德同志意也○大任有身生此文王大任仲任也身重也箋云重者謂懷孕也○維此文王小心翼翼昭事上帝聿懷多福厥德不回以受方國回違也箋云小心翼翼恭順愼貌也昭明也聿述也

懷思也方国四方來附者也此○天監在
言文王之有德亦由父母也
下有命既集文王初載天作之合在洽之
陽在渭之涘集就也載識也合配也洽水渭水
也涘涯也　箋云天監視善
惡於下其命將有所依就則豫福助之於
文王文王生適有所識則天為之生賢妃
於氣勢之處使必有
賢才謂生大姒也○文王嘉止大邦有
子嘉美也　箋云文王聞大姒之賢則美
之曰大邦有子女可以為妃乃求婚也

既

大邦有子，俔天之妹。俔，磬也。箋云：使問名，還則卜之，又知大姒之賢，尊之如天之有女弟也。

文定厥祥，言大姒之有文德也。祥，善也。箋云：問名之後，卜而得吉，則文王以禮定其吉祥，謂使納幣也。

親迎于渭，言賢聖之相妃也。箋云：賢女配聖人，得其宜，故備禮也。

造舟為梁，不顯其光。言受命之宜，王基乃始於是也。天子造舟，諸侯維舟，大夫方舟，士特舟。造舟，然後可以顯其光輝。箋云：迎大姒而更為梁者，欲其昭著，示後世敬婚禮

也不明乎其禮之有光輝者美之
也天子造舟周制也殷時未有等制也○有命
自天命此文王于周于京纘女維莘長子
維行纘繼也莘大姒國名也長子長女也
能行大任之德焉箋云天爲將命
文王君天下於周京之地故亦爲作合使
繼大任之女事於莘国莘国之長女大姒
則配文王維
德之行也篤生武王保右命爾燮伐大
商篤厚右助燮和也箋云天降氣於大
姒厚生聖子武王安而助之又遂命爾

使協和伐殷之事協和伐殷之事謂合位於三五也○殷商之旅其會如林矢于牧野維予侯興旅衆也如林言衆而不爲用也矢陳興起也言天下之望周也箋云殷盛合其兵衆陳於商郊之牧野而天乃以予諸侯有德當起爲天子者言天去紂周師勝也上帝臨女無貳爾心言无敢懷二心也箋云臨視也女女武王天護視女伐紂必克无有疑心也○牧野洋洋檀車煌煌駟騵彭彭

廣大也煌煌明也騵馬白腹曰騵言上周
下殷也　箋云言其戰地寬廣明不用權
詐也兵車鮮明馬又
彊則閑暇且整
維師尚父時維鷹揚
師大師也尚父可尚可父也鷹
涼彼武王
揚如鷹之飛揚也涼佐也箋
云尚父吕望也尊稱焉鷹鷙
肆伐大商
鳥也佐武王者為之上將也
會朝清明
肆疾也會甲也不崇朝而天
下清明　箋云肆故今也會合
也以天期已至兵甲之彊師率之武故今
伐殷合兵以清明尚書牧誓曰時甲子昧

奕武王朝至于商郊牧野乃誓也

大明八章四章章六句四章章八句

緜文王之興本由太王也

緜緜瓜瓞民之初生自土沮漆　興也緜緜不絶皃瓜紹也瓞瓝也民周民也自用土居也沮漆皆水也　箋云瓜之本實繼先歳之瓜必小狀似瓝故謂之瓞緜緜然若將无長大之時興者諭后稷乃帝嚳之冑封於邰其

後公劉失職遷于豳居沮漆之地歷世亦緜緜然至大王而德益盛得其民之心而生王業故本周之興於沮漆也

古公亶父陶復陶穴未有家室

古公豳公也古言久也亶父字也或殷以名言質也古公處豳翟人侵之事之以皮幣不得免焉事之以犬馬不得免焉事之以珠玉不得免焉屬其耆老而告之曰翟人之所欲者吾土地吾聞之君子不以其所以養人而害人二三子何患无君去之踰梁山邑乎岐山之下豳人曰仁人也君不可失也從之如歸市陶

其土而復之陶其壤而穴之室內曰家未有寢廟亦未敢有家室　箋云古公據文王本其祖也諸侯之臣稱君曰公復者復於土上鑿地曰穴皆如陶然本其在豳時也傳曰自古公處豳而下為三章發也　○**古公亶父來朝走馬率西水滸至于岐下爰及姜女聿來胥宇**　率循也滸水涯也姜女大姜也胥相宇居也　箋云來朝走馬言其避惡早且疾也循西水涯沮漆水側也爰於及與聿自也於是與其妃大姜自來相可居者著

大姜之賢智也 ○周原膴膴，堇荼如飴。爰始爰謀，爰契我龜。周原，沮漆之間也。膴膴，美也。堇，菜也。荼，苦菜也。契，開也。箋云：廣平曰原。周之原，地在岐山之南，膴膴然肥美，其所生菜，雖有性苦者，皆甘如飴。此地將可居，故於是始與豳人之從己者謀。謀從，又於是契灼其龜而卜之。卜之吉，則又從也。曰止曰時，築室于茲。箋云：時，是。茲，此也。卜從，則將可止居於是，可作室家於此，定民之心也。○迺慰迺止，迺左迺

右迺疆迺理迺宣迺畝自西徂東周爰執事

慰安也爰於也　箋云時耕曰宣徂往也民心定乃安隱其居乃左右而處之乃疆理其經界乃時耕其田畝於是從西方而往東之人皆於周執事競出力也豳與周原不能為西東據至時從水滸言也

○迺召司空迺召司徒俾立室家

箋云俾使也司空司徒卿官也司空掌營国邑司徒掌徒役之事故召之使立室家之位處也

其繩則直縮板以載作

廟翼翼言不失繩直也乘之謂之縮君子將營宮室宗廟為先廐庫為次居室為後　箋云繩者營其廣輪方制之正也既正則以索縮其築板上下相承而起廟成則嚴顯翼翼然乘聲之誤也當為繩也○捄之陾陾度之

薨薨築之登登削屢馮馮捄虆也陾陾衆也度居也言百姓之相勸勉也登登用力也削牆鍛屢之聲馮馮然　箋云捄捊也度猶投也築牆者捊聚壤土盛之以虆而投諸板中也百堵皆興鼛鼓弗勝

佾猶俱也鼛大鼓也長一丈二尺或鼛或
鼓言勸事樂功也　箋云五板為堵興起
也百堵同時起鼛鼓不能止之使休息也
凡大鼓之側有小鼓謂之應鼙朔鼙也周
礼曰以鼛鼓
鼓役事也　○迺立皐門皐門有伉迺立
應門應門將將
王之郭門曰皐門伉高貌
也王之正門曰應門將將
嚴正貌也美大王作郭門以致皐門作正
門以致應門焉　箋云諸侯之宮外門曰
皐門朝門曰應門內有路
門天子之宮加以庫雉也　迺立冢土戎醜

攸行冢土戎大也醜衆也冢土大社也起大事動大衆必先有事乎社而後出謂之宜美大王之社遂為大社也箋云大社者出大衆將所告而行也春秋傳云蜃宜社之肉

○肆不殄厥慍亦不隕厥問柞棫拔矣行道兌矣肆故今也慍恚也隕墜兌成蹊也箋云小聘曰問柞櫟也棫白桵也文王見大王立冢土有用大衆之義故不絶去其恚惡惡人之心亦不廢其聘問鄰國之禮今以柞棫生柯葉之時使大夫將師旅出聘問其行道士衆

兊然不有征伐之意也**混夷駾矣維其喙矣**駾突喙困也

箋云混夷夷狄国也見文王之使者將士

衆過己国則惶怖驚走奔突入此柞棫之

中而逃甚困劇也是之謂一年伐混夷大

王避狄難文王伐混夷成周道興国其志

意一**○虞芮質厥成文王蹶厥生**質成成平蹶動

也虞芮之君相與爭田久而不平乃相謂

日西伯仁人也盍往質焉乃相與朝周入

其境則耕者讓畔行者讓路入其邑則男

女異路班白不提挈入其朝士讓為大夫

大夫讓為卿二国之君感而相謂曰我等小人也不可以履君子之庭乃相讓以其所爭田為間田而退天下聞之而歸周者四十餘国　箋云虞芮之質平而文王動其縣縣民初生之道謂廣其德而王業日大也

予曰有疏附予曰有先後予曰有奔奏予曰有禦侮

率下親上曰疏附相道前後曰先後喻德宣譽曰奔奏武臣折衝曰禦侮　箋云予我也詩人自我也文王之德所以至然者我念之曰此亦由有疏附先後奔奏禦侮之臣力也疏附

使人蹶者親也奔

奏使人歸趨也

緜九章章六句

棫樸文王能官人也

芃芃棫樸薪之槱之興也芃芃木盛貌也棫白桵也樸抱木槱積也山木茂盛萬民得而薪之賢人衆多國家得用蕃興箋云白桵相樸屬而生者枝條芃芃然豫斫以爲薪至祭皇天上帝及三辰則聚積之以燎之也濟濟

辟王左右趣之趣趨也箋云辟君也君王謂文王也文王臨祭祀其容濟濟然敬左右之諸臣皆促疾於其事謂相助積薪也○濟濟辟王左右奉璋半圭曰璋箋云璋璋瓚也祭祀之禮王祼以圭瓚諸臣助之亞祼以璋瓚也奉璋峩峩髦士攸宜峩峩盛壯貌也髦俊也箋云士卿士也奉璋之儀峩峩然故今俊士之所宜也○淠彼涇舟烝徒楫之淠舟行貌也楫櫂也箋云烝衆也淠淠然涇水中之舟

順流而行者乃衆徒船人以楫櫂之 周王
敵也興衆臣之賢者行者職事也
于邁六師及之 天子六軍 箋云于往也邁
行也及與也周王往行謂出
兵征伐也二千五百人爲師今王興師行
者殷末之制未有周禮也周禮五師爲軍
軍萬二千 ○倬彼雲漢爲章于天 倬大貌
五百人也 也雲漢
天河也 箋云雲漢之在天其爲文
章譬猶天子之爲法度於天下也 周王
壽考遐不作人 遐遠也遠不爲人也 箋
云周王文王也文王是時

九十餘矣、故云壽考、遠不作人、皆其政、變化紂之惡俗、近如新作人也○追琢其章、金玉其相。追、雕也。金曰雕、玉曰琢。相、質也。箋云、周禮追師掌追衡笄、則追亦治玉也。相、視也、猶觀視也。追琢金玉、使成文章、諭文王爲政、先以心研精之、合禮義、然後施之也。萬民視而視之、其好而樂之、如觀金玉然、言其政教可樂也。勉勉我王、綱紀四方。箋云、我王謂文王也。以綱罟諭爲政、張之爲綱、理之爲紀也。

棫樸五章章四句

旱麓受祖也周之先祖世脩后稷公劉之業太王王季申以百福干禄焉

瞻彼旱麓榛楛濟濟旱山名也麓山足也濟濟衆多也箋云旱山之足林木茂盛者得山雲雨之潤澤也喻周邦之民獨得豐樂者被其君德教也

豈弟君子干禄豈弟干求也言陰陽和山藪殖故君子得

九命之外加九賜也禮緯含文嘉云一車馬二衣服三樂則四朱戶五納陛六虎賁七斧鉞八弓矢九秬鬯

以干禄樂易也箋云君子謂大王王季也
以有樂易之德施於民故其求禄亦得樂
易瑟彼玉瓚黄流在中玉瓚圭瓚也黄金
也所以飾流鬯也九
命然後錫以秬鬯圭瓚箋云瑟絜鮮貌
也黄流秬鬯也圭瓚之狀以圭為柄黄金
為勺青金為外朱金為中央殷王帝
乙之時王季為西伯以功德受此賜愷悌
君子福禄攸降攸所降下也○鳶飛戾天魚
躍于淵言上下察也箋云鳶鴟之類鳥
之貪惡者也飛而至天喻惡人遠

去不為民害也魚跳躍於

淵中喻民喜樂得其所也 豈弟君子遐不

作人 箋云遐遠也言大王王季之德近於變化其人使如新作 ○清酒

既載騂牡既備 言其年豐孰也 箋云

既載謂已在尊中也 祭祀

之事先為清酒其次 以享以祀以介景福

擇牲故舉二者焉 瑟彼柞棫民所燎

言祀所以得福也 ○

箋云介助景大也

矣 瑟衆貌也 箋云柞棫之所以茂盛者乃

民熂燎除其旁草養治之使興也

愷悌君子神所勞矣箋云勞勞來猶言佑助也○莫莫葛藟施于條枚莫莫施貌也箋云葛也藟也延蔓於木之枚本而茂盛喻子孫依緣先人之功而起也愷悌君子求福不回不回者不違先祖之道也

旱麓六章章四句

思齊文王所以聖也言其聖非但天性德有所由成也

毛十六

十七

史記管蔡世家云：武王同母兄弟十人，母曰大姒，長子伯邑考，次武王發，次管叔鮮，次周公旦，次蔡叔度，次曹叔振鐸，次郕叔武，次霍叔處，次康叔封，次聃叔季。

思齊大任，文王之母。思媚周姜，京室之婦。齊，莊也。媚，愛也。周姜，大姜也。京室，王室也。箋云：京，周地名也。常思莊敬者，大任也。乃為文王之母，又常思愛大姜之配大王之禮，故能為京室之婦。言其德行純備，故生聖子也。大姜言周，大任言京，見其謙恭，自卑小也。大姒嗣徽音，則百斯男。大姒，文王之妃也。大姒十子，衆妾則宜百子也。箋云：徽，美也。嗣大任之美音，謂續行其善教令也。○惠于宗公，神罔時怨，

神罔時恫 宗公、宗神也。恫痛也。 箋云惠順也。宗公大臣也。言文王為政、諮於大臣、順而行之、故能當於神明、无有是怨恚其所行者、无是痛傷其將无有凶禍。

刑于寡妻、至于兄弟、以御于家邦 刑法也。寡妻適妻也。御迎也。 箋云寡妻寡有之妻、言賢也。御治也。文王以礼法接待其妻、至於宗族、以此又能為政治於家邦也。書曰乃寡兄勗、又曰越乃御事。

雝雝在宮、肅肅在廟 雝雝和也。肅肅敬也。 箋云宮謂辟廱宮也。群臣助

文王養老則尚和助祭於廟則尚敬言得礼之宜也**不顯亦臨無射**

亦保以顯臨之保安射厭也箋云臨視也保猶居也文王之在辟廱也有賢才之質而不明者亦得觀於礼於六藝無射才者亦得居於位言養善使之積小以致高大也

肆戎疾不殄烈假不瑕肆故今也戎大也故今大疾害人者不絶之而自絶也烈業假大也箋云厲假皆病也瑕已也文王於辟廱德如此故大疾害人者不絶之而自絶為厲假之行者不已而自已言化之深也

○不聞亦式不諫亦入言性與天合也箋云式用也文王
之祀於宗廟也有仁義之行而不聞達者
亦用之助祭有孝弟之行而不能諫爭者
亦得入言其使
器之不求備焉肆成人有德小子有造
造為也箋云成人謂大夫士也小子謂
其子弟也文王之在於宗廟其德如此故
大夫士皆有德子古之人無斁譽髦斯士
弟皆有所造成也
古之人无斁於有名譽之俊士箋云古
之人謂聖王明君也口无擇言身无擇行

以身化其臣下故令此士皆有名譽於天下成其俊乂之美也

思齊四章章六句故言五章二章章六句三章章四句

皇矣美周也天監代殷莫若周周世世脩德莫若文王也

監視也天視四方可以代殷王天下者唯有周耳世世脩行道德維有文王盛耳

皇矣上帝臨下有赫監觀四方求民之莫

皇大也莫定也　箋云臨視也大矣天之視天下赫然甚明以殷紂之暴亂乃監察天下之衆國求民之定謂有所歸就也

維此二國其政不獲維彼四國爰究爰度

二國商夏也彼彼有道也四國四方也究謀度居也　箋云二國謂今殷紂及崇侯虎也正長獲得也四國謂密也阮也徂也共也度亦謀也殷崇之君其行暴亂不得於天心密阮徂共之君於是又助之謀言同於

惡也

上帝耆之，憎其式廓，乃眷西顧，此維與宅。

耆，惡。廓，大也。憎其用大位，行大政。顧，顧西土也。宅，居也。箋云：耆，老也。天須假此二國，養之至老，猶不變改，憎其所用為惡者浸大也。乃眷然運視西顧，見文王之德而與之居，言天意常在文王所也。○

作之屏之，其菑其翳；脩之平之，其灌其栵；啓之辟之，其檉其椐；攘之剔之，其檿其柘。

木立死曰菑，自斃為翳。灌，叢生。栵，栭也。

檉河柳也椐樻也檿山桑也箋云天既顧文王四方之民則大歸往之岐周之地險隘多樹木乃競刊除而自居處言樂就有德之甚也

帝遷明德串夷載路

徙就文王之德也串習夷常路大也箋云串夷即混夷西戎國名也路瘠也天意去殷之惡就周之德文王則侵伐混夷以應天意也

天立厥配受命既固

配媲也箋云天既顧文王又為生賢妃謂大姒也其受命之道已堅固也

○帝省其山柞棫斯拔松柏斯

兌　兑易直也　箋云省善也天既顧文王乃和其國之風雨使其山樹木茂盛言非徒養其民人而已　帝作邦作對自太伯王季　對配也從太伯之見王季也　箋云作為也天為邦謂興周國也作配謂為生明君也是乃自太伯王季時則然矣太伯讓於王季而文王起也　維此王季因心則友則友其兄載篤其慶載錫之光　因親也善兄弟為友也慶善也光大也　箋云篤厚也載始也王季之心親親而又善於宗又尤

善於其兄太伯也，乃厚明其功美，使之顯著也。太伯以讓爲功美，王季乃能厚明之，使傳世稱之，亦其德也。受祿無喪，奄有四方。喪，亡。奄，大也。箋云：王季以有因心則友之德，故世世受福祿，至於覆有天下也。○維此王季，帝度其心。貊其德音，其德克明。克明克類，克長克君。心能制義曰度。貊，靜也。箋云：德正應和曰貊，照臨四方曰明，類，善也，勤施无私曰類，教誨不倦曰長，賞慶刑威曰君也。王此大

傳至其子文王其德盛无有一毫悔吝

邦克順克比慈和徧服曰順擇善而從曰比箋云王君也王季稱王追王也比于文王其德靡悔經緯天地曰文也○箋云靡无也王季之德比于文王无有所悔也既受帝必比於文王者德以聖人為匹也祉施于孫子箋云帝祉天福也施猶易也延也○帝謂文王無然畔援無然歆羨誕先登于岸无是畔道无是援取无是貪羨岸高位也箋云畔援猶拔扈也誕大也登成也岸訟也天語文王

曰、女无如是拔扈者、妄出兵也、无如是貪羡者、侵伐人土地也、欲廣大德美者、當先平獄訟、正曲直也

密人不恭、敢距大邦、侵阮徂共

国有密須氏、入侵阮、遂往侵共　箋云、阮也、徂也、恭也、三国犯周而文王伐之、密須之人、乃敢距其義兵違正道、是不直者也

王赫斯怒、爰整其旅、以按徂旅、以篤于周祜、以對于天下

旅、師也、按、止也、旅、地名也、對、遂也　箋云、赫、怒意也、斯盡也、五百人為旅、對、答也、文王赫然與其

句解云文王伝赦周京之勢從阮疆而出以侵密於是升我高岡而誓師曰无乃久陳兵此陵也密之陵阿耶我之陵阿

羣臣盡怒曰整其軍旅而出以郤止徂国之兵衆以厚周當王之福以荅天下鄉周之望也

陞依其在京侵自阮疆陟我高岡無矢我陵我陵我阿無飲我泉我泉我池京大阜也矢陳也箋云京周地也陟登也矢猶當也大陵曰阿文王但發其旅居京地之衆以往侵阮国之疆登其山脊而望阮之兵兵无敢當其陵及阿者又无敢飲食故其泉及池水者小出兵而令驚怖如此以德攻不以衆也陵泉重言美之也每言我

者據後得而有之而言也度其鮮原居岐之陽在渭之將萬邦之方下民之王小山別大山曰鮮也將側也方則也箋云度謀也鮮善也方猶嚮也文王見侵阮而兵不見敵知已德盛而威行可以遷居定天下之心乃始謀居善原廣平之地亦在岐山之陽居渭水之側為萬國之所嚮作下民之君也後竟出都於豐也○帝謂文王予懷明德不大聲以色不長夏以革不識不知順帝之

兵書臨車在上而臨下、衝車從傍衝突之義、二車不同、皆攻城之器用之也

懷歸也、不大聲見於色、革更也、不以長
大有所戰也　箋云夏諸夏也、天之言
云、我歸人君有光明之德而不虛廣其言
語以外作容貌、不長諸夏以變更王法者
其為人、不識古不知今、順天之法而行
之者、此、言天之道尚誠實貴性自然也　帝
謂文王詢爾仇方同爾兄弟以爾鉤援與
爾臨衝以伐崇墉　匹也、鉤鉤梯也、所以鉤引上城者也、臨臨車也、
衝衝車也、墉城也　箋云詢謀也、怨耦曰
仇仇方謂旁國諸侯為暴亂大惡者也、女

當訴征討之以和恊女兄弟之国作帥與
之往親親則多志齊心壹也當此之時崇
侯虎倚紂為无
道罪尤大也
○臨衝閑閑崇墉言言執
訊連連攸馘安安是類是禡是致是附四
方以無侮
閑閑動搖也言言高大也連連
徐也攸所也馘獲也不服者殺而
獻其左耳曰馘於內曰類於外曰禡致致
其社稷羣神附附其先祖為之立後尊其
尊而親其親焉　箋云言言猶孽孽將壞
貌也訊言也執所生得者而可言問之衆

又獻所馘皆徐徐以礼為之不尙促速也
類也禡也師祭也无侮者文王伐崇而无
復敢侮慢周者也

臨衝茀茀崇墉仡仡是伐是肆
是絶是忽四方以無拂

茀茀彊盛也仡仡猶言言也肆疾也忽
滅也箋云伐謂擊之刺之也肆犯突也
春秋傳曰使勇而无剛者肆之拂猶詭也
言无復詭戾文王者也

皇矣八章章十二句

神之精明稱靈四方高曰臺

靈臺民始附也文王受命而民樂其有靈德以及鳥獸昆蟲焉

民者冥也其見仁道遲故於是乃始附也

天子有靈臺者所以觀祲象察氣之妖祥也文王受命而作邑于豐立靈臺春秋傳曰公既視朔遂登觀臺以望而書雲物為備故也

經始靈臺經之營之庶民攻之不日成之

神之精明者稱靈四方而高曰臺經度也攻作也不日有成也　箋云文王應天命度

始靈臺之基趾營表其位衆民則築作不
設期日而成之言說於文王之德勸其事
忘己勞也觀臺而曰靈者文王之
化行似神之精明者故以名焉 ○經始
勿亟庶民子來 箋云亟急也度始靈臺之
基趾非有急成之意衆民
各以子成父事而來攻之 王在靈囿麀鹿攸伏 囿所以域養禽
獸也天子百里諸侯四十里靈囿言靈道
行於囿也麀牝也箋云攸所也文王
親至靈囿視牝鹿所
遊伏之處言愛物也 ○麀鹿濯濯白鳥翯翯

翯濯濯娛遊也翯翯肥澤也箋云鳥獸肥盛喜樂言得其所者也王在靈沼於牣魚躍沼池也靈沼言靈道行於沼也牣滿也箋云靈沼之水魚盈滿其中皆跳躍亦言得其所也○虡業維樅賁鼓維鏞於論鼓鐘於樂辟廱植者曰虡橫者曰栒業大版也樅崇牙也賁大鼓也鏞大鐘也論思也水旋丘如辟廱所以節觀者箋云論之言倫也虡也栒也所以懸鍾鼓也設大版於栒上刻畫以為飾也文王立靈臺而知民之歸

附之作靈囿靈沼而知鳥獸之得其所以
爲音聲之道與政通故合樂以詳之於是
得其倫理乎鼓與鍾也於是得喜樂乎○
諭在辟廱之中者言感於中和之至也
於論鼓鍾於樂辟廱鼉鼓逢逢矇瞍奏公
鼉魚屬也逢逢和也有眸子而無見曰矇
无眸子曰瞍公事也箋云凡聲使瞽矇
爲之
君也

靈臺五章章四句

下武繼文也武王有聖德復受天命能
先人之功焉 繼文者繼文王之王業而成之也昭明也
下武維周世有哲王 武繼也 箋云下猶後也哲知也後人能繼先祖者惟有周家最大世世益有明知之王謂大王王季文王稍就盛也 三
后在天王配于京 三后大王王季文王也王武王也 箋云此三后既没登遐精氣在天矣武王又能配行其道於京京謂鎬京也 ○王配

于京世德作求箋云作爲也求終也武王配行三后之道於鎬京者以其世世積德庶爲終成其大功也永言配命成王之孚箋云永長言我也命猶教令也孚信也此爲武王言也今長我之配行三后之教令者欲成我周家王道之信也王德之道成於信也論語曰民不信不立也○成王之孚下土之式式法也箋云王道尚信則天下以爲法勤行也

永言孝思孝思維則則其先人也箋云長我孝心之所思所

思者其維則三后之所行也子孫以順祖考爲孝也 ○媚茲一人應侯順德一人天子也應當侯維也 箋云媚愛茲此也可愛乎武王能當此順德謂能成其祖考之功也易曰君子以順德積小以成高大 永言孝思昭哉嗣服 箋云服事也明哉武王之嗣行祖考之事謂伐紂定天下也 ○昭茲來許繩其祖武許進也繩戒武迹也 箋云茲此來勤也武王能明此勤行進於善之道戒慎其祖考所履踐之迹美其終成也 於

書洛誥云武王告周公言公予我身皆乃萬億之年

萬斯年受天之祜箋云祜福也天下樂武王之德欲其壽考之言也

○受天之祜四方來賀於萬斯年不遐有佐遠夷來佐也　箋云武王受此萬年之壽不遐有佐言其輔佐之臣亦蒙其餘福也書曰公其以予萬億年亦君臣同福祿也

下武六章章四句

文王有聲繼伐也武王能廣文王之聲卒

其伐功也

繼伐者文王伐崇而武王伐紂也

文王有聲遹駿有聲遹求厥寧遹觀厥成

箋云遹述也駿大也述繼也觀多也多大乎文王有令聞之聲者乃述行有令聞之聲之道所致也所述者謂大王王季也又述行終其安民之道文述行多此成民之德言周德之世世益盛也

文王烝哉

烝君也箋云君哉者言其誠得人君之道也

○文王受命有此武功既伐于崇作邑

于豐箋云武功謂伐四國及崇之功也作邑于豐者徙都於豐以應天命也

文王烝哉○築城伊淢作豐伊匹匪棘其欲遹追來孝淢城溝也匹配也箋云方十里曰城淢其溝也廣深各八尺棘急也來勤也文王受命而猶不自足築豐邑之城大小適與城偶大於諸侯小於天子之制此非欲以急成從己之欲廣都邑也乃述追王季勤孝之行進其業也

王后烝哉后君也　箋云變諡言王后者非其盛事不以爲諡也○

王公伊濯維豐之垣四方攸同王后維翰

濯大翰幹也　箋云公事也文王述行大王王季之三業其事益大作邑於豐城之既成又垣之立宮室乃為天下所同心而歸王后為之幹者正其政教定其法度也

王后烝哉○豐水東注維禹之績四方攸同皇王維辟

績業也皇大也　箋云績功辟君也昔堯時洪水而豐水亦汜濫為害禹治之使入于渭東注于河禹之功也文王武王今得作邑於其旁

詩十六　廿一

池爲天下所同心而歸大王爲之君乃由禹之功故引而美之豐邑在豐水之西鎬京在豐水之東汭也皇王烝哉箋云變王言大王者武王之事又益大也○鎬京辟廱自西自東自南自北無思不服武王作邑於鎬京箋云自由也武王於鎬京行辟廱之禮自四方來觀者皆感化其德心無不歸服也皇王烝哉○考卜維王宅是鎬京維龜正之武王成之箋云考猶稽也宅居也

疑之法。契灼龜而卜之。武王卜居是鎬京之地。龜則正之。謂得吉兆。〇武王遂居之脩三后之德。以伐紂定天下成龜兆之占。功莫大於是也

武王烝哉

豐水有芑。武王豈不仕。詒厥孫謀。以燕翼子

芑。草也。仕。事也。燕。安也。翼。敬也。[illegible]去。詒。猶傳也。猶須也。豐水猶以其潤澤生草。武王豈不以其功業為事乎。以[illegible]為事。故傳其所以須天下之謀。以安其敬事之子孫。謂使行之也。書曰。厥考翼。其自我其有後弗棄基業也

武王烝哉

言上

皇王而變言武王者皇循大也始大

其業至武王伐紂成之故詩武王也

文王有聲八章章五句

文王之什十篇六十六章四百一十四句

毛詩卷第十六

日本五山版毛詩

第二册

漢 毛氏傳 漢 鄭玄箋
日本南北朝覆刻南宋本（日本島田翰批校）

山東人民出版社·濟南

唐者周成王之母弟叔虞所封也帝堯所都之墟漢曰大原郡在古冀州大行恒山之西大原大岳之野其南有晉水叔虞之
子燮父因改爲晉侯十八孫僖侯名司徒習尭儉約遺化乎本其風俗故曰唐云云
史記世家云成王与叔虞戲削桐葉爲珪以与叔虞曰以此封君史佚因言請擇日立叔虞成王与之戲耳佚曰天子無戲言則史
書之於是封叔虞於唐是成王母弟於堯之故墟地名晉陽是南有晉水地理志云唐有晉水叔虞子燮爲晉侯是燮以爲晉水故
改爲晉侯孫孟明王命
便改之

正義云蟋蟀蛬也李巡云
蛬一名蟋蟀蟋蟀蜻蛚也
郭璞曰今趍織也陸璣云
蟋蟀似蝗而小正黑有光
擇似蛬有翅一名蜻蛚幽
人謂之王孫幽州人謂之
趍織里語趍織鳴嬾婦
驚是也

毛詩卷第六

唐蟋蟀詁訓傳第十

毛詩國風　　鄭氏箋

蟋蟀刺晉僖公也儉不中禮故作是詩以閔之欲其及時以禮自虞樂也此晉也而謂之唐本其風俗憂深思遠儉而用禮乃

六悉　所律反說文作𧏶
六洛　上

正義曰月令之篇蟋蟀之文在六月之下九月在堂之有室之基之戶內外總名爲堂禮運曰醴醆在戶粢醍在堂對文言之則堂與戶別散則戶之地亦名堂

毛以爲僖公儉不中禮詩人戒之欲令及時自樂言九月之時蟋蟀之虫在於室堂之上是歲晚之候歲遂其將晚矣此時農功已畢人君可以自樂日月其將過去

有堯之遺風焉憂深思遠謂宛其死矣百歲之後之類也

蟋蟀在堂歲聿其莫今我不樂日月其除蟋蟀蛬也九月在堂聿遂除去也箋云我我僖公也蛬在堂歲時之候是時農功畢君可以自樂矣今不自樂日月且過去不復暇爲之謂十二月當復命農計耦耕事

無已大康職思其居已甚康樂職主也箋云君雖當自樂亦無甚大樂欲其用禮爲節也又當主思於所居之事謂國中政令

好樂無荒

樂日月其將過去曲成其又起不得閑暇而爲之君何不及時自樂乎既勸自樂又恐其過禮故令無甚當自樂又須用禮爲節又恐大甚大荒當主思其所居之事常以禮樂自居无得忽忘之又戒僖公君若好樂无得大好之而荒廢善士瞿瞿然顧於禮義勿使踰越於禮也

良士瞿瞿俱具反荒大也。瞿瞿然顧禮義皃也。箋云。荒廢亂也。良善也。君之好樂不當至於廢亂政事。當是時好善士瞿瞿然顧禮義也○蟋蟀在堂。歲聿其逝。今我不樂。日月其邁。邁行也無已大康。職思其外外禮樂之外。箋云外謂國外至四境好樂無荒良士蹶蹶蹶蹶動而敏於事○蟋蟀在堂役車其休。箋云庶人乘役車。役車休農功畢無事也今我不樂。日月其慆（吐刀反）慆，過。無已大康，職思其憂。憂，謂鄰國侵伐之憂。好樂無荒，良士休休。休休，樂道之心。

蟋蟀三章，章八句。

山有樞，刺晉昭公也。不能脩道以正其國。有財不能用，有鐘鼓不能以自樂，有朝廷不能洒埽，政荒民散，將以危亡，四鄰謀取

朝，直遥反。廷，徒佞反。

洒，所解反，又所寄反。下同。

揄 以朱反

曳 以世反

愉 毛吕朱反鄭作偸他侯反

鼓 如字或作擊非

其國家而不知國人作詩以刺之也

山有樞隰有榆 蓲也樞荎也國君有財貨而不能用如山隰不能自用其財 子有衣裳弗曳弗婁子有車馬弗馳弗驅 婁亦曳也 宛其死矣他人是愉 宛死貌愉樂也箋云愉讀曰偸偸取也

○山有栲隰有杻 栲山樗杻檍也 子有廷內弗洒弗埽子有鐘鼓弗鼓弗考 洒灑也

擊也

宛其死矣。他人是保。保安也實去保君也

○山有漆。隰有栗。子有酒食。何不日鼓瑟。君子無故琴瑟不離於側

且以喜樂。且以永日。永長也

宛其死矣。他人入室。入室居其位也

山有樞三章章八句

揚之水刺晉昭公也。昭公分國以封沃。沃

注言皆陳桓叔之從者由昭公死從而微弱桓叔有從而盛彊國人叛從桓叔昭公之國危矣而昭公不知故陳桓叔有從民樂從之所以刺昭公也

洗 蘇礼蘇典二反
去 羌呂反　垢 古口反
綉 六秀反史家中毛並依字下文同鄭改爲霄
純 真允反又真順反

盛彊昭公微弱國人將叛而歸沃焉封沃者封叔父桓叔于曲沃也沃曲沃晉之邑也

揚之水白石鑿鑿鑿子洛反興也鑿鑿然鮮明皃箋云激揚之水波流湍疾洗去垢濁使白石鑿鑿然興者喻桓叔盛彊除民所惡民得以有禮義也素衣朱襮從子于沃襮領也諸侯繡黼丹朱中衣沃曲沃也箋云繡當為綃綃黼丹朱中衣中衣以綃黼為領丹朱為純也國人欲進此服去從桓叔純

鵠 戶木反 毒才作

徹 政作徹可ゝ 徹字不好 直列反

見君子云何不樂 箋云君子謂桓叔 ○揚之水白石皓皓 皓皓潔白也 素衣朱繡從子于鵠 繡黼也○鵠曲沃邑也 既見君子云何其憂 言無憂也 ○揚之水白石粼粼 粼粼清徹也 我聞有命不敢以告人 聞曲沃有善政命○不敢以告人箋云不敢以告人而去者畏昭公謂已動民心

揚之水三章二章章六句一章四句

椒聊刺晉昭公也君子見沃之盛彊能脩其政知其蕃衍盛大子孫將有晉國焉

椒聊之實蕃衍盈升 興也椒聊椒也箋云椒之性芬香而少實今一捄之實蕃衍滿升非其常也興者喻桓叔晉君之支別耳今其子孫衆多將日以盛也

彼其之子碩大無朋 朋比也箋云之子是子也謂桓叔也碩謂壯貌佼好也大謂德美廣博也無朋平均不朋黨

椒聊且遠

條且條長也。箋云。椒之氣日益遠長，似桓叔之德彌廣博。椒聊之實，蕃衍盈匊。兩手曰匊。彼其之子，碩大且篤。篤，厚也。

椒聊且。遠條且。言聲之遠聞也。

椒聊二章，章六句

綢繆，刺晉亂也。國亂則昏姻不得其時焉。直留反不得其時，謂不及仲春之月。

直舉失時之事以刺之。毛以爲昏之月自季秋盡於孟春皆可以成昏。三十之男二十之女。消息仲春行嫁自是以外。餘月皆不得爲昏也。今此晉國之亂。昏姻失於正時。三章皆舉昏姻正時以刺之。三星者參也。首章言在天。謂始見東方十月之時。故王肅述毛云。三星在天。謂十月也。二章在隅。謂在東南隅。又在十月之後也。謂十一月十二月也。卒章在戶。言參星正中直戶。謂正月中也。故月令孟春之月。昏參中。是參星直戶在正月中也。此三章者皆昏姻之正時。晉國昏姻失之者之時。故三章各舉一時以刺之。

綢繆束薪。三星在天。興也。綢繆猶纏綿也。三星參也。在天謂始見東方也。男女待禮而成。若薪芻待人事而後束也。三星在天。可以嫁娶矣。箋云。三星謂心星也。心有尊卑。夫婦父子之象。又爲二月之合宿。故嫁娶者以爲候焉。昏而火星不見。嫁娶之時也。今我束薪於野。乃見其在天。則三月之末。四月之中見於東方矣。故不得其時也。今夕何夕。見此良人。良人美室也。箋云。今夕何夕者。言此夕何月之夕乎。而女以見良人。言非其時。子兮子兮。

箋以仲春爲昏月
三星在天後於仲春
故以首二句爲責娶
者之辭也

如此良人何子兮者。嗟茲也。箋云。子兮子兮者。斥嫁娶者。子娶後陰陽
交會之月。當如此良人何。○綢繆束芻。三星在隅。隅東南之
隅也。箋云。心星在隅。謂四月之末。五月之中。今夕何夕見此邂
逅。邂逅解說之貌。子兮子兮。如此邂逅何。○綢繆
束楚。三星在戶。參星。正月中。直戶也。箋云。心星在戶。謂五月之末。六
月之中。今夕何夕見此粲者。三女爲粲。大夫一妻二妾。子

晉不親宗族者章首二句是也獨居而无兄弟者次三句是也下四句戒異姓之人令輔君治亦是不親宗族之意故序略之

兮子兮如此粲者何

綢繆三章章六句

杕杜刺時也君不能親其宗族骨肉離散 杕徒細反本或作夷狄字非下皆同

獨居而無兄弟將為沃所并尒 并必政反

有杕之杜其葉湑湑 湑私叙反 興也杕特生皃杜赤棠也湑湑枝葉不相

獨行踽踽豈無他人不如我同父 踽俱禹反 踽踽無所

或說見君無兄弟親之者

菁本又作青，子零反

親也。箋云。佗人謂異姓也。言昭公遠其宗族，獨行於國中。踽踽然。言此豈無異姓之臣乎。顧恩不如同姓親親也

嗟行之人。胡不比焉

箋云。君所與行之人，謂異姓卿大夫也。比，輔也。此人，女何不輔君為政令乎

人無兄弟。胡不佽焉

佽，助也。箋云。異姓卿大夫，女見君無兄弟之親親者，何不相推佽而助之乎

○有杕之杜。其葉菁菁

菁菁，葉盛也。箋云。菁菁，希少之皃也

獨行睘睘。豈無佗人。不如我同姓

睘睘，無所

㐫曰玉藻說深衣之制云袂中可以回肘注云二尺二寸之節又曰袪尺二寸注云袪袂口然則袂与

佽助也。同姓同祖也

嗟行之人。胡不比焉。人無兄弟。胡不佽焉

杕杜二章章九句

羔裘刺時也。晉人刺其君在位不恤其民也

正云俗本其下有君字衍字定本無君字是也

謂朝廷卿大夫

本又作𢡟荀律反

恤憂也

羔裘豹袪自我人居居　袪袂也。本末不同。在位與民異心。自

㐫曰末字也此解直云袪袂也定本云袪袂末与礼合

袪別也以袪袂爲一者
袂是袖之大名袪是
袖頭之小稱其通則
九袂
正釋訓云居居究究惡
也李巡云居居不狎習
之惡

用也。居居懷惡。不相親比之貌。箋云。羔裘。
豹袪在位卿大夫之服也。其役使我之民
人。其意。居居然。有悖惡
之心。不恤我之困苦。豈無他人。維子之
故
箋云。此民卿大夫采邑之民也。故曰。豈
無他人可以歸往者乎。我不去者。乃念
子故舊
之人
羔裘豹褎。自我人。究究
褎猶袪
徐究反本又作褏
九反下維居居究究惡
也。究究
猶居
居也。
豈無他人。維子之好
箋云。我不去而
歸往他人者。乃
念子而愛好之也。民之
厚。如此。亦唐之遺風也

曾七年潘父殺昭侯晉立其子孝侯八年柏牧子孝伯殺孝侯晉立其弟鄂侯三年莊伯逐鄂侯晉立其子哀侯五年武公逐之立其子曰小侯十年四年武公殺之三旬孝侯至此大亂凡五世矣

正義云鴇鳥連蹄性不樹止樹止則爲苦之

正曰孫炎云物叢生曰苞齊人名曰稹稹者根相迫迮梱致白亦謂

羔裘二章章四句

鴇羽刺時也昭公之後大亂五世君子下從征役不得養其父母而作是詩也大亂五世者昭公孝侯鄂侯哀侯小子侯

肅肅鴇羽集于苞栩興也肅肅鴇羽聲也集止苞稹栩杼也鴇之性不樹止箋云興者喻君子當居安平之處今下從征役其爲危苦如鴇之樹止

補文叉 況鳥叉

正云栩杼食汁郭璞曰柞樹也陸璣疏云今柞櫟也徐州人謂櫟爲杼或謂之爲栩其子爲皂或言皂斗其殼爲汁可以染皂今京洛及河内多言杼汁謂櫟爲杼

叢生也

晉鳥翮之毛有行列故稱行也

然。稹者根相迫迮梱致也

王事靡盬不能蓺稷黍。父母何怙

盬不攻致也。怙恃也。箋云。蓺樹也。我迫王事無不攻致故盡力焉既則罷倦不能播種五穀今我父母將何怙乎

悠悠蒼天曷其有所

箋云。曷何也。何時我得其所哉

○肅肅鴇翼集于苞棘王事靡盬不能蓺黍稷。父母何食悠悠蒼天。曷其有極

箋云極已也

○肅肅鴇行集于苞桑

公從世爲曲沃之君，常與晉之正適戰爭不息，及今之武公始滅晉而有之，其大夫為之請王賜
天子之使而邦是與命之，詩以美之。其大夫者，武公之下大夫也。曲沃之大夫美其能
為之請命。此序其請命之事，經三章皆請命之辭。

不言請命於天子而云請命於天子之使，故云是時使來，使以他事適晉，大夫就使求之，欲得此使告王，令王賜以命服也

行也

王事靡盬。不能蓺稻粱。父母何嘗。悠悠蒼天。曷其有常。

鴇羽三章章七句

無衣美晉武公也。武公始并晉國。其大夫爲之請命乎天子之使而作是詩也天子之使是時使來者

此皆請命之辭晉大夫美武公能并晉國而未得命服故為之請天子之使曰我晉國之中豈曰無此衣之七章乎晉舊有之矣但不如天子之衣我若得之則心安且又吉乎天子會諸侯必賜之以服故請其衣服天子之使請天子之衣故云子衣也諸侯不命於天子則不成為國君武公并晉心不自安故得王命服則安矣

豈曰無衣七兮侯伯之禮七命。冕服七章。箋云我豈無是七章之衣乎晉舊有之非新命之服不如子之衣安且吉兮諸侯不命於天子則不成為君。箋云武公初并晉國心未自安。故以得命服為安

豈曰無衣六兮天子之卿六命。車旗衣服以六為節。箋云變七言六者。謙也不敢必當侯伯。得受六命之服列於天子之卿。猶愈乎不命不如子之衣安且燠兮燠煖也燠如綫反

燠本作奥於六反

受

於晉國是謂ハウ乙當殺武公之身有之也武公初兼宗國宜求賢而不求賢者故刺
章皆責君不求賢人之辭也

無衣二章章三句

有杕之杜刺晉武公也武公寡特兼其宗族而不求賢以自輔焉

有杕之杜生于道左

道之陽人所宜休息之。箋云道左道東也日之熱恒在日中之後道東之杜人所宜休息也今人不休息者以其特生陰寡也興者喻武公初兼其宗族不求賢者與之在位君子不歸似乎特生之杜然也彼君子兮。噬肎適我噬逮也。箋云肎可也適之也。彼君子之人至於此國。皆可來之我君所君子之人義之。與此。其不來者。君不求之中心好之曷飲食之箋云。曷何也言中心誠好之何但飲食之當盡禮極歡以待之○有杕之杜。生于道周周曲也彼君子兮噬肎來遊遊觀也中心好之曷飲食之

有杕之杜二章章六句

蘞六廉反又力恬反又力儉反 草木疏云似栝樓葉盛而細子正黑如燕薁不可食幽州人謂之烏服其莖葉煑以哺牛除熱

葛生刺晉獻公也好攻戰則國人多喪矣

喪棄亡也夫從征役棄亡不反則其妻居家而怨思

葛生蒙楚蘞蔓于野 興也葛生延而蒙楚蘞生蔓於野喻婦人外成於他家

予美亡此誰與獨處 箋云予我亡無也言我所美之人無於此謂其君子也吾誰與居乎獨處家耶從軍未還未知死生其人余無於此

○葛生蒙棘蘞蔓于域 域塋域也

予美亡此

誰與獨息 息止 ○角枕粲兮。錦衾爛兮 齊則角枕。錦衾。禮夫不在。枕篋衾席。韣而藏之。箋云。夫雖不在。不失其祭也。攝主。主婦猶自齊而行事 予美亡此。誰與獨旦 箋云。旦明也。我君子無於此。吾誰與齊乎。獨自絜明 ○夏之日冬之夜 言長也。箋云。思者無於晝夜之長時尤甚。故極言之以盡情也 百歲之後歸于其居 箋云。居墳墓也。言此者。婦人專壹義之至。情之盡 ○冬之夜夏之日。

六句故君止讒之旨是始服讒之事
毛以言人采苓采苓於何處采之於首陽之巔采以興獻公問細小之行於何處求之於小人之身也
者細小之事以喻君求細小之行也首陽者幽辟之山喻小人是无徵驗之人也
鄭以為采苓采苓者皆言我采此苓於首陽之巔矣首陽山巔信有苓矣然而今人采苓者未必於首陽而
人必信之以其事
有似也雖似而
實非以與天下之
事亦有似之而實
非者君何得聞人
之讒而輒信之乎
下六句以苟為且
餘同

百歲之後歸于其室　室猶居也　箋云室猶塚壙

葛生五章章四句

采苓刺晉獻公也獻公好聽讒焉

采苓采苓首陽之顛　顛頂也苓大苦也首陽山名也采苓細事也首陽幽辟也細事喻小行也幽辟喻無徵也○箋云采苓采苓者言采苓之人衆多非一也皆云采此苓於首陽山之上首陽山之上信有苓矣然而今之采者未必於此

山然。而人必信之。興者喩。事有似而非。人之爲言苟亦無信

舍旃舍旃苟亦無然 苟誠也。箋云。苟且也。爲言謂爲人爲善言

以稱薦之。欲使見進用也。旃之言焉也。舍之焉。舍之焉。謂謗訕人。欲使見貶退也。此

二者且無信受之。且無荅然之。人之爲言胡得焉 箋云。人以此言

來不信受之。不荅然之。從後察之。或時見罪。何所得

何得爲僞言乎

采苦采苦首陽之下 苦苦菜也 人之爲言苟亦無與舍旃舍

正云王肅諸本皆作爲言定本作僞言

旃苟亦無然無與勿用也人之爲言胡得焉○

采葑采葑首陽之東葑菜名也人之爲言苟亦

無從舍旃舍旃苟亦無然人之爲言胡得

焉

采苓三章章八句

唐國十二篇三十三章二百三句

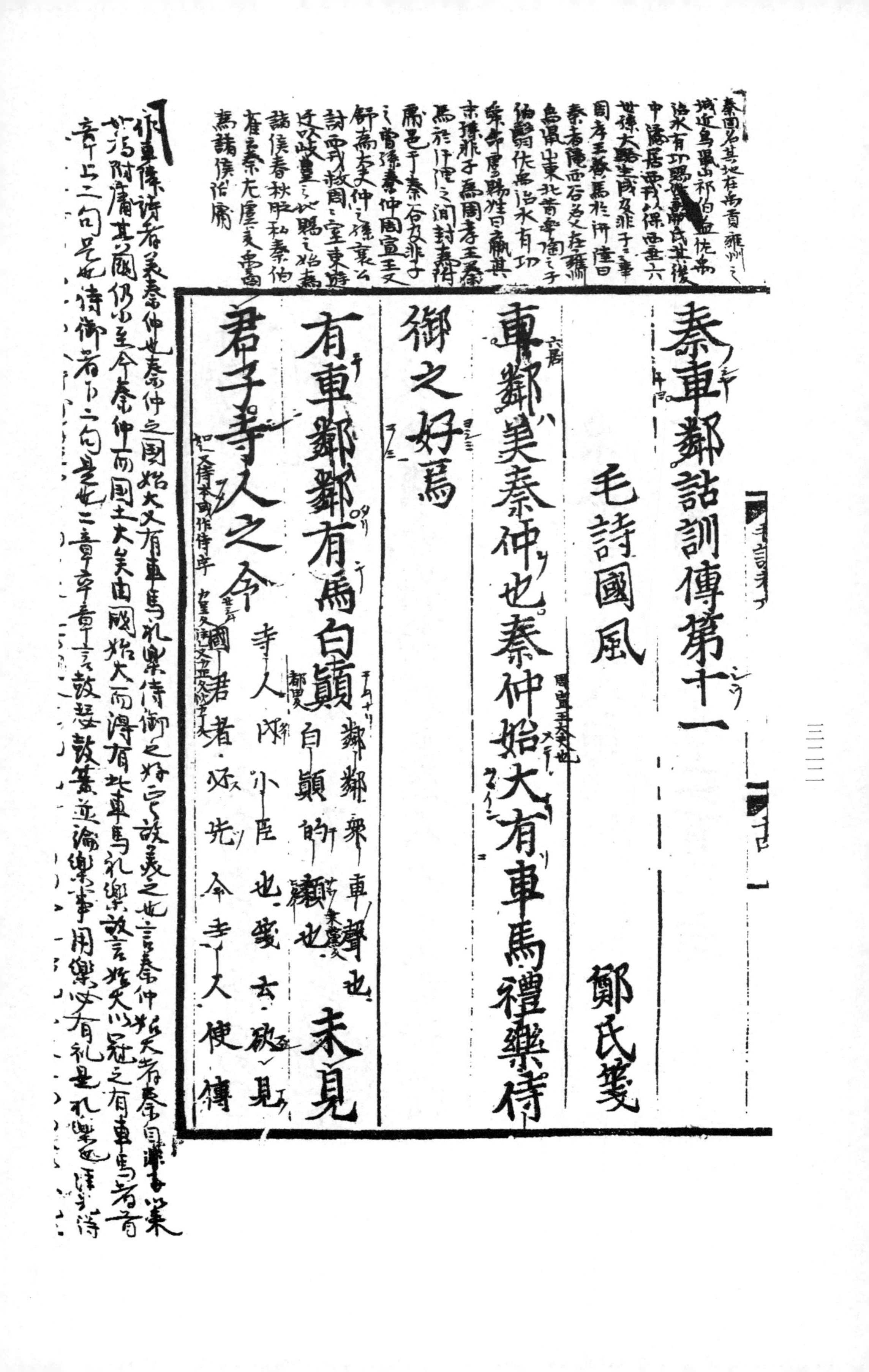

秦車鄰詁訓傳第十一

毛詩國風　　鄭氏箋

車鄰，美秦仲也。秦仲始大，有車馬禮樂侍御之好焉。

有車鄰鄰，有馬白顛。鄰鄰，衆車聲也。白顛，的顙也。未見君子，寺人之令。寺人，內小臣也。箋云：欲見國君者，必先令寺人使傳

然官少知劉始大以為危者以馹騎序云始命秩為諸侯也即如是以始大謂其國土始大也以為由是下者以所車
為礼樂多少有度不得言大有也王者命秦為附庸世然西戎秦仲伐德為宣王大夫遂誅西戎遣以
車有副貳明非一車故以鄰々為衆車々之甚眾而多則馬亦多矣故於馬見其毛色而已不復言衆多也

告之時秦仲。又始有此臣。○阪有漆，隰有栗。興也。阪者曰阪，下濕曰隰。箋云：興者，喻秦仲之君臣所有，各得其宜。既見君子，竝坐鼓瑟。又見其礼樂焉。箋云：既見，既見秦仲也。竝坐鼓瑟，君臣以閒暇燕飲相安樂也。今者不樂，逝者其耋。耋，老也。八十曰耋。箋云：今者不於此君之朝自樂，謂仕焉而去，在他國，其徒自使老，言將後寵祿也。○阪有桑，隰有楊。既見君子，竝坐鼓簧。簧，笙也。今者不樂，逝者其亡。亡，喪棄也。

車鄰三章，一章四句，二章章六句。

駟驖，美襄公也。始命，有田狩之事，園囿之樂焉。始命，命爲諸侯也。秦始附庸也。

駟驖孔阜，六轡在手。驖，驪。阜，大也。箋云：四馬六轡。六轡在手，言馬之良也。

公之媚子，從公于狩。能以道媚於上下者。冬獵曰狩。

正云：有蕃曰園，有墻曰囿。園囿大同，蕃墻異耳。囿域養禽獸之処，其制諸侯四十里，処在於郊。園有樹菓菜之処，囿在其内，調習車馬。

正云：每馬皆有二轡，四馬當八轡矣。諸文皆言六轡者，以驂馬内轡納之於觖，故在手者唯六轡而已。大叔于田言六轡如手，謂馬之進退如御者之手，故爲御之節。此六轡在手，謂有手而已，不假控制，故爲馬之良也。

作駟驖詩者，美襄公也。秦自非子以来，世爲附庸，未得王命。今襄公始受王命爲諸侯，有遊田狩獵之事，園囿之樂焉，故美之也。諸侯之君乃得順時遊田，治兵習武，取禽祭廟。附庸未成諸侯，其礼則闕，故今襄公始命爲諸侯，乃得有此田狩之事，故云始命……

……章皆是也。言園囿……

箋云媚於上下謂使君臣和合也此人從公往狩言襄公親賢○奉時辰牡辰牡孔碩時是辰時也冬獻狼夏獻麋春秋獻鹿豕群獸箋云奉是時牡者謂虞人也時牡甚肥大言禽獸得其所公曰左之舍拔則獲拔矢末也箋云左之者從禽之左射之也拔括也舍拔則獲言公善射○遊于北園四馬既閑閑習也箋云公所以田則克獲者乃遊于北園之時時則已習其四種之馬輶車鸞鑣載獫歇驕輶輕

正云始習獵与散騎之犬皆媵建搏噬之事矣遊於北園已常調習故今得於囿中多所獲得也

田犬也。長喙曰獫。短喙曰歇驕。箋云。輕車驅逆之車也。置鸞於鑣。異於乘車也。載始也。始田犬者。謂達其搏噬始成之也。此皆遊於北園時所為也

駟驖三章章四句

每巻首捺先大夫及太夫人圖書者記不忘其德也　鎌田龢權記

小戎美襄公也。備其兵甲以討西戎。西戎方彊而征伐不休。國人則矜其車甲。婦人能閔其君子焉　矜夸大也。國人夸大其車甲之盛有樂之之意也。婦人

正云軓者所以收斂所載故名收焉軫者轄也言五楘梁輈是輈上之飾故以五為五束束以皮革其外束之處歷錄然曰為文章歷祿蓋文章之貌也梁輈之句衡者輈也轅從軫以前稍曲而上至衡則居衡之上而向下句之衡則橫居輈下如屋之梁故謂之梁輈

正云陰揜軓者謂輿下三面材以板木橫側車前所以陰暎此軓故云揜軓也靷者以皮為之繫於陰板之上令驂馬引之何則車衡之長惟六尺六寸止容二服而已驂馬頸不當衡別為二靷以引車故云靷所以引也大叔于田云兩服齊首兩驂鴈行明驂馬之首不與服馬齊也

閔其君子。息義之至也。作者叙

外。（閔人之夫婦人思夫之心）以之志。所以美君政教之功

小戎俴收五楘梁輈

小戎兵車也。俴淺也。收軫也。五五束也。楘歷錄也。梁輈輈上勾衡也。一輈五束束有歷錄。箋云。此群臣之兵車故曰小戎（衡則居輈下如屋之梁）

游環脅驅陰靷鋈續

游環靷環也。游環在背上。所以禦出也。脅驅慎駕具。所以止入也。陰揜軌也。（謂輿下三面材以板木橫側車前所以陰映此軓故云揜軓也）靷所以引也。鋈白金也。續續靷也。箋云。游環在背上無常處。貫驂馬之外轡以禁其出。脅驅者著服馬之外脅。所以止驂馬之入。揜軌在軾

正義車駕四馬在內兩馬謂之服在外兩馬謂之騑故云中之服驂兩騑

前、垂輈上、鋈續、白金飾續靷之環

文茵暢轂。駕我騏馵。茵、虎皮也。暢轂長轂也。騏騏文也。左足白曰馵。箋云。此上六句者。國人所矜。

言念君子。溫其如玉。箋云。言我也。我念君子之性溫然如玉。玉有五德。

在其板屋。亂我心曲。西戎板屋。箋云。心曲心之委曲也。憂則心亂也。此上四句者。婦人所用閔其君子。

○**四牡孔阜。六轡在手。騏騮是中。騧驪是驂。**黃馬黑喙曰騧。箋云。赤身黑鬣曰騮。

銳曰鐏平曰鐓 鐏作管切矛戟柄底銳者曲禮進戈者前其鐏

正義曰俴訓爲淺駟是四馬是用淺薄之金爲四馬之甲故知淺駟四介馬也成二年左傳云齊侯與晉戰云不介馬而馳之是戰馬皆被甲也

正曲禮曰進戈者前其鐏後其刃進矛戟者前其鐓取其於地齊有鐏彼注云銳底曰鐏取其鐏地平底曰鐓取其鐓地則鐏異物言鐓鐏者取類相明非訓爲鐏也

中。中服也。驂，兩騑也。**龍盾之合。鋈以觼軜。**龍盾，畫龍其盾也。合，合而載之。軜，驂內轡也。箋云。鋈以觼軜，軜之觼以白金爲飾也。軜繫於軾前。

言念君子。溫其在邑。在敵邑也。**方何爲期。胡然我念之。**箋云。方今。以何時。爲還期乎。何以然了不來。言望之也。

俴駟孔群。厹矛鋈錞。蒙伐有苑。俴駟，四介馬也。孔，甚也。厹矛，三隅矛也。錞，鐏也。蒙，討羽也。伐，中干也。苑，文貌。箋云。俴，淺也。謂以薄金爲介之札。介

正云竹閉一名䪅也䪅弓檠
人閉紲者說文云紲繫也謂
是䪅弓裏以繩紲之目名
䪅為紲
䪅弓紲也
考工記注紲弓䪅
引詩竹䪅緄縢
今作竹閉詩誤
閉䪅也䪅弓檠
通作䪅詩注云弓檠
曰䪅弛則縛於弓
裏以備損傷以竹
為之

也。甚群者。言和調也。蒙尨也。討雜

也。畫雜羽之文於伐。故。曰尨伐

虎韔鏤膺。交韔二弓竹閉緄縢

虎虎皮也。韔弓室也。膺馬帶也。交韔交二弓於韔中也。閉紲。緄繩。縢約也。箋云。鏤膺有刻金飾也

言念君子載寢載興厭厭良人秩秩德音

厭厭安靜也秩秩有知也。箋云。此既閔其君子寢起之勞。又思其性與德

小戎三章章十句

蒹葭刺襄公也。未能用周禮。將無以固其國焉

秦處周之舊土。其人民被周之德教日久矣。今襄公新爲諸侯。未習周之禮法。故國人未服焉

蒹葭蒼蒼。白露爲霜

興也。蒹。薕。葭。蘆也。蒼蒼。盛也。白露凝戾爲霜。然後歲事成。國家待禮。然後興。箋云。蒹葭。在衆草之中。蒼蒼然彊盛。至白露凝戾爲霜。則成而黃。興者。喻衆民之不從襄公政令者。得周禮以教之則服

所謂伊

鄭以為蒹葭在衆
草之中蒼蒼然彊
盛喻似不可刑傷
汝白露凝戾為
霜則成而為黃矣
以興衆民之彊者
不從襄公教令者
似不可服善得周
禮以教則衆民自
服矣欲求周禮
當得知周禮之人
所謂是知周禮之
在於何処在大水之
一邊假喻以言遠
流言此人在水一邊
因以水行為喻者
遡洄逆流而往之

人。在水一方伊維也。一方難至矣。箋云。伊當作繄。繄猶是也。所謂是知周禮之賢人。乃在大水之一邊。假喻以言遠。遡洄從之。道阻且長逆流而上曰遡洄。逆禮則莫能以至也。箋云。此言不以敬順往求之則不能得見。遡游從之。宛在水中央順流而涉曰遡游。順禮。求濟。道來迎之。箋云。宛坐見皃。以敬順求之則近耳。易得見也。○蒹葭淒淒白露未晞淒淒猶蒼蒼也。晞乾也。箋云。未晞未爲霜。所謂伊人。

未

則逆阻且長終不可見言不以敬順往求之則此人不可得之若遡游順流而往之則此人宛然在水中央
易得見言以敬順求之則此人易得何則賢者難進而易退故不以敬順求之則不可得欲令
襄公敬順求知周禮之賢人以教其國也

在水之湄湄水隒也。遡洄從之道阻且躋躋升也。箋云升者言其難至如升阪。遡游從之宛在水中坻坻小渚也。

○蒹葭采采白露未已采采猶萋萋也。未已猶未止也。所謂伊人在水之涘涘厓也。遡洄從之道阻且右右出其右也。箋云右者言其迂迴也。遡游從之宛在水中沚小渚曰沚。

箋見受得顯服從其
情於爲政故戒之亦美
之戒勸之者章首
二句是也美之者
下四句是也

正義梅山楩也述巡曰山楩名
枏郭璞曰今之山楸也梅楠也
孫炎曰荊州曰梅揚州曰楠
郭璞曰似杏實酢又云楠樹
皮葉似豫章木理細緻於
豫章子赤者材堅子白者
材脆江南及新城上庸皆多
樟楠終南與上庸新城通
亦有楠也

蒹葭三章章八句

終南戒襄公也。能取周地。始爲諸侯受顯服。大夫美之。故作是詩以戒勸之

終南何有有條有梅　興也。終南周之名山中南也。條槄。梅枏也。宜以戒不宜也。箋云。問何有者。意以爲名山高大。宜有茂木也。興者。喻人君有盛德。乃宜有顯服。猶山之草木有大小也。此之謂戒勸

君子至止錦衣狐

彼終南山之上何所有乎乃有條有梅之木以興彼盛德人君之身何所有乎乃宜有榮顯之服然山
以高大之故宜有茂木君以盛德之故宜有顯服君若無盛德則不宜矣君若能自勉明德使
不可言其宜以戒不宜也

北人亦未識
荊楚梅詩北人亦識

裘（錦衣采衣也。狐裘朝廷之服。箋云。至止者受命服於天子而來也。諸侯狐裘錦衣。以裼之）顏如渥丹其君也哉（箋云。渥厚漬也。顏色如厚漬之丹。言赤而澤也。其君也哉。儀貌尊嚴也）

終南何有有紀有堂（紀基也。堂畢道。平如堂也。箋云。畢也堂也。亦高大之山所宜有也。畢終南之道名。邊如堂之墻然）君子至止黻衣繡裳（黑與青。謂之黻五色備謂之繡）佩玉將將壽考不忘

正云黄鳥小鳥數以從之焉
向秉庵

終南二章章六句

黄鳥哀三良也國人刺穆公以人從死而作是詩也三良三善臣也謂奄息仲行鍼虎也從死自殺以從死

交交黄鳥止于棘興也交交小皃黄鳥以時往來得其所人以壽命終亦得其所箋云黄鳥止于棘以求安己也此棘若不安則移興者喻臣之事君亦然今穆公使臣從死刺其不得黄鳥止於棘之本意誰從穆公子

却令穆公以臣從死失任於君子之本意矣因

正義曰服虔云子車秦大夫氏也殺人以葬璇環其左右曰殉又秦本紀云穆公卒葬於雍從死者
七十七人然則死者多矣主傷善人故言哀三良也殺以殉葬當是後君爲之猶刺康公而刺穆
公者是穆公命從已死此臣自殺從之非後主之過故箋辨之從死自殺以從死

車奄息子車氏。奄息名。箋云。言誰從穆公者傷之維此奄息百夫之特乃特。百夫之德。箋云。百夫之中最雄俊也臨其穴惴惴其慄惴惴懼也。箋云。穴謂壙中也。秦人哀傷此奄息之死。臨視其壙皆爲之惴慄彼蒼者天殲我良人殲盡。良善也。箋云。言彼蒼者。天愬之如可贖兮人百其身箋云。如此奄息之死。可以他人贖之者。人皆百其身。謂一身百死。猶爲之。惜善人之甚○交交黃鳥止于棘誰從穆公。子車仲行。䨓去。仲行字也維此仲行。百夫之防。防比也。䨓去。防猶當也。言此一人。當百夫臨其穴惴惴其慄。彼蒼者天。殲我良人。如可贖兮。人百其身。○交交黃鳥。止于楚。誰從穆公。子車鍼虎。維此鍼虎。百夫之禦。禦當也臨其穴惴惴其慄。彼蒼者天。殲我良人。如可贖兮。人。

正云鬱者林木積聚之貌
敘云鬱積也

育其身

黄鳥三章章十二句

晨風刺康公也忘穆公之業始棄其賢臣焉

鴥彼晨風鬱彼北林興也。鴥疾飛皃。晨風鸇也。鬱積也。北林林名也。先君招賢人賢人往之駛疾如晨風之飛入北林。箋云先君謂穆公未見正云山海經云有獸名駮如白馬黑尾鋸牙聲如鼓食虎豹然則此獸名駮而云如言駮者王肅云言六擬所見而言也陸璣疏云駮馬梓榆也其樹皮青白駮犖遙視似駮馬故謂之駮馬下章云山有苞棣隰有樹檖皆山隰之木相配不宜云獸此言非無理也但箋傳不然

正云釋木云檖羅郭璞曰今楊檖也實似梨而小酢可食陸璣疏云檖一名赤羅小梨也一名康梨一名鼠梨

君子憂心欽欽思望之心中欽欽然。箋云言穆公始。未見賢者之時思望而憂之如何如何忘我實多今則忘之矣。箋云。此以穆公之意責康公。如何如何乎。女忘我之事實多。○山有苞櫟隰有六駮櫟木也。駮如馬倨牙食虎豹。箋云。山之櫟。隰之駮。皆其所宜有也。以言賢者。亦國家所宜有之未見君子憂心靡樂如何如何忘我實多○山有苞棣隰有樹檖棣唐棣也。檖赤

靡也

未見君子。憂心如醉。如何如何。忘我實多。

晨風三章章六句

無衣。刺用兵也。秦人刺其君好攻戰。亟用兵而不與民同欲焉。

康公以文七年立十八年卒案春秋文七年晉人秦人戰于令狐十年秦伯伐晉十二年秦人戰于河曲十六年楚人秦人滅庸見於經傳者已如是其好攻戰

豈曰無衣。與子同袍。興也。袍襺也。上與百姓同欲。則百姓樂致

其死。箋云。此責康公之言也。君豈嘗曰女無衣我與女共袍乎。言不與民同欲。王

于興師。脩我戈矛。與子同仇。戈長六尺。六寸。矛長二尺。天下有道。則禮樂征伐。自天子出。仇匹也。箋云。于於也。怨耦曰仇。君不與我同欲而於王興師。則云。脩我戈矛。與子同仇往伐之。刺其好攻戰

○豈曰無衣。與子同澤。澤潤澤也。箋云。澤褻衣近汙垢者

王于興師。脩我戈戟。與子偕作。作起也。箋云。戟車戟也

○豈曰無

ナリ平ヲ思テ晋ニ入ル今穆公ノ太子康公ヲ以テ晋ニ入レ穆公ノ夫人ハ存命ナレバ王母ノ返ニ明ヤカシナド思ヒ

玉ハン不幸ニシテハヤ夫人ハ死セシ故ニ康公カ思ヤラハ重耳カ今位ニ即ク故母ニ廿ヤラシミセイテド思ニ

テ此詩ヲ作ル晋ハ秦ノ東ヘ今渭水ノ北ヲ行クナリテ也セ

晋惠公獻公之子以周襄王二年立初獻公以驪姬譖殺太子申生而又譖二子重耳夷吾重耳奔狄而夷吾奔梁云云

衣與子同裳王于興師脩我甲兵與子偕

行 行往也

無衣三章章五句

渭陽康公念母也康公之母晋獻公之女

文公遭麗姬之難未反而秦姬卒穆公納

文公康公時爲太子贈送文公于渭之陽

念母之不見也。我見舅氏。如母存焉。及其即位思而作是詩也

我送舅氏。曰至渭陽母之昆弟曰舅。箋云渭水名也。秦是時都雍。至渭陽者。蓋東行送舅氏於咸陽之地何以贈之。路車乘黃贈送也。乘黃四馬也○我送舅氏。悠悠我思。何以贈之。瓊瑰玉佩瓊瑰石而次玉

正云〻服云聲伯惡瓊瑰贈死之物故畏而不言

然則瓊瑰是贈死之玉康公以贈舅者之所用無生死之異衆袖飯唅用玉聲伯夢見食之故惡之事見左傳成七年十

正義云屋具也崔駰七依說宮室之美云夏屋渠渠王肅云屋則立之於先君食則受之於今君故居大屋而食無義似可通鄭不然章皆說飲食之事不得言屋宅也

渭陽二章章四句

權輿刺康公也忘先君之舊臣與賢者有始而無終也

於我乎夏屋渠渠夏大也。箋云。屋具也。渠渠猶勤勤也。言君始於我厚設礼食大具。以食我其意。勤勤然

今也每食無餘箋云此言君今遇我薄。其食我纔足而已

于嗟乎不承權輿承繼也。權輿始

正義曰考工記云旊人為簋其實一觳豆實三而成觳昭二年左傳云四升為豆然則簋是瓦器容斗二升也簋稻粱之器也簠盛黍稷器也然則稻粱當在簋而云四簋黍稷稻粱者以詩言每食四簋稱君禮物大具則宜言每器一物不應以黍稷二物分為四簋以公食大夫禮有稻有粱知四簋之内兼有稻粱公食大夫之禮是主國之君與聘客禮食備設器物故稻粱在簋此言每食則是平常燕食器物不具故稻粱在簋公食大夫黍稷六簋猶有稻粱此唯四簋者亦燕食差於禮食也

也

○於我乎每食四簋四簋黍。稷。稻。粱今也每食不飽于嗟乎不承權輿

權輿二章章五句

秦國十篇二十七章百八十一句

毛詩卷第六

以刺君 鄭以經之所陳即幽公也經序相符也

陳者胡公嬀滿之所封也其先虞舜之冑有虞遏父者為周陶正武王賴其器用與其神明之後故妻以元女其子滿乃封於陳

毛詩卷第七

陳宛丘詁訓傳第十二

毛詩國風　　鄭氏箋

宛丘刺幽公也淫荒昏亂遊蕩無度焉

子之湯兮宛丘之上兮　子大夫也湯蕩也四方高中央下曰宛丘。箋云子者斥幽公也遊蕩無所不爲

洵有情兮而無望兮

鄭以爲刺幽公爲巫
其文意同
毛以爲坎〻然爲巫者
大夫擊鼓〻〻然在
宛丘之下無問冬無
同夏常持其鷺鳥
之羽翳而舞鼓
舞戲樂尚有時節
今幽公化之大夫
游蕩無復節度故
舉以刺公也

洵信也。箋云此君。信有淫荒之情。其威儀。無可觀望而則傚。○坎其擊鼓。宛丘之下。坎坎擊鼓聲。無冬無夏値其鷺羽。値持也。鷺鳥之羽可以爲翳。箋云。翳舞者所持以指麾者。○坎其擊缶。宛丘之道。盎。謂之缶。無冬無夏値其鷺翿。翿翳也。

宛丘三章章四句

東門之枌疾亂也幽公淫荒風化之所行

擇一而行樂。吳彼南方之原氏有美女國中之最上処可以從之也男既如是誠存此之女即不復
績麻於市也如男子聚會婆娑而失序是其一方之疾之甚

男女棄其舊業亟會於道路歌舞於市井。爾

東門之枌宛丘之栩枌白楡也栩杼也。國人之交會男女之所聚

子仲之子婆娑其下子仲陳大夫氏。婆娑舞也。箋云之子男女也

○穀旦于差南方之原穀善也。原大夫氏。箋云旦明。于曰。差擇也。朝日善明曰。相擇矣。以南方原氏之女可以爲上處

不績其麻

國都之市亦因名市井二十畝為一井

市也婆娑箋云。績麻者。婦人之事也。疾其今不爲。○穀旦于

逝越以鬷邁逝往。鬷數。邁行也。箋云。越於。鬷總也。朝日善明。曰。往矣。謂

之所會處也。於是以總行。欲男女合行。視爾如荍。貽我握椒

荍芘芣也。椒芬香也。箋云。男女交會而相說曰。我視女之顏色。美如芘芣之華。然。女乃遺我一握之椒。交情好也。此本淫亂之所由

東門之枌三章章四句

衡門誘僖公也。愿而無立志故作是詩以誘掖其君也

誘進也。掖扶持也

衡門之下。可以棲遲

衡門横木爲門。言淺陋也。棲遲遊息也。箋云賢者。不可以衡門之淺陋則不遊息於其下。以喻人君。不可以國小則不興治致政化

泌之洋洋。可以樂飢

泌泉水也洋洋廣大也。樂飢。可以樂道忘飢。箋云飢者不足於食也。泌水之流洋洋然。飢者見之可飲以療飢。以喻人君

懲愿任用賢臣則。政教成亦猶是也○豈其食魚必河之魴

豈其取妻必齊之姜姜去此言何必河之魴然後可食取其口

美而已何必大國之女然後可妻亦取貞順而已以喻君任臣何必聖人亦取忠孝

而已齊姜姓○豈其食魚必河之鯉豈其取妻

必宋之子姜去宋子姓

衡門三章章四句

陸機疏云紵亦麻也

東門之池刺時也。疾其君之淫昏而思賢女。以配君子也

東門之池。可以漚麻興也。池城池也。漚柔也。箋云。於池中。柔麻使可緝績作衣服。興者喻。賢女能。柔順君子成其德教彼美淑姬可與晤歌晤遇也。箋云。晤猶對也。言淑姬賢女君子。宜與對歌相切化也○

東門之池。可以漚紵。彼美淑姬。可與晤語

○東門之池可以漚菅彼美淑姬可與晤

言　言道也

東門之池三章章四句

東門之楊刺時也昏姻失時男女多違親

迎女猶有不至者也

東門之楊其葉牂牂　興也牂牂然盛貌言男女失時不逮秋冬

箋以為昏姻失時者

失秋冬之時　仲

鄭以為失仲春之

時言親迎女猶不

至明不親迎者相

違背多矣故本不

至者以刺其時之

俗也言相違者

正謂女違男使昏姻之禮不成是男女之意相違非謂男亦違女也

箋以為作者以楊葉初生喻昏之正時楊葉長大喻晚於正時

箋云楊葉牂牂三月中也興者喻時晩也失仲春之月昏以爲期明星煌煌期而不至也箋云親迎之禮以昏時女留他色而不肯時行乃至大星煌煌然

○東門之楊其葉肺肺肺肺猶牂牂也昏以爲期明星晢晢晢晢猶煌煌也

東門之楊二章章四句

墓門刺陳佗也陳佗無良師傅以至於不

不義之大黄弑君也
「春秋桓五年春正月
甲戌己丑陳侯鮑
卒。左傳云再赴也
於是陳亂文公子
佗殺太子免而代之
公疾病而亂作國人
分散故再赴是陳
佗弑君自立之事也
以傳文則陳佗所
殺太子免而猶之弑
君者以免為太子其
父卒而免當代父為
君陳佗殺之而取國
故以弑君言之

義惡加於萬民焉 不義者謂弑君而自立

墓門有棘斧以斯之 興也。墓門墓道之門也。斯析也。幽閒希行用生此棘薪。維斧可以開析之。箋云興者喻陳佗由不覩賢師良傅之訓導至陷於誅絶之罪也

叔言云斯當也孫奕同斯析也晉是斯為析段也

夫也不良國人知之 夫傅相也。箋云良善也。陳佗之師傅不善。群臣皆知之。言其罪惡著也

知而不已誰昔然矣 昔久也。箋云已猶去也。誰昔昔也。國人皆知其有罪惡而不誅退終致禍難自古昔

之時常然。○**墓門有梅有鴞萃止**梅柟也。鴞惡聲之鳥也。萃集也。箋云梅之樹。善惡自耳。徒以鴞集其上而鳴人。則惡之樹因惡矣以喻陳佗之性。本。未必惡師傅惡**夫也。不良歌以訊之**而陳佗從之而惡訊告也。箋云歌謂作此詩也。既作又使工歌之。是謂之告**訊予不顧顛倒思予**箋云予我也。歌以告之。女不顧念我言至於破滅。顛倒之急。乃思我之言。言其晚也

墓門二章章六句

防有鵲巢，憂讒賊也。宣公多信讒，君子憂懼焉。

防有鵲巢，邛有旨苕。興也。防，邑名也。邛，丘也。苕，草也。箋云：防之有鵲巢，邛之有美苕，處勢自然。興者，喻宣公信多言之人，故致此讒人。誰侜予美？心焉忉忉。侜張，誑也。箋云：誰，誰讒人也。女衆讒人，誰侜張誑欺

我所美之人乎。使我心忉忉然。所美謂宣公

○中唐有甓。邛有旨鷊。中中庭也。唐堂塗也。甓瓴甋也。鷊綬草也。誰侜予美。心焉惕惕。惕惕猶忉忉也

防有鵲巢二章章四句

月出刺好色也。在位不好德而說美色焉

月出皎兮興也。皎月光也。箋云興者喻。婦人有美色之白皙佼人。

言以靈公淫於夏氏之母姬姓之女疾驅其車馬馳之而往或早朝而至之或夕而至不是其休息之時故刺之

僚兮。舒窈糾兮。僚好貌舒遲也窈糾舒之姿也勞心悄兮悄憂也。箋云思而不見則憂○月出皎兮。佼人懰兮。舒懮受兮。勞心慅兮。○月出照兮。佼人燎兮。舒夭紹兮。勞心慘兮

月出三章章四句

株林刺靈公也。淫乎夏姬。驅馳而往。朝夕。

子陳靈公與孔寧儀行父飲酒於夏氏公謂行父曰徵舒似汝對曰亦似君徵舒病之公出自其廄射而殺之

不休息焉夏姬陳大夫妻夏徵舒之母鄭女也徵舒字子南夫字御叔

胡為乎株林從夏南株林夏氏邑也夏南夏徵舒也箋云陳人責靈公君何為之株林從夏氏子南之母為淫泆之行乎

匪適株林從夏南匪非也言我非之株林從夏氏子南之母為淫泆之行自之他人耳觝拒之

駕我乘馬說于株野乘我乘駒朝食于株大夫乘駒箋云我國人我君也君親乘君乘馬乘君乘駒變易車乘以至株林

正云靈公与孔寧儀行父等居以並淫於其國之内共通夏姬國人効之男女淫相悅爲此淫泆故君子惡之憂思傷感焉

或說舍焉。或朝食焉。又責之也。馬六尺以下曰駒

株林三章章四句

澤陂剌時也。言靈公君臣淫於其國。男女相說。憂思感傷焉。君臣淫於國。謂與孔寧儀行父也。感傷謂涕泗滂沱。

彼澤之陂。有蒲與荷。興也。陂澤障也。荷芙蕖也。箋云蒲柔滑之

三六二

物美蕍之莖曰荷。生而佼大興者蒲以喻所說。男之性荷以喻所說女之容體也。正以陂中二物興者喻淫風由同姓生

有美一人。傷如之何

傷無禮也。箋云傷思也。我。思此美人。當如之何而得見之

寤寐無為涕泗滂沱

自目曰涕。自鼻曰泗。箋云寤覺也

○彼澤之陂有蒲與蕑

蕑蘭也。箋云。蕑當作蓮。蓮美蕖實也。蓮以喻女之言信

有美一人。碩大且卷

卷好貌

寤寐無為中心悁悁

悁悁

猶悒悒也

○彼澤之陂。有蒲菡萏。菡萏荷華也。箋云。華以喻女之顏色

有美一人。碩大且儼。儼矜莊貌

寤寐無爲。輾轉伏枕

澤陂三章章六句

陳國十篇二十六章百二十四句

檜羔裘詁訓傳第十三

周夷王厲王之時檜公不務政事而好絜衣服大夫去之於是檜之變風始作

毛詩國風

鄭氏箋

羔裘大夫。以道去其君也。國小而迫君不用道好絜其衣服。逍遥遊燕而不能自強於政治。故作是詩也以道去其君者三諫不從待放於郊得玦乃去

羔裘逍遥狐裘以朝羔裘以遊燕。狐裘以朝　箋云諸侯之

朝。朝服。緇衣。羔裘。大蜡而息民。則有黃衣狐裘。今以朝服燕。以祭服朝。是其好絜衣服也。先言燕後言朝。見君之志不能自彊於政治

豈不爾思。勞心忉忉　國無政令。使我心勞也。箋云。爾女也。三諫不從。待放而去。思君如是。勞心忉忉然

羔裘翱翔。狐裘在堂　堂。公堂也。箋云。翱翔猶逍遙也

豈不爾思。我心憂傷。

羔裘如膏。日出有曜　日出照曜。然後見其如膏

豈不爾思。中心是悼

悁動也　箋云悁猶哀傷也

羔裘三章章四句

素冠刺不能三年也　喪礼子爲父三年父卒爲母皆三年時人恩薄礼廢不能行也

庶見素冠兮棘人欒欒兮　庶幸也素冠練冠也棘急也欒欒瘠貌也箋云喪礼既祥祭而縞冠素紕時人皆解緩无三年之恩於其父母而廢

其喪礼。故覬幸一見素冠急於哀慼之人。形貌欒欒然瘦瘠也勞心慱慱

兮慱慱憂勞也箋云勞心者憂不得見庶見素衣兮素冠

故素衣也箋云除成人喪者。其祭也。朝服。縞冠。朝服緇衣素裳。然則。此。言素衣者

謂素裳也我心傷悲兮聊與子同歸兮願見有礼之人

與之。同歸也箋云聊猶且也。且與子。同歸。欲之其家觀其居處庶見素

韠兮箋云祥祭朝服。素韠者。韠從裳色耳我心蘊結兮聊與

子如一兮

子夏三年之喪畢見於夫子。援琴而絃衎衎而樂。作而曰。先王。制禮。不敢不及。夫子曰。君子也。閔子騫三年之喪畢。見於夫子。援琴而絃切切而哀。作而曰。先王制禮。不敢過也。夫子曰君子也。子路曰。敢問何謂也。夫子曰子夏哀已盡。能引而致之於禮。故曰君子也。閔子騫哀未盡。能自割以禮。故曰君子也。夫三年之喪賢者之所輕。不肖者之所勉。箋云。聊與子如一。且欲與子居處觀其所行也

素冠三章章三句

正云幼小則凡人皆無情欲
論語云人之生也直注云
性皆正直謂初生幼小時
恙皆正直人性皆同無可
美後樂小此故年少者謂
十五時

隰有萇楚，疾恣也。國人疾其君之淫恣，而思無情慾者也。恣謂狡佚淫戲不以禮也

隰有萇楚，猗儺其枝。興也。萇楚，銚弋也。猗儺，柔順也。箋云：銚弋之性，始生正直，及其長大，則其枝猗儺而柔順，不妄尋蔓草木。興者，喻人少而端慤，則長大無情慾。

夭之沃沃，樂子之無知。夭，少也。沃沃，壯佼也。箋云：知，匹也。疾君子淫恣，故於人年少沃沃之時，樂其無妃匹之意。

隰有萇楚。猗儺其華。夭之沃沃。樂子之無家。箋云无家謂无夫婦室家之道。隰有萇楚。猗儺其實。夭之沃沃。樂子之無室。

隰有萇楚三章章四句

匪風思周道也。國小政亂憂及禍難而思周道焉此見周道既滅恩澤不及人、翔之言誰亡亨魚、有乎有能亨魚者我則滌而與之釜鬵以與誰將西歸輔周治民者乎有能輔周者治民我則助之以周旧政令之好音恨當時之人无輔周者亨魚煩則碎治民煩則散亨魚類於治民故以亨魚為喻既者滌器之名既之釜鬵語助與亨者之意思助之於音欲備具好音之意釜鬵言既亦助與之而好音言助亦備具之而已不取體

匪風發兮。匪車偈兮。發發、飄風。非有道之風。偈偈、疾驅。非有道之車。

顧瞻周道。中心怛兮。怛、傷也。下國之亂。周道滅也。箋云、周道。周之政令也。迴首曰顧。

匪風飄兮。匪車嘌兮。迴風為飄。嘌嘌、無節度也。

顧瞻周道。中心弔兮。弔、傷也。

誰能亨魚。溉之釜鬵。溉、滌也。鬵、釜屬。亨魚煩則碎。治民煩則散。知亨魚則知治民矣。箋云、誰能者。言人偶能割亨者。

誰將西歸。懷之好

正云人偶者謂以人思尊偶之也論語注云人偶同位人偶相向爲禮儀皆同

音

周道在乎西，懷歸也。箋云：誰將西歸者，亦言人偶。能輔周道治民者也。檜在周之東，故言西歸。有能西仕於周者，我則懷之以好音，謂周之舊政令也。

匪風三章章四句

檜國四篇十二章四十五句

正云曹世家云曹叔振鐸者武王弟武王已克殷封叔振鐸於曹地地理志云濟陰定陶詩風曹國是鄭所引之文以曹都雖在濟陰其地則跨濟北土者爲

曹蜉蝣詁訓傳第十四

毛詩國風　　鄭氏箋

曹惠王時政衰昭公好奢而任小人者之變風始作

蜉蝣刺奢也。昭公國小而迫。無法以自守。好奢而任小人。將無所依焉

蜉蝣之羽。衣裳楚楚 興也。蜉蝣。渠略也。朝生。夕死。猶有羽翼以自脩飾。楚楚鮮明貌 箋云。興者。喻昭公之朝。其羣臣皆小人也。徒整飾其衣裳。不知國之將迫脅君臣死亡無日。如渠略然 心之憂矣。於我歸處 箋云。歸依歸。君當於何依歸乎。言有危亡之難。將無所就往 蜉蝣之

翼采采衣服采采衆多也心之憂矣於我歸息息止也

蜉蝣掘閱麻衣如雪掘閱容閱也如雪言鮮絜箋云掘閱掘地解閱謂其始生時也以解閱君臣朝夕變易衣服麻衣深衣諸侯之朝朝服夕則深衣也

心之憂矣於我歸說箋云說猶舍息也

蜉蝣三章章四句

候人刺近小人也共公遠君子而好近小

人焉

彼候人兮何戈與祋候人道路送賓客者何揭祋殳也言賢者之官不過候人箋云是謂遠君子也彼其之子三百赤芾彼彼曹朝也芾韠也一命縕芾黝珩再命赤芾黝珩三命赤芾蔥珩大夫以上赤芾乘軒箋云之子是子也是子佩赤芾者三百人維鵜在梁不濡其翼鵜洿澤鳥也梁水之中梁鵜在梁可謂不濡其翼乎箋云鵜在梁

當濡其翼而不濡者。非其常也。以喻小人。在朝。亦非其常 彼其之子不稱其服 箋云不稱者言德薄而服尊 維鵜在梁不濡其咮 咮喙也 彼其之子不遂其媾 媾厚也 箋之遂猶久也。不久其寵。言終將薄於君也 薈兮蔚兮。南山朝隮 薈蔚雲興貌。南山曹南山也。隮升也 箋云薈蔚之小雲。朝升於南山。不能為大雨以喻小人。雖見任用於君終不能成其德教 婉兮孌兮。季女斯飢

飢 婉少貌。孌好貌。季人之少子也。女民之弱者。箋云天。无大雨。則歲不熟而幼弱者飢。猶国之无政令。則下民困病。

候人四章章四句

鳲鳩刺不壹也。在位無君子用心之不壹也

鳲鳩在桑。其子七兮 興也。鳲鳩。秸鞠也。鳲鳩之養其子朝從上。下。暮從下。上。平均如一。箋云興者。喻人君之德當均一於下也。以刺今在位之人不如鳲鳩。

淑人君子。其儀一兮。箋云淑善。儀義也。善人。君子。其執義當如一也。

其儀一兮。心如結兮。言執義一則用心固。

鳲鳩在桑。其子在梅。飛在梅也。

淑人君子。其帶伊絲。其帶伊絲。其弁伊騏。騏騏文也。弁皮弁也。箋云其帶伊絲。謂大帶也。大帶用素絲有雜色飾焉。騏當作綦。以玉為之。言此帶弁者

刺不称其服 ○ 鳲鳩在桑。其子在榛。淑人君子。

其儀不忒 忒疑也 其儀不忒。正是四國 正長也

箋云執義不疑則可以為四国之長。言任為侯伯 ○ 鳲鳩在桑。其

子在榛。淑人君子。正是國人。正是國人。胡

不萬年 箋云正長也。能長人則人欲其壽考

鳲鳩四章章六句

冽然而寒者彼下流之泉浸彼苞稂之中稂非灌溉之草得水則病以喻共公之政教甚酷虐於民下民不堪侵刻遭之示困病民既困病思在明王愾然我寤寐之以歎而嘆息念彼周室京師之明王言時有明王則先此困病也

下泉思治也。曹人疾共公侵刻下民不得其所憂而思明王賢伯也

冽彼下泉浸彼苞稂 興也冽寒也下泉泉下流也。苞本也。稂童梁非溉草得水而病也 箋云興者喻共公之施政教徒困其民稂當作涼涼草蕭蓍之屬 愾我寤嘆念彼周京 箋云愾歎息之意寤覺也。念周京者思其先王之明者 〇冽彼下泉浸彼苞蕭 蕭蒿也

毛
芃芃然盛者是黍々苗也此苗所以得盛者由上天以信雨膏澤之故也以與四方之國有信王之事所以得治者由有郇國之侯為伯以恩治勞來之故也今無賢伯致曹國之不治故思之
鄭唯說伯有恩者之文以與則同

愾我寤嘆。念彼京周。○冽彼下泉。浸彼苞蓍。蓍，草也。愾我寤嘆。念彼京師。○芃芃黍苗。陰雨膏之。芃芃，美貌。四國有王。郇伯勞之。郇伯，郇侯也。諸侯有事二伯述職。箋云：有王謂朝聘於天子也。郇侯文王之子。為州伯，有治諸侯之功。

下泉四章章四句

曹國四篇十五章六十八句

卷終

毛詩卷第八

豳七月詁訓傳第十五

毛詩國風

鄭氏箋

七月陳王業也周公遭變故陳后稷先公風化之所由致王業之艱難也　周公遭變者管蔡流言避居東都

之所由縁致此王業之艱難之事 先公遭難乃已勤行風化 今遭難亦當勤修德教 行陳此先公之事將以比序己志 經八章皆陳先公風化之事 不陳后稷之教 今輒言后稷者以先公修行后稷之教 故以后稷冠之 鄭以為周遭流言之變避居東都非征伐 其文或則同

襄公二十九年左傳季札見歌豳曰美哉樂而不淫其周公之東乎明在東都作之 豳詩周公所作 此大師之目錄明其樂之本

流言者欲以常之辟周公 故我之至 未知是周公之 專為戎之

豳者戎狄之地名也夏道衰后稷之曾孫公劉自邰而出居焉其封域在雍州岐山之北原隰之野於漢屬右扶風郇邑周公遭流言之難居東都思公劉大王為豳公憂勞民事以比序己志而作七月鴟鴞之詩成王悟而迎之以致太平故師述其詩為豳國之風焉

毛以為周公言先公教民周備。民奉上命。於七月之中有西流者是火之下也。知是將寒之漸。至九月之中乃可以授以冬衣矣。九月之中若不授冬衣則一之日有觱發之寒風。二之日有栗烈之寒氣。此二者大寒時。人之貴者無衣賤者無褐何以終其歲乎。故至八月則當績也

七月流火。九月授衣火大火也。流下也。九月霜始降。婦功成。可以授冬衣矣箋云大火者寒暑之候也。火星中而寒來暑退。故將言寒。先著火所在一之日觱發。二之日栗烈。無衣無褐。何以卒歲一之日十之餘也。一之日周正月也。觱發。寒風也。二之日殷正月也。栗烈。寒氣也。箋云褐毛布也。卒終也。此二正之月。人之貴者無衣。賤者無褐。將何以終歲乎。是故八月則當績也三之日于耜。四之日舉趾

是而耕者以孟春之月今云豳人以正月脩耒耜二月始耕故云豳土晚寒
鄭志答張逸云晚溫亦晚寒是寒晚溫亦晚故脩耒耜始耕皆校中國一月也

是以為七月之中有流下者火星也此將寒之候九月之中則可以授冬衣也又本其蠶時春氣溫春日則以溫矣又有鳴者是倉庚之鳥也於時女人執持深筐循彼微細之徑道於是求彼柔桑柔以養新生之蠶

同我婦子。饁彼南畝。田畯至喜。三之日，夏正月也。豳地。晚寒。于耜，始脩耒耜也。四之日，周四月也。民無不舉足而耕矣。饁，饟也。田畯，田大夫也。箋云：同，猶俱也。喜讀為饎。饎，酒食也。耕者之婦子俱以饟來至於南畝之中，其見田大夫，又為設酒食焉。言勸其事，又愛其吏也。此章陳人以衣食為急，餘章廣而成之。○七月流火。九月授衣。箋云：將言女功之始，故又本於此。春日載陽。有鳴倉庚。女執懿筐。遵彼微行，爰求柔桑。倉庚，離黄也。懿筐，深筐也。微行，墻下徑也。五畝之宅，樹之以桑。箋云：載之言則也。陽，温也。温而倉庚又鳴，可蠶之候也。柔桑，穉桑也。蠶始生，宜穉桑。

春日遲遲，采蘩祁祁。女心傷悲，殆及公子同歸。遲遲，舒緩皃也。蘩，白蒿也，所以生蠶。祁祁，衆多也。傷悲，感事苦也。春女悲，秋士悲，感其物化也。殆，始。及，與也。豳公子躬率其民，同時出，同時歸也。箋云：春女感陽氣而思男，秋士感陰氣而思女，是其物化，所以悲也。悲則始有

来之謂斬條於地就地采之也猗束彼女桑而采之謂采稺之桑不枝落者以繩猗束而采之云云

愛先公之教能勤桑事也

蠶事既畢又須績麻七月中有鳴鵙者是鵙之鳥也是將寒之候八月之中民皆績麻民又染繒則染為玄則染為黃云朱之色甚明將美以此朱為公子裳衣績麻為布民自衣之玄黃之色施於祭服朱則為公子裳衣皆是衣服之事雖互言之也

與公子同歸之志欲嫁焉女感事苦而生此志是謂豳風○七月流火

八月萑葦　薍為萑葭為葦豫畜萑葦可以為曲也　箋云將言女功自至成故亦本於此

蠶月條桑取彼斧斨以伐遠揚猗彼女桑　斨方銎也遠枝遠也揚條揚也角而束之曰猗女桑荑桑也　箋云條桑枝落采其葉女桑少枝長條不枝落者束而采之

七月鳴鵙八月載績載玄載黃我朱孔陽為公子裳

謂之夏青其色夏翟爲武夏翟毛羽五色皆備成章

鵙伯勞也載績緝事畢而麻事起矣玄黑而有赤也朱深纁也陽明也祭服玄衣纁裳箋云伯勞鳴將寒之候也七月則鳴豳地晚寒鳥物之候從其氣焉凡染者春暴練夏纁玄秋染夏爲公子裳厚於其所貴者說也○四月秀葽五月鳴蜩八月其穫十月隕蘀不榮而實曰秀葽葽草也蜩螗也穫禾可穫也隕墜蘀落也箋云夏小正曰四月王萯秀葽其是乎秀葽也鳴蜩也穫禾也隕蘀也四者皆物成而將寒之候物成自秀葽始一之日于

上地在下土記従於南方〻〻故云用纁是祭服用玄衣纁裳〻〻或染也〻玄矣而將朱玄黃故得辭其字
由祭服尊故也
経載云載黃謂以夏日染謂八月染也実在夏而文兼八月之下者以養蠶績麻是造衣之始故先
言之染色作裳
是衣於故後言之

貉取彼狐狸爲公子裘　于貉謂取狐狸皮也。狐貉之厚以居。孟冬天子始裘　箋云于貉往搏貉以自爲裘也。狐狸以供尊者。言此者時寒宜助女功二之日其同載纘武功言私其豵獻豜于公　纘繼功事也。豕一歲曰豵。三歲曰豜大獸公之。小獸私之　箋云其同者君臣及民因習兵俱出田也。不用仲冬之月。亟地難寒也。豕生三曰豵　○五月斯螽動股。六月莎雞振羽。七月在野。八

蟲既近人大寒將至故
穹塞其室之孔
穴熏鼠令出其窟
塞北出之窗墐塗
荊竹所織之戶使
令室無隙孔寒
氣不入
豳人又告妻子言已
穹室墐戶之意嗟
乎我之婦與子我所
以如此者曰為改歲
之後風雨發栗烈大
寒之時當避入此室而
居處以避寒故為此也

月在宇。九月在戶。十月蟋蟀入我牀下

斯螽蚣蝑也。莎雞羽成而振訊之 箋云自七月在野至十月入我牀下。皆謂蟋蟀也。言此三物之如此著將寒有漸。非卒來也

穹窒熏鼠塞向墐戶

穹窮窒塞也。向北出牖也。墐塗也。庶人蓽戶 箋云為此四者以備寒

嗟我婦子曰為改歲。入此室處

箋云為改歲者歲終而一之日觱發。二之日栗烈。當避寒氣而入所穿窒墐戶之室而居之至此而女功止 ○

其荼樗云食我農夫，則老人不得食之，言天
人年老必有豪毛秀出者，故知眉謂豪眉也
春酒凍醪者，醪是酒之別名，此酒凍時釀也，故稱凍醪。天官酒正辨三酒之物，一曰事酒，二曰昔酒，三曰清酒
注云：事酒，今之醳酒也；昔酒，今之酋久白酒，所謂舊醳者也；清酒，今之中山冬釀接夏而成者。此則春酒即彼三酒之中清酒也

六月食鬱及薁。七月亨葵及菽。八月剝棗。十月穫稻。為此春酒。以介眉壽。鬱棣屬。薁蘡薁也。剝擊也。春酒凍醪也。眉壽豪眉也。箋云介助也。既以鬱下及棗助男功。又穫稻而釀酒。以助其養老之具。是謂豳雅（雅者正也，王者設教以正民，作酒養老，是人君之美政，故知此謂豳雅也）七月食瓜。八月斷壺。九月叔苴。采荼薪樗。食我農夫。壺瓠也。叔拾也。苴麻子也。樗惡木也。箋云瓜瓠之畜。麻實之糝。乾荼之菜。惡木之薪。亦所以助男功養農夫

毛以為此章言農夫作事之終故言九月之時以築場於圃之中以治穀也十月之中納禾稼之所收積者黍稷百穀禾麻菽麥之等納之於囷倉之中禾稼既納倉則農事畢了民唯有年我曹農夫之等我之稼穡既已積聚矣野中先事可以上入都邑之宅執治於宮中之事

之具〇九月築場圃春夏為圃。秋冬為場。箋云場圃同地耳。物生之時耕治之以種菜茹。至物盡成熟築堅以為場十月納禾稼。黍稷重穋。禾麻菽麥後熟曰重。先熟曰穋也箋云納內也。治於場而納之囷倉也嗟我農夫。我稼既同。上入執宮功入為上。出為下。箋云既同言已聚也。可以上入都邑之宅治宮中之事矣。於是時男之野功畢晝爾于茅。宵爾索綯宵夜。綯絞也。箋云爾女

鄭宮中所治當是何事鄭相謂云晝日今當往取茅草夜今當作索綯以待明年播種用也

月令季冬冰方盛水澤腹堅命取而藏之注云腹堅厚也

曰林故連言之

二月開冰公始用之事賜臣也至於夏頒冰之以出之也翱之祿位賓食喪祭於是乎普用之乃是頒賜臣下也

也。安當晝日往取茅歸。夜作絞索以待時用也

亟其乘屋其始播百穀

乘升也箋云亟急乘治也。十月定星將中。急當治野廬之屋。其始播百穀。謂祈來年百穀于公社

○二之日鑿冰沖沖。三之日納于凌陰。四之日其蚤獻羔祭韭

冰盛。水腹則命取冰於山林。沖沖鑿冰之意。凌陰冰室也。箋云古者日在北陸而藏冰。西陸朝覿而出之。祭司寒而藏之。獻羔而啓之。其出朝之祿位。賓食喪祭於是乎用之。月令仲春

若有大夫來至則相命曰宰殺羔羊爲大夫故特爲殺羊也

毛乃升彼公堂序學上舉彼兕觥爲誓以誓戒告衆人使无違於礼於是民慶頌公使得万年之壽無有疆境之時義先公礼教周備爲民所慶賀也

鄭以爲民十月畢國君閒暇設朋樽爲酒斯饗群臣作大飲礼曰殺羔羊以爲殽羞群臣皆升於彼公堂之上有司乃舉彼兕觥以誓群臣使無犯礼群臣於是慶君使君万壽而无疆餘同

天子。乃獻羔開冰。先。薦寢廟。周礼凌人之職。夏頒冰。掌事。秋刷。上章備寒。故此章備暑。右稷先公礼教。備也

九月肅霜。十月滌場。朋酒斯饗。曰殺羔羊。

肅縮也。霜降而收縮萬物。滌掃場功畢入也。兩樽曰朋。饗者。鄉人以狗。大夫加以羔羊。箋云十月民事。男女俱畢。無飢寒之憂。國君閒於政事而饗群臣。

躋彼公堂。稱彼兕觥。萬壽無疆。

堂學校也。兕觥所以誓衆也。疆竟也。箋云於饗而正齒位。故因時而誓焉。飲酒既樂

欲大壽無境

是謂豳頌

七月八章章十一句

鴟鴞周公救亂也成王未知周公之志公乃為詩以遺王名之曰鴟鴞焉未知周公之志者未知其欲攝政之意

鴟鴞鴟鴞既取我子無毀我室興也鴟鴞鸋鴂也無能毀我室者攻堅之故也寧亡二子不可以毀我周室箋云重言鴟鴞鴟鴞者將

述其意之所欲言丁寧之也。室猶巢也。鴟鴞言。已取我子者。幸無毀我巢。積日累功作之甚苦。故愛惜之也。時周公。竟武王之喪。欲攝政成周道致太平之功。管叔。蔡叔。等流言云。公將不利於孺子。成王。不知其意而多。罪其屬黨。興者喻。此諸臣乃世臣之子孫其父祖。以勤勞有此官位土地。今若。誅殺之無絕其官位奪其土地王意欲誚公此之由然

恩斯勤斯。鬻子之閔斯。

恩愛。鬻稚。閔病也。稚子。成王也。箋云鴟鴞之意。殷勤於此稚子。當哀閔之。此取鴟鴞子者。指稚子也。以

喻諸臣之先臣亦殷勤於此成王。亦宜哀閔之

○迨天之未陰雨。徹彼桑土。綢繆牖户

迨及。徹剝也。桑土桑根也　箋云綢繆猶纏綿也。此鴟鴞自説作巢。至苦如是以喻諸臣之先臣。亦及文武未定天下。積日累功以固定此官位與土地

今女下民或敢侮予

箋云我至苦矣。今。女。我巢下之民。寧有敢侮慢。欲毀我室之者乎。意欲恚怒之。以喻諸臣之先臣。固定此官位土地。亦不欲見其絶奪

○予手拮据。予所捋荼

毛以為鴟鴞言作巢之苦予羽譙々然而殺予尾翛々而敝手口既病羽尾殺敝乃有此室巢以喻先王勤備從業勞神竭力得成此王業又言室巢雖成以所託枝條弱故翹々室今翹々然而危又為風雨之所漂搖比巢將毀予是之以維音之嘵々然而恐懼以喻王業雖成今成王幼弱而為四國人所抗周室將毀故周公言之亦嘵々然而危懼由管蔡作亂使憂懼若此故不得不汲々言之也

予所蓄租。予口卒瘏。拮据。撠挶也。荼萑苕也。租為。瘏病也。手口瘏。故能。免乎大鳥之難。箋云。此言作之至苦。故能攻堅。人不得取其子曰。予未有室家。謂我未有室家　箋云我作之至苦以是者。曰我未有室家之故。

○予羽譙譙。予尾翛翛。譙譙殺也。翛翛敝也　箋云手口既病。羽尾又殺敝。言已勞苦甚。予室翹翹。風雨所漂搖。予維音嘵嘵。翹翹危也。嘵嘵懼也　箋云巢之翹翹而危以其所

託枝條弱也。以喻。今。我子孫不肖。故使我家道危也。風雨喻成王也。音曉曉然恐懼告愬之意

鴟鴞四章章五句

東山周公東征也。周公東征三年而歸勞歸士。大夫美之故作是詩也。一章言其完也。二章言其思也。三章言其室家之望女也。四章樂男女之得及時也。君子之於

又序其情而閔其勞。所以說也。說以使民。民忘其死。其唯東山乎。

成王既得金縢之書。親迎周公。周公歸攝政。三監及淮夷叛。周公乃東伐之。三年而後歸耳。分別章意者周公於是志伸。故美而詳之。

我徂東山。慆慆不歸。我來自東。零雨其濛。

慆慆言久也。濛雨貌。箋云此四句者序歸士之情也。我往之東山。既久勞矣。歸。又

因故言只先著此四句明四章皆同也

又言將士久勞在外至得完全然皆制彼兵服

陣御枚言敵皆前定來常御枚不戰也

道過雨濛濛然。是尤勞苦甚也。**我東曰歸，我心西悲。**有辟。公。親素服不舉樂。為之變如其倫之喪。箋云我在東山常曰歸也。我心則念西而悲。**制彼裳衣，勿士行枚。**士事。枚微也。箋云勿猶無也。女。制彼裳衣而來謂兵服也。亦。初無行陳銜枚之事。言前定也。春秋傳曰。善用兵者不陳。**蜎蜎者蠋，烝在桑野。**蜎蜎蠋貌。蠋桑蟲也。烝寘也。箋云蠋蜎蜎然特行久處桑野。有似勞苦者。古者聲。寘。塡。塵同也。**敦彼獨宿，亦**

毛詩

蛜蝛毛有
一百黍貢詩作
伊威爾雅蛜蝛
委黍注鼠婦
別名
栝樓孫炎曰
齊人謂之天瓜
本草云栝樓葉
如瓜葉形兩兩相
值蔓延青黑
色六月華七月
實如瓜瓣是也

在車下。箋云敦敦然。獨宿車下。此誠有勞苦之心。我徂東山。慆慆不歸。我來自東。零雨其濛。果臝之實。亦施于宇。伊威在室。蠨蛸在戶。町畽鹿場。熠燿宵行。果臝。栝樓也。伊威。委黍也。蠨蛸。長踦也。町畽。鹿迹也。熠燿。燐也。燐。螢火也。箋云此五物者家無人。則然。令人感思。不可畏也。伊可懷也。箋云伊當作繄。繄猶是也。懷思也。室中久無人。故有此五物。是不足可畏。乃可

爲憂思 ○我徂東山。慆慆不歸。我來自東。零雨其濛。鸛鳴于垤。婦歎于室。洒埽穹窒。我征聿至 垤螘冢也。將陰雨。則穴處者。先知之矣。鸛好水。長鳴而喜也 箋云鸛水鳥也。將陰雨。則鳴。行者於陰雨。尤苦婦人。念之則歎於室也。穹窮。窒塞。洒灑。埽拚也。穹窒鼠穴也。我君子行役。述其日月。今且至矣。言婦人望之 有敦瓜苦。烝在栗薪 敦猶團團也。烝衆也。言我心苦。事又苦也 箋云此又言毛以為歸士始行之時新合昏禮序其留守妻時以戲樂之言倉庚之鳥往飛時熠燿其羽其鮮明也以與歸士之妻來歸之其衣服甚鮮明也是子往歸嫁之時新乘者皇其馬駁其馬言其車服盛而其母親結其衣之縭九種十種其威儀也

鄭以倉庚為記時言歸士之妻於倉庚于飛熠燿其羽之時而是子往歸嫁其新孔嘉謂本初日其新乘之時則甚有嘉可見已三年今其久也又不知今日如之何序其舊奈

婦人思其君子之居處。專專。如瓜之繫綴焉。瓜之辯。有苦者。以喩。其心苦也。烝塵也。栗析也。言君子又久見使析薪。於事尤苦也。古者。聲栗裂同也

自我不見。于今三年。我徂東山。慆慆不歸。我來自東。零雨其濛

箋云。凡先著此四句者。皆爲序歸士之情

倉庚于飛。熠燿其羽

箋云。倉庚仲春而鳴。嫁取之候也。熠燿其羽。羽鮮明也。歸士始行之時。新合昏禮。今還。故極序其情以樂之

之子于歸。皇駁

結帶繫於体因名為禮記紱繫也此女子既嫁し所為示繫屬於人或見禮記教於
一而至十則是教之小節矣 謂之十言之其多威儀也 言其嫁既及時而又威儀具
足本其新來時則甚善矣但不知其久時情如何言本時甚好不可在後自無以
見所以戲之
既去し情也

其馬 黄白曰皇。駵白曰駁。箋云之子于歸。謂始嫁時也。皇駁其馬。車服盛也。

親結其縭九十其儀 縭婦人之褘衣也。母戒女。施衿結帨。九十其儀言多威儀也 箋云女嫁。父母既戒之。庶母又申勅之。九十其儀。喻丁寧之多

其新孔嘉其舊如之何 言久長之道也 箋云嘉。善也。其新來時甚善。至今則久矣。不知其如何也。又極序其情。樂而戲之

東山四章章十二句

破斧三章章六句皆上三句惡四國下四句美周公經序倒者經以由四國之惡而周公征之故先言四國之惡後言周公之征序以其詩之作主美周公故先言美周公也

毛以為斧斨者生民之所用以喻禮義者亦國家之所用有人既破我家之斧又缺我家之斨損其斧斨是廢其家用其人是為大罪以喻四國之君廢其禮義壞其國用其君是為大罪不得不誅故周公於 [illegible]

破斧美周公也。周大夫以惡四國焉。惡四國者。惡其流言毀周公也

既破我斧。又缺我斨。隋銎曰斧。方銎曰斨。斧斨民之用也。禮義國家之用也 箋云四國。流言既。破毀我周公。又。損傷我成王。以此二者爲大罪

周公東征。四國是皇。四國。管。蔡。商。奄也。皇匡也 箋云周公既反攝政。東伐此四國。誅其君罪。正其民人而已

哀我人斯亦孔之

將將大也箋云此言周公之哀我民人其德亦甚大也○既破我

斧又缺我錡鑿屬曰錡周公東征四國是吪吪化

也哀我人斯亦孔之嘉嘉善也○既破我

斧又缺我銶木屬曰銶周公東征四國是遒遒固

也箋云遒斂也哀我人斯亦孔之休休美也

破斧三章章六句

伐柯美周公也。周大夫刺朝廷之不知也。

成王既得雷雨大風之變。欲迎周公。而朝廷羣臣猶惑於管蔡之流言。不知周公之聖德。疑於王欲迎之禮。是以刺之。

伐柯如何。匪斧不克。

柯斧柄也。禮義者。亦治國之柄。箋云。克能也。伐柯之道。唯斧乃能之。此以類。求其類也。以喻成王。欲迎周公。當使賢者先往

取妻如何。匪媒不得。

媒所以用禮也。治國不能用禮。則不安。

毛以爲伐柯之法其法則不遠喻治國之法其道亦不遠何者執柯以伐柯比而視之舊柯短則如其短舊柯長則如其長其法不在遠以喻交接之法顧於上交於下顧於下交於上其法不在遠也言有禮君子想以治國近取諸己不須遠求之如是

箋云媒者能通二姓之言定人室家之道者以喻王欲迎周公當先使曉王與周公之意者又作柁柂○伐柯伐柯其則不遠以其所願乎上交乎下以其所願乎下事乎上不遠求也箋云則法也伐柯者必用柯其大小長短近取法於柯所謂不遠求也王欲迎周公使還其道亦不遠人心足以知之我覯之子籩豆有踐踐行列貌箋云覯見也之子是子也斥周公也王欲迎周公當以饗燕之饌行至則歡樂以說之

言宜有以待周公刺彼不知者也

蓋唯真周公耳

作九罭詩者美
周公也周大夫以
刺朝廷之不知
也此序與伐柯
全同則亦以為
刺成王也周公既
攝政而東征至
三年罪人盡得
但成王惑於流言
不悅周公所為
周公且止東方以
待成王之召成王
未悟不欲迎之故
周大夫作此詩以
刺王經言周公
之德言周公不宜在
東是刺王之事

伐柯二章章四句

九罭美周公也。周大夫刺朝廷之不知也

九罭之魚鱒魴 興也。九罭緵罟。小魚之網也。鱒魴大魚也 箋云設九罭之罟。乃後得鱒魴之魚。言取物各有器也。興者喻。王欲迎周公之來。當有其禮

我覯之子袞衣繡裳 所以見周公也。袞衣卷龍也 箋云王。欲迎周公當以上公之服往見之

○鴻飛遵渚 鴻不宜循渚也 箋云鴻

大鳥也。不宜與鳧鷖之屬。飛而循渚。以喻周公今與凡人處東都之邑失其所也。

公歸無所。於女信處 周公。未得禮也。再宿曰信 箋云信誠也時東都之人。欲周公留不去。故曉之云。公西歸而無所居則可就女誠處是東都也。今。公。當歸復其位不得留也 ○鴻飛遵陸 陸非鴻所宜止 公歸不復。於女信宿 宿猶處也 ○是以有袞衣兮。無以我公歸兮 無與公歸之道也 箋云是東都也。東都之人。欲周公

正本或心下有西行字与東山相淆而誤耳定本元西字

留爲之君。故云是以有衮衣謂成王所賫來衮衣。願其封周公於此。以衮衣命留之無以公西歸。

無使我心西悲兮 箋云周公西歸而京都之人心悲思德之愛至深也

九罭四章一章四句三章章三句

狼跋美周公也周公攝政遠則四國流言。近則王不知。周大夫。美其不失其聖也 不失其聖者。聞流言不惑。王不知不怨。終立其志。成周之王功。致太平。復成王之位。又爲

之大師。終始無
愆。聖德著焉

狼跋其胡。載疐其尾　興也。跋躐。疐跲也。老狼有胡。進則躐其胡

退則跲其尾。進退有難。然而不失其猛

箋云。興者。喻周公進則躐其胡。猶始欲攝
政。四國流言。辟之而居東都也。退則跲其
尾。謂後復成王之位而老。成王又留之。其
如是。聖德
無玷缺

公孫碩膚。赤舄几几　公孫。成王。豳公之
孫也。碩大。膚美也。赤舄人君之盛屨也。几
几。絇貌

箋云。公。周公也。孫讀當如公孫遜

于齊之遜。遜之言遁也。周公攝政七年
致太平。復成王之位。遜遁辟此成功之大
美。欲老。成王又留之以
為大師。履赤舄几几然。○狼疐其尾。載跋
其胡。公孫碩膚。德音不瑕。瑕。過也。箋云
不瑕。言不可疵
瑕也

狼跋二章章四句

豳國七篇二十七章二百三十三句

毛詩卷第八

雅頌無諸國別故以十篇爲一卷而謂之什什猶軍法以十人爲什也

毛詩卷第九

正義曰周礼小司徒職云五人為伍五人為伍十人謂之什

鹿鳴之什詁訓傳第十六

毛詩小雅一　鄭氏箋

鹿鳴燕羣臣嘉賓也。既飲食之、又實幣帛筐篚以將其厚意、然後忠臣嘉賓得盡其心矣。

飲之而有幣酬幣也　食之而有幣侑幣也

呦呦鹿鳴。食野之苹。興也。苹大蓱也。鹿得蓱草。呦呦然鳴而相呼。懇誠。發乎中。以興。嘉樂賓客。當有懇誠。相招呼以盛禮也　箋云苹藾蕭

我有嘉賓。鼓瑟吹笙。吹笙鼓簧。承筐是將。簧笙也。吹笙而鼓簧矣。筐篚屬。所以行幣帛也　箋云承猶奉也。書曰。篚厥玄黃

人之好我。示我周行。周至。行道也　箋云示當作寘。寘置也。周行周之列位也。好猶善也。人有以德善我者。我。則置之於周之列位。言已。維賢是用

原闕第二葉

此使臣既述文王勞之
言汝使臣本乘四牡
之馬騑騑然行而不止
在於岐州之道傳遲
然歷此長遠之路甚
疲勞矣使臣而今
之時其言曰我豈不
思歸乎以王家之事
先不堅固我當從役
以王事之故義不得
顧我心念思父母而
傷悲言我亦汝之
如是

勞其功苦以歌樂之

四牡騑騑。周道倭遲。騑騑行不止之貌。周道岐周之道也。倭遲歷遠之貌。文王率諸侯。撫叛國而朝聘乎紂。故周公作樂。以歌文王之道。為後世法

豈不懷歸。王事靡盬。我心傷悲。盬不堅固也。思歸者。私恩也。靡盬者。公義也。傷悲者情思也。箋云無私恩。非孝子也。無公義非忠臣也。君子不以私害公。不以家事辭王事

四牡嘽嘽。

駱馬。嘽嘽喘息之貌。馬勞則喘。白馬黑鬣曰駱。豈不懷歸。王事靡盬。不遑啟處。遑暇。啟跪。處居也。臣受命舍幣于禰乃行

翩翩者鵻。載飛載下。集于苞栩。鵻夫不也。箋云夫不鳥之愨謹者。人皆愛之可以不勞猶則飛則下止於栩木。喻人雖無事。其可獲安乎。感 王事靡盬。不遑將父。將養也 ○翩翩者鵻。載飛載止。集于苞杞。杞枸檵也 王事靡盬。不

字又作鳺同音 木蹏云一一也 浮鳩

文王以使臣勞苦曰勑勵之言翩翩然者鵻之鳥也此鳥其性愨謹人皆愛之可以不勞猶則飛而後則下始得集於苞栩之木言先飛而後獲所集以喻人亦當先勞而後得所安汝使臣第則勞苦得奉使成功名揚身遂亦先勞而後息寧可辭乎汝使勞後其之言曰王家之事無不堅固我堅固我堅固王事所以不暇在家以養父母

毛以為使臣在塗中之時其情皆曰我豈不思歸乎我由此誠有思歸是用作詩之歌以勞此以養母之志而來念猶言食母故王述曰是用作歌以勞此乃來念來以養母鄭見之箋

遑將母○駕彼四駱。載驟駸駸。駸駸驟貌豈不懷歸。是用作歌。將母來諗。諗念也。父兼尊親之道。母至親而尊不至。箋云諗告也。君勞使臣述序其情。女曰我。豈不思歸乎。誠思歸也。故作此詩之歌。以養父母之志來告於君也。人之思。恒思親者。再言將母。亦其情也

四牡五章章五句

皇皇者華君遣使臣也。送之。以禮樂言遠

而有光華也言臣出使能揚君之美延其譽於四方則為不辱君命也

○皇皇者華于彼原隰皇皇猶煌煌也高平曰原下濕曰隰忠臣奉使能光君命無遠無近如華不以高下易其色箋云無遠無近維所之則然

駪駪征夫每懷靡及駪駪衆多之貌征夫行人也每雖懷和也箋云春秋外傳曰懷私為每懷也和當為私衆行夫既受君命當速行每人懷其私相稽留則於事將無所及

○我馬維駒六轡如濡箋云

如濡言鮮澤也載馳載驅周爰咨諏忠信為周。訪問於善為咨。咨事為諏箋云爰於也大夫出使馳驅而行。見忠信之賢人則於之訪問求善道也○我馬維騏。六轡如絲言調忍也載馳載驅周爰咨謀咨事之難易為謀○我馬維駱。六轡沃若。載馳載驅周爰咨度咨禮義所宜為度○我馬維駰。六轡既均陰白雜毛曰駰。均調也載馳載驅。周爰咨詢親戚之謀。爲詢。兼此五者。雖有中和。當自謂無所及成於六德也 箋云中和謂忠信也。五者咨也。諏也。謀也。度也。詢也。雖得此於忠信之賢人。猶當云已。將無所及於其身。則成六德。言慎其事

皇皇者華五章章四句

常棣燕兄弟也。閔管蔡之失道。故作常棣焉

周公。弔二叔之不咸。而使兄弟之恩疏。召公。爲作此詩而歌之以親之。

常棣之華。鄂不韡韡。興也。常棣。棣也。鄂猶鄂鄂然。言外發也。韡韡光明也　箋云承華者曰鄂。不當作拊。拊鄂足也。鄂足得華之光明。則韡韡然盛。興者。喻弟以敬事兄。兄以榮覆弟。恩義之顯。亦韡韡然。古聲不拊同　凡今之人。莫如兄弟。聞常棣之言。為今也　箋云聞常棣之言。始聞常棣華鄂之說也。如此。則人之恩親無如兄弟之最厚

死喪之威。兄弟孔懷。威畏。懷思也　箋云死喪可畏怖之事。維兄弟之親。甚相思念　原隰

裒矣兄弟求矣裒聚也。求矣言求兄弟也。箋云原也。隰也。以相與聚居之故。故能定高下之名。猶兄弟相求。故能立榮顯之名

○脊令在原。兄弟急難脊令雝渠也。飛則鳴。行則搖。不能自舍耳。急難言兄弟之相救於急難箋云雝渠水鳥而今在原。失其常處。則飛則鳴求其類。天性也。猶兄弟之於急難

每有良朋況也永歎況茲。永長也。箋云每有雖有也。良。善也。當急難之時。雖有善同門來茲。對之長歎而已

○兄弟鬩

于牆。外禦其務 鬩很也 箋云禦禁。務侮也。兄弟雖內鬩。而外禦侮也

每有良朋烝也無戎 烝填戎相也 箋云當急難之時雖有善同門。來。久猶無相助己者古聲。填寘塵同

喪亂既平既安且寧。雖有兄弟不如友生 兄弟尚恩。怡怡然。朋友以義。切切然 箋云平猶正也。安寧之時。以禮義相琢磨則。友生急

儐爾籩豆飲酒之飫 儐陳。飫私也。不脫屨升堂謂之飫 箋云私者圖非常之

事。若識大疑於堂。則 兄弟既具和樂且孺

有飫礼焉。聽朝為公

九族會曰和。孺屬也。王與親戚。燕則尚毛

箋云九族從己。上。至高祖。下。及玄孫之

親也。屬者以

昭穆。相次序 ○妻子好合如鼓瑟琴 箋云好合

志意合也。合者如鼓瑟琴之聲相應和也。

王。與族人。燕則。宗婦。內宗之屬。亦從后於

房中 兄弟既翕和樂且湛 翕合 ○宜爾室家樂

爾妻帑 帑子也 箋云族人和則得保樂其家中之大小 是究是

帑依字吐蕩反經典通為妻帑字今讀音奴

言以為有人伐木於山阪之中丁丁然為意鳥聞之嚶嚶然而驚懼以其朋友二人相切磋就言辭以規其友切切節節然其友聞之亦自勉勵猶鳥聞伐木之音然也

圖。亶其然乎 究深。圖謀。亶信也 箋云女深謀之偕其如是乎

常棣八章章四句

伐木燕朋友故舊也。自天子至于庶人。未有不須友以成者。親親以睦友賢不棄不遺故舊則民德歸厚矣 此說文王新故皆並故異其之朋友賢不許並朋友也

伐木丁丁。鳥鳴嚶嚶 興也 丁丁伐木聲也。嚶嚶驚懼也 箋云

丁丁。嚶嚶相切直也言昔日。未居位。在農之時。與友生於山巖。伐木爲勤苦之事。猶以道德。相切正也。嚶嚶兩鳥聲也。其鳴之志。似於有朋友道。然故連言之

出自幽谷遷于喬木

幽深喬高也　箋云遷徙也。謂鄉時之鳥出從深谷今。移處高木

嚶其鳴矣求其友聲

君子雖遷處於高位。不可以忘其朋友　箋云嚶其鳴矣。遷處高木者。求其友聲。求其尚在深谷者其相得則復鳴嚶嚶然

○相彼鳥矣猶求友聲矧伊人矣

析言求之者視彼鳥乃無知猶作求其友之志況人有知矣焉得不求其友生乎

以喻朋友既自知而乃得遷於高位之上

鄭以為此章本文王幼少之時與友生之事言文王昔日未居位之時與友生伐木於山伐丁丁然為志也於岩巖之勤労猶以道徳相切直時有兩鳥在傍嚶嚶然而鳴此鳥之鳴似朋友之相切故連言之

此鳥乃出於深谷之中遷於高木之上又復嚶嚶然為其鳴矣作其友之志此視彼鳥矣猶作其求友之志況是人何得不求其友生乎故文王所以求友生也大意与毛同唯不真為為異耳

毛以為伐木其柿許許然故鳥驚而遷去以喻朋友之相勵故從道而業脩之也所與切磋之故舊之人
酒有美然而美之甚也之燕飲之王非直燕其故舊又既有肥羜以召朋友諸父而燕之俱有其
王意又顯勸諸父既未必來之王固宜召之適自不來則己無得不召之使王我不顧念之而傷悲也其
九八

不求友生　矧況也　箋云相視也鳥尚知居高木呼其友況是人乎而不求之

神之聽之終和且平　箋云以可否相增減曰和平齊等也此言心誠求之神若聽之使得如志則友生終相與和而齊功也

○伐木許許釃酒有藇　許許柿貌以筐曰釃以藪曰湑藇美貌　箋云此言前者伐木許許之人今則有酒而釃之本其故也

既有肥羜以速諸父　羜未成羊也天子謂同姓諸侯諸侯謂同姓大夫皆曰父異姓則稱舅

於是粲然洒掃其
室庭陳飲食之饋
黍稷之等有八簋
也既有肥羜之牡以
召諸舅而食寧召
之適自不來不則止
無使我悠今我有咎
過已之言王召其朋
友故旧為設燕食兼
有寧
鄭以爲鄉時與文王
伐木許許之人文王
有酒而飲之本其
昔日之事也餘同
毛以爲伐木於阪以譬
鳥求朋友切偲以成
也由朋友相成爲此
故今以篚釃其酒
行然而美以燕之既有酒矣　又籩豆有踐然行列而陳之矣兄弟親戚無有疏遠而使召之而與之燕也
王又自言己不可召族人之意下民之失德見謗訕者以何故乎正由乾餱之食不分與人以獲愆過
亂餱之食尚以獲愆況天子之饌可不召親戚念之恨乎故今召而燕之　族人陳王之言王有酒
則湑而之以飲我王無酒則本造一宿之酤酒以與我於時坎坎然擊鼓以娛我蹲蹲然而舞

國君友其賢臣。大夫士友其宗族之仁者。
箋云速召也。有酒有羜今以召族人飲
酒寧適不來微我弗顧　微無也　箋云寧召之。適自不來無
使之言我不顧念也
○於粲洒掃陳饋八簋　粲鮮明貌。圓曰
簋。天子八簋。　箋云粲然
已陳其黍稷矣。謂爲食禮
既有肥牡以速諸舅寧適不來微我有咎　咎過
○伐木于阪
釃酒有衍　衍美貌　箋云此言伐木于阪亦本之
籩豆有

我是王恩其……

王又謂族人曰汝族人今日及我閒暇矣共飲此湑酒矣言已卒有閒暇而為此飲……令族人无不醉是王之恩厚也

鄭以伐木於阪亦本之酤買為異餘同

九ノ九

踐兄弟無遠箋云踐陳列貌兄弟父之黨母之黨民之失德乾餱以愆餱食也箋云失德謂見謗訕民尚以乾餱之食獲愆過於人况天子之饌反可以恨兄弟乎故不當遠之有酒湑我無酒酤我湑莤之也酤一宿酒也箋云酤買也此族人陳王之恩也王有酒則泲莤之王無酒酤買之要欲厚於族人坎坎鼓我蹲蹲舞我蹲蹲舞貌箋云為我擊鼓坎坎然為我興舞蹲蹲然謂以樂樂已迨我暇矣飲

此湑矣箋云迨及也此又述王意也王曰及我今之閒暇共飲此湑酒欲其無不醉之意

伐木六章章六句

天保下報上也君能下下以成其政臣能歸美以報其上焉下下謂鹿鳴至伐木皆君所以下臣也臣亦宜歸美於王以崇君之尊而福祿之以荅其歌

天保定爾亦孔之固固堅也箋云保安爾汝也汝王也天之

毛於單字自作兩解以為仰有見時人物得所生業日隆歌而称之以美王言天之安定汝王位甚堅固矣何者天使汝誠信壽考厚天下臣民即知何等福不開出予之天又使汝天下喜衍盛以有所益以遂之故物无不衆多式每物亦多皆是安定汝王位甚堅固也 鄭以為天厚天下為是矣

言天安定汝之王位
故使汝祈福禄之
人朝庭群臣等悉
无有不宜其事交
皆得其祈而受天
百禄群臣之外天
又下与汝廣遠之
福及天下之民汝
々而數下之維恐
日々不足言之天之
使汝臣致俱受天
福是安定汝世群
臣受王命付信故知
謂群臣为汝祈福
禄之人

安定安亦甚堅固　俾爾單厚何福不除　俾使單信也或曰單厚除開也　箋云單盡也天使女盡厚天下之民何福而不開皆開出以予之　俾爾多益以莫不庶　庶衆也　箋云莫無也使女每物多益以是故無不衆也

○天保定爾俾爾戩穀罄無不宜受天百禄　戩福穀禄罄盡也　箋云天使汝所福禄之人謂羣臣也其舉事盡得其宜受天之禄　降爾遐福維日不足　箋云遐遠也天又下

予汝。以廣遠之福。使天下。溥蒙之。汲汲然。如恥躬不逮是也

〇天。保定爾。以莫不興箋云興盛也。無不盛者。使萬物。皆盛。草木暢茂。禽獸碩大

如山。如阜。如岡。如陵言廣厚也。高平曰陸。大陸曰阜。大阜曰陵箋云此言其福祿委積高大也

如川之方至。以莫不增箋云川之方至謂其水縱長之時也。萬物之收。皆增多也

〇吉蠲為饎。是用孝享吉善。蠲絜。饎酒食。享獻也。箋云享謂將祭祀也

禴祠烝

盩 直留反 國大王父名

嘗于公先王 春曰祠。夏曰禴。秋曰嘗。冬曰烝。公事也 箋云公先公。謂后稷至諸盩 君曰卜爾萬壽無疆 君先君也。尸所以象神。卜予也 箋云君曰。卜爾者尸嘏主人。傳神之辭也 神之弔矣詒爾多福 弔至。詒遺也 箋云神至者。宗廟致敬。鬼神著矣。此之謂也 民之質矣。日用飲食 質成也 箋云成平也民事平以禮。飲食相燕樂而已 群黎百姓。徧為爾德 百姓百官族姓也 箋云黎衆上章天安王位此章說堅固之狀言王德既位日隆有進无退如月之弦稍就盈也如日之始出稍益明盛王既德位如是天宗基業長久且又堅固當如山之壽不騫虧不崩壞故常得隆盛如松柏之木枝葉如松柏之葉新故相承代常无彫落猶王子孫世嗣相承恒无衰也

弦有上下知上弦者以對如日之升是益進之義故知上弦矣日月在朔交會俱右行於天月遲日速從朔而分至之日月去日已當二次始死魄而出漸漸遠日而光稍長八日九日大率月体正半昏而似弓之張而弦直謂之上弦也後漸進至十五十六日月体滿与日正相當謂之望言体滿而相望也從此漸虧至二十二三四日亦正半在裡之下弦於後而漸虧至晦而盡以取漸進之義故言以上弦不言望

也。羣衆。百姓徧為汝之德。言則而象之

如月之恒。如日之升。恒弦。升出也。言俱進也。箋云月上弦而就盈。日始出而就明

如南山之壽。不騫不崩。騫虧也

如松柏之茂。無不爾或承。箋云或之言有也。如松柏之枝葉常茂盛青青相承無衰落時也

天保六章章六句

采薇遣戍役也。文王之時。西有昆夷之患

北有玁狁之難。以天子之命。命將率遣戍
役。以守衛中國。故歌采薇以遣之。出車以
勞還。杕杜以勤歸也
文王爲西伯。以服事
殷之時也。昆夷西戎
也。天子殷王也。戍守也。西伯。以殷王之命。
命其屬。爲將率。將戍役。禦西戎。及北狄之
難。故歌采薇以遣之。杕杜以勤歸者。以
其勤勞之故。於其歸。歌杕杜以休息之
采薇采薇。薇亦作止
薇菜。作生也　箋云
西伯將遣戍役。先與

之。期以采薇之時。今薇生矣。先輩可以行也。重言采薇者。丁寧行期曰歸曰

歸。歲亦莫止　箋云莫晚也。曰。女。何時歸乎何時歸乎。亦。歲晚之時。乃得歸也。又丁寧歸期。定其心也

靡室靡家。玁狁之故。不遑

啓居。玁狁之故　玁狁北狄也　箋云北狄今匈奴也。靡無。遑暇。啓跪。也。古者。師。出不踰時。今薇生而行。歲晚乃得歸。使女無室家夫婦之道。不暇跪居者。有玁狁之難故。曉之

○采薇采薇。薇亦柔止　柔始生也　箋

云柔謂脆脕之時

曰歸曰歸心亦憂止箋云憂止憂其歸期將

憂心烈烈載飢載渴箋云烈烈憂貌則飢則渴言其苦也

我戍未定靡使歸聘聘問也箋云定止也我方守於北狄未得止息無所使歸問言所以憂

○采薇采薇薇亦剛止少而剛也箋云剛謂少堅忍時

曰歸曰歸歲亦陽止陽歷陽月也箋云十月為陽時坤用事嫌於無陽故以名此月為陽

王事靡盬

正曰以其乘路車亦私君子故知謂將帥之則今下卿兩仲為元帥形未稱王元三公爲不過命卿也但大夫之車稱路也王制卿為大夫是鄭以此記將帥為文王之命大夫故引王制以明之

不遑啓處箋云盬不堅固也。處猶居也憂心孔疚我行不來疚病。來至也箋云我戍役自我也。來猶反也據家曰來○彼爾維何維常之華爾華盛貌。常常棣也箋云此言彼爾者乃常棣之華。以興將率車馬。服飾之盛彼路斯何君子之車箋云斯此也。君子謂將率戎車既駕四牡業業業業然壯豈敢定居一月三捷捷勝也箋云定止也。將率之志。往至所征之地不敢止

而居處。自安也。往則庶乎。一月之

○駕彼四牡。四牡騤騤。君子所依。小人所腓。

中。三。有勝功。謂侵也。伐也。戰也

騤騤彊也。腓辟也　箋云腓當作芘。此言戎車者將率之所依乘。戍役之所芘倚

四牡翼翼。象弭魚服。

翼翼閑也。象弭弓反末也。所以解紒也。魚服魚皮也

箋云弭弓反末彆者。以象骨爲之。以助御者解轡紒。宜滑也。魚服矢服也

豈不日戒。玁狁孔棘。

箋云戒警敕軍事也。孔甚。棘急也。言君子小人

豈不日相警戒乎。誠日相警戒也。○昔我

玁狁之難。甚急。豫述其苦。以勸之

往矣。楊柳依依。今我來思。雨雪霏霏。楊柳蒲柳

也。霏霏甚也　箋云我來戍役止而謂始

反時也。上三章言戍役。次二章言將率之

行。故此章重序其往反之時。極言其勞苦以說之

行道遲遲。載渴

載飢。遲遲長遠也　箋云行反在於道路。猶飢猶渴。言至苦也

我心傷悲。莫知我哀。君子能盡人之情。故人忘其死

采薇六章章八句

出車勞還率也

遣將率。及。戍役。同歌。同時欲其同心也。反而勞之。異歌。異日。殊尊卑也。禮記曰。賜君子小人不同日。此其義乎

我出我車于彼牧矣

出車。就馬於牧地　箋云。上我。我殷王也。下我將率自謂也。西伯以天子之命。出我戎車於所牧之地。將使我出征伐

自天子所謂我來矣

箋云。自從也。有人從王所。來。謂我來矣。謂以王

命。召，已將使為將率也。先出戒車乃召將率。將率尊也。

召彼僕夫。謂之載矣。王事多難。維其棘矣。

僕夫御夫也。箋云棘急也。王命召已。已即召御夫使裝載物而往。王事多難。其召我必急。欲疾趨之。此序其忠敬。

○我出我車。于彼郊矣。設此旐矣。建彼旄矣。

龜蛇曰旐。旐干旄。箋云設旐者。屬之於干旄而建之戎車。將率既受命。行乃乘馬。牧地。在遠郊。

彼旟旐斯。胡不旆旆。

鳥隼曰旟。旆旆

西肖䂓為築壘者以軍之所処而城之唯有壘耳曲礼云四郊多壘注云壘軍壁也言城是築之別名春秋築郤邑皆謂之城左傳曰邑曰築都曰城是也春秋別文大小之例設城築異文散則城築通設以築壘曲壘亦謂之城也

西肖城文东而常之文奉以敬王之命而南仲往城築於彼朔方設南仲所以在朔方而築壘也其往築之者出駕其車四馬彭彭然其所建旐旐鮮明央央然而至於朔方也南仲為將巾是以力ア文ホ戎文出曲の采里王之民云天子命我城彼朔方之地欲令赫赫顯盛之南仲楛此

旒垂貌

憂心悄悄。僕夫況瘁。箋云況茲也。將率既受命。行而憂。臨事而懼也。御夫則茲益。憔悴。憂其馬之不正。

王命南仲。往城于方。出車彭彭。旂旐央央。王殷王也。南仲。文王之屬方朔方近玁狁之國也。彭彭四馬貌。交龍為旂。央央鮮明貌　箋云王使南仲為將率。往築城於朔方。為軍壘以禦北狄之難

天子命我。城彼朔方。

赫赫南仲。玁狁于襄朔方北方也。赫赫盛貌。襄除也　箋云此

今我自西戎還到此
思昔大降雨雪則
為塗泥正月之中也
言雪反而釋為塗
泥是謂凍始釋也

我。我戍役也。戍役築壘而美其將率自此出征○昔我往矣黍稷方華今我來思雨雪載塗王事多難不遑啓居塗凍釋也箋云黍稷方華朔方之地。六月時也。以此時始出壘征伐玁狁。因伐西戎。至春凍始釋而來反。其間非有休息豈不懷歸畏此簡書簡書戒命也。鄰國有急。戒以簡書。相告則奔命。相救○喓喓草蟲趯趯阜螽箋云草蟲鳴阜螽。躍而從之天性也。喻近西戎之諸侯聞

南仲既征玁狁。將伐西戎之命。則跳躍而鄉望之。如阜螽之聞草蟲鳴焉。草蟲鳴晚秋之時也。此以其時所見而興

未見君子。憂心忡忡。既見君子。我心則降

箋云君子斥南仲也。降下也

赫赫南仲。薄伐西戎。○春日遲遲。卉木萋萋。倉庚喈喈。采蘩祁祁。執訊獲醜。薄言還歸

卉草訊辭也

箋云訊言醜衆也。伐西戎以凍釋時。反朔方之壘。息戎役。至此時而歸京師。稱美時

物以及其事喜而詳也。執其可言問。所獲之衆。以歸者。當獻王也

赫赫南仲。玁狁于夷。夷平也　箋云平者平之於王也。此時亦。伐西戎。獨言平玁狁。大敵。以為始。以為終

出車六章章八句

杕杜勞還役也　役戍役也

有杕之杜。有睆其實　興也睆實貌杕杜猶得其時蕃滋役夫勞

苦不得盡其天性王事靡盬繼嗣我日箋云嗣續也王事無
不堅固我行役續嗣其日言常勞苦無休息日月陽止女心傷
止征夫遑止箋云十月為陽遑暇也婦人思望其君子陽月之時已憂
傷矣征夫如今已閒暇且歸也而尚不得
歸故序其男女之情以說之陽月而思望
之者以初時云歲亦莫止○有杕之杜其葉萋萋王事
靡盬我心傷悲箋云我心傷悲者念其君子於今勞苦卉木

萋止。女心悲止。征夫歸止室家。踰時則思〇陟彼北山。言采其杞。王事靡盬。憂我父母箋云杞非常菜也。而升北山采之託有事以望君子檀車幝幝。四牡痯痯。征夫不遠檀車役車也幝幝弊貌痯痯罷貌箋云不遠者。言其來踰路近〇匪載匪來。憂心孔疚箋云匪非。疚病也。君子至期不裝載。意不為來我期逝不至。而多為恤遊念之憂心。甚病往

所盛夫而於多故已備礼也礼以財為用須則有之是已備礼也又說所以得万物盛多者文王武王以天保
上六篇燕樂之事以治内之諸夏以采薇以下三篇征伐之事治外之夷狄文王以此九篇治其内外是
始於憂勤也今武王兼於文王治平之後内外无事是終於逸樂由其逸樂万物滋生故此篇美上九篇兼
有万物盛多以以失神明文武並言者此篇武王詩也然而以其之業終見文治内外而憂勤武兼
其後而逸樂由其
万物盛多是故並
見也

恤憂也。遠行不必如期室家之情。以期望之卜筮偕止。會言近止。征夫邇止卜之。筮之會人占之邇近也箋云偕俱。會合也。或卜之或筮之。俱占之。合言於繇。爲近。征夫。如今。近耳

九ノ十九

杕杜四章章七句

魚麗美萬物盛多能備禮也。文武。以天保以上。治内。以采薇以下治外。始於憂勤。終

釈訓云凡曲者為罶是罶曲梁也釈器曰嫠婦之笱謂之罶是寡婦之笱也釈訓注郭璞引詩傳曰罶曲梁也凡以簿取魚者名為罶也釈器注孫炎曰罶曲梁其功易故謂之寡婦之笱然則曲梁也以簿為魚笱其功易之寡婦笱耳非婦所作也

於遂樂。故美萬物盛多可以告於神明矣

内謂諸夏也。外謂夷狄也。告於神明者於祭祀而歌之

魚麗于罶。鱨鯊 麗歷罶曲梁也寡婦之笱也。鱨楊。鯊鮀也。太平而後微物衆多。取之有時。用之有道。則物莫不多矣。古者不風。不暴。不行火。草木不折不操斧斤。不入山林。豺祭獸然後殺。獺祭魚然後漁。鷹隼擊然後罻羅設。是以天子不合圍。諸侯不掩羣。大夫不麛。不卵。士不隱塞。庶人不數罟。罟必四寸然後入澤梁。故

為梁止可防於兩邊不得當中皆

注 數罟 正義謂罟目細密之使小言使小魚不得過也集本皆作緵依爾雅定本作數或偶……

四寸然後始得入澤梁耳由其材口故山不童澤不竭童者若言童子未冠者也山无草木若童子未冠然

注 豺殺獸聚而祭其先然後可田獵取獸也

注 獺聚其魚以祭先然後可捕魚耳

罩罩叔然云籗謂之罩 李巡曰籗編細竹以為罩捕魚也 孫炎曰今楚籗也 郭璞曰魚罩 然則以竹為之 無竹則以荊 故謂之楚籗 重云罩罩者非一

毛詩卷第十

南有嘉魚之什詁訓傳第十七

毛詩小雅　鄭氏箋

南有嘉魚樂與賢也太平之君子至誠樂與賢者共之也　樂得賢者與共立於朝相燕樂也

南有嘉魚烝然罩罩　江漢之間魚所產也　罩罩籗也　箋云烝

正義曰釋器云樔謂之汕李巡曰汕以薄汕魚也孫炎曰今之撩罟皆以今曉古

塞也塞然猶言不如也言南方水中有善魚人將久如而俱罩之遲之也喻天下有賢者在位之人將久如而並求而致之於朝亦遲之也遲之者謂至誠也

君子有酒嘉賓式燕以樂 箋云君子斥在位者也式用也用酒與賢者燕飲而樂

南有嘉魚烝然汕汕 汕汕樔也 箋云樔者今之撩罟也

君子有酒嘉賓式燕以衎 衎樂也

南有樛木甘瓠纍之 興也纍蔓也 箋云君子下其臣故賢者

歸往也

君子有酒嘉賓式燕綏之

箋云綏安也與嘉賓燕飲而安之鄉飲酒曰賓以我安

翩翩者鵻烝然來思

鵻壹宿之鳥也箋云壹宿者壹意於其所宿之木也喻賢者有專壹之意於我我將久如而來遲也

君子有酒嘉賓式燕又思

箋云又復也以其意壹欲復與燕加厚之

南有嘉魚四章章四句

南山有臺，樂得賢也。得賢則能為邦家立太平之基矣。人君得賢，則其德廣大，堅固如南山之有基趾。

南山有臺，北山有萊。興也。臺，夫須。萊，草也。箋云：興者，山之有草木以自覆蓋，成其高大，喻人君有賢臣以自尊顯。樂只君子，邦家之基。樂只君子，萬壽無期。基，本也。箋云：只之言是也。人君既得賢者，置之於位，又尊敬以禮樂，樂之則能為國家之本，得壽考之福。

南山有桑北山有楊樂只君子邦家之光樂只君子萬壽無疆（箋云光明也政教明有榮曜）南山有杞北山有李樂只君子民之父母樂只君子德音不已（箋云已止也不止者言長見稱頌）南山有栲北山有杻（栲山樗杻檍也）樂只君子遐不眉壽樂只君子德音是茂（眉壽秀眉也箋云遐遠）

也遐不眉壽者言其近眉壽也 㦲盛也

南山有枸北山有楰 枸枳枸 楰鼠梓 樂只君子遐不黃耇樂只君子保艾爾後 黃黃髮 耇老 艾養保安也

南山有臺五章章六句

由庚萬物得由其道也 崇丘萬物得極其高大也 由儀萬物之生各得其宜也

有其義而亡其辭 此三篇者鄉飲酒燕禮亦用焉。曰。乃間歌魚麗笙由庚歌南有嘉魚笙崇丘。歌南山有臺笙由儀。亦遭世亂而亡之。燕禮又有升歌鹿鳴下管新宮新宮亦詩篇名也辭義皆亡。無以知其篇第之處

蓼蕭

澤及四海也 九夷。八狄。七戎。六蠻。謂之四海。國在九州之外。雖有大者爵。不過子。虞書曰。州十有二師。外薄四海咸建五長

蓼彼蕭斯零露湑兮 息叙反 興也蓼長大貌蕭蒿也湑湑然蕭上露貌

毛十

四

箋云興者蕭香物之微者喻四海之諸侯亦國君之賤者露者天所以潤萬物喻王者恩澤不爲遠國則不及也既見君子我心寫兮輸寫其心也箋云既見君子者遠國之君朝見於天子也我心寫者舒其情意無留恨也燕笑語兮是以有譽處兮箋云天子與之燕而笑語則遠國之君各得其所是以稱揚德美使聲譽常處天子之位

蓼彼蕭斯零露瀼瀼瀼瀼露蕃貌既見君子爲龍爲光龍寵

也　箋云為龍為光。言天子恩澤光耀被及己也

其德不爽。壽考不忘　爽差也

蓼彼蕭斯。零露泥泥　泥泥霑濡也

既見君子。孔燕豈弟　豈樂弟易也　箋云孔甚燕安也

宜兄宜弟。令德壽豈　為兄亦宜為弟亦宜

蓼彼蕭斯。零露濃濃　濃濃厚貌

既見君子。鞗革忡忡　鞗轡革轡首也忡忡垂飾貌

和鸞雝雝。萬福攸同　在軾曰和。在鑣曰鸞

箋云此說天子之車飾者諸侯燕見天子天子必乘車迎于門外是以云然攸所也

蓼蕭四章章六句

湛露天子燕諸侯也燕謂與之燕飲酒也諸侯朝覲會同天子與之燕所以示慈惠

湛湛露斯匪陽不晞興也湛湛露茂盛貌陽日晞乾也露雖湛湛然見陽則乾箋云興者露之在物湛湛然使物柯葉低垂喻諸侯受燕爵其威

儀有似醉之貌諸侯旅酬之則猶然以天子賜爵則皆變肅敬承命有似露見日而晞

厭厭夜飲不醉無歸

厭厭安也夜飲私燕也宗子將有事則族人皆侍不醉而出是不親醉而不出是渫宗也　箋云天子燕諸侯之禮亡此假宗子與族人燕飲為說耳族人猶羣臣也其醉出與不醉出猶諸侯之儀也飲酒至夜猶去不醉無歸此天子於諸侯之義燕飲之禮宵則兩階及庭門皆設大燭焉

湛湛露斯在彼豐草厭厭夜飲在宗載

四六三

考。豐茂也。夜飲必於宗室。箋云：豐草喻同姓諸侯也。載之言則也。考，成也。夜飲之禮，在宗室。同姓諸侯則成之，於庶姓其讓之則止。昔者陳敬仲飲齊桓公酒，飲而樂，桓公命以火繼之。敬仲曰：臣卜其晝，未卜其夜。於是乃止。此之謂不成也。

湛湛露斯，在彼杞棘。顯允君子，莫不令德。箋云：杞也，棘也，異類，喻庶姓諸侯也。令，善也。無不善其德，言飲酒不至於醉。

其桐其椅，其實離離。豈弟君子，莫不令儀。

離離垂也　箋云桐也。椅也。同類而異種。喻二王之後也。其實離離。喻其薦俎礼物多於諸侯也。飲酒不至於醉。從善其威儀而已。謂以禮節也

湛露四章章四句

彤弓天子錫有功諸侯也　諸侯敵王所愾而獻其功。王饗礼之。於是賜彤弓一。彤矢百。玈弓十。玈矢千。凡諸侯賜弓矢。然後專征伐

彤弓弨兮。受言藏之　彤弓朱弓也。以講德。習射。弨弛貌。言我之

箋云言藏者。謂王策命也。王。賜朱弓必策其功以命之。受出藏之。乃反入

我有嘉賓。中心貺之

貺賜也　箋云貺者欲加恩惠也王意殷勤於賓。故歌序之

鐘鼓既設一朝饗之

箋云大飲賓。日饗一朝猶早朝

彤弓弨兮受言載之

載以歸也　箋云出載之於車也

我有嘉賓。中心喜之

喜樂也

鐘鼓既設一朝右之

右勸也　箋云右之者。主人獻之賓。賓受爵奠于薦右。既祭俎乃。席

末坐卒爵之謂也

彤弓弨兮。受言橐之。橐，韜也。我有嘉賓。中心好之。好，說也。鐘鼓既設。一朝醻之。醻，報也。箋云：飲酒之禮，主人獻賓，賓酢主人，主人又飲而酌賓，謂之醻。醻猶厚也，勸也。

彤弓三章章六句

菁菁者莪，樂育材也。君子能長育人材，則天下喜樂之矣。樂育材者，歌樂人君教學國人、秀士、選士、俊士、造士進士。養之以漸。至於官爵之。

菁菁者莪。在彼中阿。興也。菁菁盛貌。莪蘿蒿也。中阿阿中也。大陵曰阿。君子能長育人材。如阿之長育莪。菁菁然。箋云長育之者。既教學之又不征役也

既見君子。樂且有儀。箋云既見君子者。君官爵之而得見也。見則心既喜樂。又以禮儀見接。

○菁菁者莪。在彼中沚。中沚沚中也

既見君子。我心則喜。喜樂也

○菁

原闕第九葉

缺矣。白華廢則廉耻缺矣。華黍廢則蓄積
缺矣。由庚廢則陰陽失其道理矣。南有嘉
魚廢則賢者不安。下民不得其所矣。崇丘
廢則萬物不遂矣。南山有臺廢則爲國之
基隊矣。由儀廢則萬物失其道理矣。蓼蕭
廢則恩澤乖矣。湛露廢則萬國離矣。彤弓

廢則諸夏衰矣。菁菁者莪廢則無禮儀矣。

小雅盡廢則四夷交侵中國微矣

六月棲棲戎車既飭。四牡騤騤。載是常服

棲棲簡閱貌。飭正也。日月為常。服戎服也

箋云記六月者。盛夏出兵。明其急也。戎

車革輅之等也。其等有五。

戎車之常服。韋弁服也

玁狁孔熾。我是用急

熾盛也。箋云此序吉甫之意也

北狄來侵甚熾。故王以是急遣我

王

于出征以匡王國箋云匡正也王曰今女出征玁狁以正王國之封畿○比物四驪閑之維則物毛物也則法也言先教民戰而後用師維此六月既成我服。我服既成于三十里師行三十里　箋云王既成我戎服將遣之戒之曰日行三十里可以舍王于出征以佐天子出征以佐其天子也　箋云王曰今女出征伐以佐助我天子之事禦北狄也○四牡脩廣其大有顒脩長廣大也顒大貌薄伐玁狁。以奏膚公奏為膚大公功也有嚴有翼。共武之服嚴威翼敬也箋云服事也言今師之羣帥。有威嚴者。有恭敬者。而共典是兵事言文武之人備共武之服。以定王國箋云定安也玁狁匪茹。整居焦穫。侵鎬及方。至于涇陽焦穫周地接于玁狁者箋云匪非茹度也鎬也。方也。皆北方地名。言玁狁之來侵。非其所當度為也。乃。自整齊。而處周

之焦穫。來侵至涇水之北言其大恣也

織文鳥章白旆央央

鳥章錯革鳥爲章也白旆繼旐者也央央鮮明貌箋大織徽織也鳥章鳥隼之文章將帥以下衣皆著焉

元戎十乘以先啓行

元大也夏后氏曰鉤車先正也殷曰寅車先疾也周曰元戎先良也箋云鉤鉤鞶行曲直有正也寅進也三者及元戎皆可以先前啓突敵陳之前行其制之同異未聞

戎車既安如輊如軒四牡既佶既佶且閑

輊摯

佶正也　箋云戎車之安從後視之如摯從前視之如軒然後適調也佶壯健之貌

薄伐玁狁至于大原　言逐出之而已

文武吉甫萬邦為憲　吉甫尹吉甫也有文有武憲法也　箋云尹吉甫此時大將也

吉甫燕喜既多受祉　祉福也　箋云吉甫既伐玁狁而歸天子以燕禮樂之則歡喜矣又多受賞賜也

來歸自鎬我行永久飲御諸友炰鼈膾鯉　御進也　箋云御侍也王以吉甫遠從鎬地來

又日月長久。今飲之酒。使其諸友恩舊侯。
肴。侍之。又加其珍美之饌。所以極歡之

誰在矣張仲孝友 侯維也張仲賢臣也善父母為孝。善兄弟為友。
使文武之臣征伐與孝友臣。處內
箋云。張仲吉甫之友其性。孝友

六月六章章八句

采芑宣王南征也

薄言采芑。于彼新田。于此菑畝 興也芑菜也田一歲

曰菑。二歲曰新田。三歲曰畬。宣王。能。新美
天下之士。然後用之　箋云興者。新美之。
喻。和治其家。養育
其身也士軍士也　**方叔涖止。其車三千師**
干之試　方叔卿士也受命而為將也涖臨
師衆干扞試用也　箋云方叔。涖
視此戎車三千乘。其士卒。皆有佐師扞敵
之用。尒司馬法兵車一乘甲士三人步卒
七十二人。宣王
承亂羨卒盡起　**方叔率止。乘其四騏。四騏**
翼翼　箋云率者。率此戎車士
卒而行也翼翼壯健貌　**路車有奭簟**

簟茀魚服鉤膺鞗革鄭赤彩鉤膺鉤樊纓也箋云茀之言蔽也車之蔽飾象席文也魚服矢服也鞗革轡首垂著

○薄言采芑于彼新田于此中鄉鄉所也箋云中鄉美地名

方叔涖止其車三千旂旐央央箋云交龍爲旂龜蛇爲旐此言軍衆將帥之車服皆備

方叔率止約軧錯衡八鸞瑲瑲軧長轂之軧也以朱而約之錯衡文衡也瑲瑲聲也

服其命服朱芾斯

皇。有瑲葱珩。朱芾黄朱芾也皇猶煌煌也瑲珩聲也葱蒼也三命葱珩。言周室之强。車服之美也言其强美斯劣矣　箋云命服者今爲將受王命之服也天子之服韋弁服。朱衣纁裳也　○鴥彼飛隼。其飛戾天。亦集爰止。戾至也　箋云隼急疾之鳥也飛乃至天。喩上卒勁勇能深。攻入敵也爰於也亦集於其所止。喩。士卒須命。而後乃行也　方叔涖止。其車三千。師干之試。箋云三千。稱此皆重辦御也　方叔率止。

人伐鼓陳師鞠旅伐擊也鉦以靜之鼓以動之鞠告也　箋云鉦也鼓也各有人焉言鉦人伐鼓互言之爾二千五百人為師五百人為旅此言將戰之日陳列其師旅誓告之也陳師告旅亦互言之耳顯允方叔伐鼓淵淵振旅闐闐淵淵鼓聲也入曰振旅復長幼也　箋云伐鼓淵淵謂戰時進士衆也至戰止將歸又振旅伐鼓闐闐然振猶止也旅衆也春秋傳曰出曰治兵入曰振旅其禮一也蠢爾蠻荊大邦為讎蠢動

也蠻荊荊州之蠻也箋云大邦列国之大者也方叔元老克壯其猶傳元大也五官之長出於諸侯曰天子之老壯大猶道也箋云猶謀謀兵謀也方叔率止執訊獲醜箋云方叔率其士衆執將可言問所獲敵人之衆以還歸也戎車嘽嘽嘽嘽焞焞如霆如雷嘽嘽衆也焞焞盛也箋云言戎車既衆盛其威又如雷霆言雖久在外無罷勞也顯允方叔征伐玁狁蠻荊來威箋云方叔先與

吉甫征伐玁狁今時往伐蠻荆皆使來服於宣王三威美其功之多也

采芑四章章十二句

車攻宣王復古也宣王能內脩政事外攘夷狄復文武之竟土脩車馬備器械復會諸侯於東都因田獵而選車徒焉東都王城也

我車既攻我馬既同攻堅同齊也宗廟齊豪尚純也戎事齊力

尚彊也田獵齊足。尚疾也

四牡龐龐，駕言徂東

龐龐充實也東洛邑也

田車既好。四牡孔阜。東有甫草。駕言行狩

狩大也田者大芟草。以為防。或命其中。褐。纏旃以為門。裘纏質以為槸。間。容握。驅而入。擊則不得入之。左者之左。右者之右。然後焚而射焉。天子發然後諸侯發。諸侯發然後大夫士發。天子發後抗大綏。諸侯發抗小綏。獻禽於其下。故戰不出頃。田不出防。不逐奔走。古之道也

箋云甫草者甫田之草也鄭有甫田

之子于苗。選徒囂囂。有司也。夏獵曰苗。囂囂聲也。唯數車徒。者為有聲也。箋云于曰也。建旐設旄。搏獸于敖。敖地名。箋云獸田獵搏獸也。敖鄭地。今近滎陽。駕彼四牡。四牡奕奕。言諸侯來會也。赤芾金舄。會同有繹。諸侯赤芾金舄。舄達屨也。時見曰會。殷見曰同。繹陳也。箋云金舄黄朱色也。決拾既佽。弓矢既調。決鉤弦也。拾遂也。佽利也。箋云佽謂手指相佽比也。調謂弓強弱與矢輕重相得射夫既同助我舉柴柴積也箋云既同已射同復將射之位也射雖不中必助中者舉積禽也○四黃既駕兩驂不猗言御者之良也不失其馳舍矢如破言習於射御法也箋云御者之良得舒疾之中射者之工矢發則中如推破物也蕭蕭馬鳴悠悠旆旌言不讙譁也徒御不驚大庖不盈徒輦者也御御馬也不驚驚也不盈盈也一曰乾豆二曰賓客三曰

充君之庖故曰自左膘而射之達于右腢爲上殺射右耳本次之射左髀達于右髃爲下殺面傷不獻踐毛不獻不成禽不獻禽雖多擇取三十焉其餘以與大夫士以習射於澤宮田雖不得禽射中則得取禽（田雖得禽射不中不得取禽　一有此十一字）古者以辭讓取不以勇力取　箋云不驚驚也不盈盈也反其言美之也射右耳本射當爲達三十者每禽三十也之

子于征有聞無聲　有善聞而無諠譁之聲　箋云晉人伐鄭陳成子救之舍於柳舒之上去穀七里穀人不知可謂有聞無聲　允矣君子

展也大成箋云允信展誠也大成謂致太平也

車攻八章章四句

吉日美宣王田也能慎微接下下無不自盡以奉其上焉

吉日維戊既伯既禱維戊順類乘牡也伯馬祖也重物慎微將用馬力必先為之禱其祖禱禱獲也箋云戊剛日也故乘牡為順類也田車

既好四牡孔阜升彼大阜從其群醜箋云醜衆也田而升大阜從禽獸之群衆也

吉日庚午既差我馬外事以剛日差擇也

獸之所同麀鹿麌麌鹿牝曰麀麌麌衆多也箋云同猶聚也麕牡曰麌麌復麌言衆多也

漆沮之從天子之所漆沮之水麀鹿所生也從漆沮驅禽而致天子之所

瞻彼中原其祁孔有祁大也箋云祁當作麎麎麋牝也中原之野甚有之

儦儦俟俟或羣或友趨則儦儦行則俟俟獸三曰羣二曰友

悉率左右以燕天子驅禽之左右以安待天子發箋云率循也悉驅禽順其左右之宜以安待王之射也

○既張我弓既挾我矢發彼小豝殪此大兕殪壹發而死言能中微而制大也箋云豕牝曰豝

以御賓客且以酌醴饗醴天子之飲酒也箋云御賓客者給賓客之御也賓客謂諸侯也酌醴酌而飲羣臣以爲俎實也

吉日　四章章六句

南有嘉魚之什十篇四十六章二百七十二句

毛詩卷第十

正十八

毛詩卷第十一

鴻鴈之什詁訓傳第十八

毛詩小雅　鄭氏箋

鴻鴈美宣王也萬民離散不安其居而能勞來還定安集之至于矜寡無不得其所焉

宣王承厲王衰亂之敝而起興復先王之道以安集衆民為始也書曰天將有

立父母。民之有歿有居
宣王之為是務也
鴻雁于飛肅肅其羽 興也。大曰鴻小曰鴈。
肅肅羽聲也 箋云
鴻鴈知避陰陽寒暑。興者。喻 之子于征
民知去无道就有道之也
勞于野 之子侯伯。卿士也。劬勞病勞也。
箋云侯伯。卿士謂諸侯之伯與天
子之卿士也是時民既離散邦国。有壞滅
者侯伯久不述職王使廢於存省諸侯於
是始復之 爰及矜人哀此鰥寡 矜憐也。老
故美焉 无妻曰鰥

偏喪曰寡　箋云。爰曰也。王之意不徒使此爲諸侯之事與安集萬民而已王曰當及此可憐之人謂貧窮者欲令賙餼之鰥寡則哀之其孤獨收斂之使有所依附

鴻雁于飛集于中澤　中澤澤中也　箋云鴻雁之性安居澤中今飛而又集於澤中猶民去其居而離散今見還定安集也

之子于垣百堵皆作　一丈爲板五板爲堵　箋云侯伯卿士又於壞滅之國而徵民起屋舍築牆壁百堵同時起言趨事也春秋傳曰五板爲堵五堵爲雉雉長

三丈則板六尺也**雖則劬勞其究安宅**究窮也箋云此勸萬民之辭也汝今則雖病勞終有安居也

鴻雁于飛哀鳴嗸嗸未得所安集嗸嗸然也箋云此之子之所未至也

維此哲人謂我劬勞箋云此哲人謂知王意及之子之事者也我之子自我也

維彼愚人謂我宣驕宣示也箋云謂我役作衆民為驕奢也

鴻雁三章章六句

庭燎美宣王也因以箴也 諸侯將朝宣王以夜未央之時問夜早晩美者美其能自勤以政事也因以箴者王有雞人之官凡國事為期則告之以時今王不正其官而問夜非礼也早晩

夜如何其 箋云此宣王以諸侯將朝夜起曰夜如何乎問夜早晩之辭也

夜未央庭燎之光君子至止鸞聲將將 央也 庭燎大燭也君子謂諸侯也將將鸞鑣聲也 箋云夜未央猶言夜未渠也而於

是艾者以昏初爲本以爲已不所以艾ゝ名言未成艾猶初未至於且故言先鷄鳴此之也朝謂群臣別ゝ在鷄鳴ゝ後日未至鷄鳴時ゝ未艾先於鷄鳴則不央ゝ又在其前故王肅以爲艾半然鄭亦當是王逸注楚辞云艾盡也

庭設大燭使諸侯早來朝人聞其鸞聲鏘鏘然也

夜如何其夜未艾庭燎晣晣君子至止鸞聲噦噦

艾刈晣晣明也噦噦徐行有節也箋云芟末曰艾以言夜先雞鳴時也

夜如何其夜向晨庭燎有煇君子至止言觀其旂

煇光也箋云晨明也上二章聞鸞聲耳今夜向明我見其旂是朝之時也朝禮羣臣別然始入也

庭燎三章章五句

沔水規宣王也　箋云規者正圓之器也規主仁仁恩也以恩親正君曰規春秋傳曰近臣盡規也

沔彼流水朝宗于海　興也沔水流滿也水猶有所朝宗也箋云興者水流而入海喻以小就大也喻諸侯朝天子亦猶是也諸侯春見天子曰朝夏見曰宗也

鴥彼飛隼載飛載止　箋云載之言則也隼欲飛

則飛欲止則止喻諸侯之自恣朝不朝自由无所在也 嗟我兄弟邦人諸友莫肯念亂誰無父母 邦人諸友謂諸侯也兄弟同姓之者也京師諸侯之父母也 箋云我我王也莫无也我同姓異姓諸侯女自聽恣不朝无肯念此於礼法爲乱者汝誰无父母乎言皆生於父母也此臣之道也資於事父以事君也 沔彼流水其流湯湯 言放恣无所不入 箋云湯湯波流盛貌也喻諸侯奢僭既不朝天子復不事侯伯也 鴥彼

飛隼載飛載揚言无所定止也箋云載飛載揚喻諸侯出兵妄相侵伐也

念彼不蹟載起載行心之憂矣不可弭忘不蹟不循道也弭止也箋云彼彼諸侯也諸侯不順法度妄興師出兵我念之憂不能忘也

鴥彼飛隼率彼中陵箋云率循也隼之性待鳥雀而後食飛循陵阜是其常也喻諸侯之守職順法度者亦其常也

民之訛言寧莫之懲懲止也箋云訛僞也言時不令之小人好詐僞

交易之言使人見怨咎安然无禁止者也我友敬矣讒言其興疾王不能禁察讒言人也箋云我我天子也友謂諸侯也言諸侯有敬其職順法度者讒人猶興其言以毀惡也王與侯伯不當禁察乎也

或無人之字

沔水三章其二章章八句一章六句

鶴鳴誨宣王也誨教也教宣王求賢人之未仕者也

鶴鳴聞八九里

鶴鳴于九皋聲聞于野興也皋澤也言身隱而名著也箋

云皐澤中水溢出所爲坎也自外數至九喩深遠也鶴在澤中而野聞其鳴聲興者喩賢者雖隱居人咸知也

魚潛在淵或在于渚 良魚在淵小魚在渚 箋云此言魚之性寒則逃於淵溫則見於渚喩賢者世亂則隱治平則出也

樂彼之園爰有樹檀其下維蘀 何樂於彼園之觀乎蘀落也尚其樹檀而下其蘀也 箋云之往也爰曰也言所以之彼園觀者人曰有樹檀檀下有落此猶朝廷之尚賢者而下小人是以往也

他山之石可

以爲錯 錯石也可以琢玉擧賢用滯則可以治國也 箋云他山喻異國也

鶴鳴于九皐聲聞于天 箋云天喻高遠也 魚在于渚或潛在淵 箋云時寒則魚去渚逃於淵也 樂彼之園爰有樹檀其下維穀 穀惡木也 他山之石可以攻玉 攻錯也

鶴鳴二章章九句

古疇字本又作壽按孔注尚書直留反馬鄭音受

祈父刺宣王也　刺其用祈父不得其人也官非其人則職廢祈父之職掌六軍之事有九伐之法古者祈圻畿皆同

祈父　祈父司馬職也掌封圻之兵甲　箋云此司馬也時人以其職號之故曰祈父書曰若疇圻父謂司馬也司馬掌祿士故司士屬焉又有司右主勇力之士也

予王之爪牙胡轉予于恤靡所止居　恤憂也宣王之末司馬職廢姜戎為敗　箋云予我也轉移也此勇力之士責司馬之辭也我乃

小司徒職曰乃頒比法於六郷之大夫使各登其郷之衆寡乃會万民之卒伍而用五人為伍五伍為両両為卒五卒為旅五旅為師五師為軍以起軍旅

又曰凡起役役无家一人

出六郷也

郷或作卿二六郷卿二六卿

王爪牙之士當為王閑守之衛今汝何移我於憂使我无所止居乎謂見使從軍與姜戎戰於千畝而敗之時也六軍之士出自六郷法不取於王之爪牙之士也

祈父予王之爪士士事也胡轉予于恤靡所底止底至也祈父亶不聰亶誠也胡轉予于恤有母之尸饔尸陳也熟食曰饔箋云己從軍而母為父陳饌飲食之具自傷不得供養也

祈父三章章四句

白駒大夫刺宣王也　刺其不能留賢者也

皎皎白駒食我場苗縶之維之以永今朝

宣王之末不能用賢者賢者有乘其白駒

而去者縶絆也維繫也　箋云永久也願此

去者乘其白駒而來使食我場中之苗我

則絆之繫之以久今朝愛之欲留之也

所謂伊人於焉逍遥　箋云伊當作繄繄猶是也所謂是乘白駒

而去之賢人今於何遊息乎思之甚也

皎皎白駒食我場藿縶之維之以永今夕

藿猶苗也夕猶朝也

所謂伊人於焉嘉客

皎皎白駒賁然來思

賁飾也箋云願其來而得見之也易卦曰山下有火賁賁黃白色也

爾公爾侯逸豫無期

爾公爾侯耶何為逸豫无期以返也

愼爾優游勉爾遯思

愼誠也箋云誠女優游使待其時也勉女遯思度已終不得見自

毋 六兒本又作無字貞又毋之字不同宜詳之他皆放此

正云箋云毋愛女聲命心足本集注皆然

訊之辭也

皎皎白駒在彼空谷 空大也 生芻一束其人如玉 箋云此戒之也汝行所至之主人之館雖薄要就賢人其德如玉然者也 毋金玉爾音而有遐心 箋云毋愛汝之聲命而有遠我之心以恩責之也

白駒四章章六句

黄鳥刺宣王也 刺其以陰禮教親而不至聯兄弟之不固也

正云聯合也

黃鳥黃鳥毋集于穀毋啄我粟興也黃鳥也性宜集木啄粟者興者喻天下室家不以其道而相去是亦失其性也此邦之人不我肯穀穀善也箋云不肯以善道與我也言旋言歸復我邦族宣王之末天下室家離散妃匹相去有不以禮者箋云言我復反也

黃鳥黃鳥毋集于桑毋啄我粱此邦之人不可與明不可與明夫婦之道言箋云明當作盟盟信也言

旋言歸復我諸兄　婦人有歸宗之義箋云宗謂宗子也

黃鳥黃鳥無集于栩無啄我黍此邦之人

不可與處　處居　言旋言歸復我諸父　諸父猶諸兄也

黃鳥三章章七句

我行其野刺宣王也　刺其不能正嫁娶之數而有荒政多婬婚之俗也

我行其野蔽芾其樗婚姻之故言就爾居

晉讀定本作蘈今人謂之羊蹄

樗惡木也箋云樗之蔽芾始生謂仲春
之時嫁娶之月也婦之父與壻之父相謂
婚姻也言我也我乃以此二父之命壻
故我就汝居我豈無禮乎責之也爾不
我畜復我邦家畜養也宣王之末男女多箋曰
先道以求外婚棄其舊姻
而相怨或作惡
者也
我行其野言采其遂婚姻之故
言就爾宿遂惡菜也箋云遂牛蘈
也亦仲春時生可采也爾不
我畜言歸斯復也扶又反我行其野言采其

畐不思舊姻求爾新特畐惡菜也新特外婚也箋云蕌當也亦仲春時始生可采也壻之父曰姻我采蕌之時以礼來嫁汝汝不思汝老父之命而棄我而求汝新婿時來之女責之也不以礼嫁必先背媵之者誠不以富亦祇以異祇適也箋云汝不以礼為室家誠不以是得富也汝亦適以此自異於人道言可惡也

我行其野三章章六句

正曰首章言天下親當二章乃作之三章言作之堅四章言得其形制五章言庭室寬明六章乃言考之也既考之後居而寢宿下至九章言其寢夢得吉祥生男女貴為王公

斯干宣王考室也 考成也德行國富人民殷衆而皆佼好骨肉和親宣王於是築宮廟羣寢既成而釁之歌斯干之詩以落之此之謂成室宗廟成則又祭先祖也

秩秩斯干幽幽南山 興也秩秩流行也干㵎也幽幽深遠也 箋云興者喻宣王之德如㵎水之源秩秩流出无極已也国以饒富民取足焉如於深山

如竹苞矣如松茂矣 苞本也 箋云言時民殷衆如竹之

本生者矣其佼好又如松栢之暢茂也茂兄及弟矣式相好矣無相猶矣猶道也箋云猶當作瘉瘉病也言時民人骨肉用是相愛好无相詬瘉也○似續妣祖似嗣也箋云似讀如巳午之巳巳續妣祖者謂巳地成其宫廟也妣先妣姜嫄也祖先祖也築室百堵西南其户西向户南向户也箋云此築室者謂築燕寢也百堵百堵一時起也天子之寢有左右房西其户者異於一房之室户也文云南其户者宗廟及路寢制如

正曰箋約謂搯土者堅搯土捉之板中搯使平均然後極也搯者以手平物之名故字從手

明堂每室四戶是室一南戶

爰居爰處爰笑爰語

箋云爰於也於是居於是處於是笑於是語言諸侯中皆可安樂之也

○約之閣閣椓之橐橐

約束也閣閣猶歷歷也橐橐用力也箋云約謂縮板也椓謂搯土也

風雨攸除鳥鼠攸去君子攸芋

芋大也箋云芋當作幠幠覆也寢廟既成其牆屋弘殺則風雨之所除也其堅緻則鳥鼠之所去也其堂室相稱則君子之所覆蓋也

○如跂斯翼

如人之跂竦翼

幠 大胡切 覆也

殺

爾也如矢斯棘如鳥斯革棘稜廉也革翼也箋云棘戟也如
人挾弓矢戟其肘也如鳥夏暑希革張其翼之時也如翬斯飛君子
攸躋躋升也箋云伊洛而南素質五色皆備而成章曰翬此章四如者皆謂
廉隅之正形貌之顯也翬者鳥之奇異者也故以成之焉此章主於宗廟君子所升
祭祀之時也○殖殖其庭有覺其楹殖殖言平正也有覺
言高大也箋云覺直也噲噲其正噦噦其冥正長也冥眑也○

莞草叢生水中莖圓江南以爲席形似小蒲而實非也 灯心草也

箋云噲噲猶快快也正晝也噦噦猶煟煟也冥夜也言居之晝日則快快然夜則煟煟然皆寬明之貌也

君子攸寧

箋云此章主於寢君子所安燕息之時也

○下莞上簟乃安斯寢

箋云莞小蒲之席也竹葦曰簟寢既成乃鋪席與羣臣安燕爲歡以樂之矣

乃寢乃興乃占我夢

言善之應人也　箋云興夙興也有善夢則占之也

吉夢維何維熊維羆維虺維蛇

箋云熊羆之獸虺蛇之蟲此四者皆夢之吉祥

○大人占之維熊維羆男子之祥維虺維蛇女子之祥箋云大人占之謂以聖人占夢之法占之也熊羆在商山陽之祥也故為生男也虺蛇穴處陰之祥也故為生女也○乃生男子載寢之牀載衣之裳載持之璋半圭曰璋裳下之飾也璋臣之職也箋云男子生而臥於牀尊之也裳晝日衣也衣以裳者明當主於外事也玩以璋者欲其比德焉正以璋者明成之有漸也其泣喤喤

裼他計反褓也韓詩作禘
六同褓齊人名小兒被
為一
或云縛兒被也

朱芾斯皇室家君王箋云皇皇猶煌煌也芾若天子純朱諸侯黄朱室家一家之内也宣王所生之子或且為諸侯或且為天子皆將佩朱芾煌煌然也○乃生女子載寝之地載衣之裼載弄之瓦裼褓衣也瓦紡塼也箋云臥於地卑之也褓夜衣也明當主內事也紡塼者其所有事也無非無儀酒食是議無父母貽離婦人質無威儀也罹憂也箋云儀善也婦人无所專於家事有非非婦人也

侯

有割亦非婦人也婦人之事唯
儀酒食耳无遺父母之憂也

斯干九章其四章章七句五章章五句

九章首章七句二章三章四章章三句六章七句七章五句終一章七句

無羊宣王考牧也

厲王之時牧人之職廢宣王始興而復之至此而成謂復先王牛羊之數也

誰謂爾無羊三百維群誰謂爾無牛九十其犉

黄牛黒脣曰犉箋云爾汝也汝宣王也宣王復古之牧法汲汲於其數

故歌此詩以解之也誰乎謂汝无羊今乃三百頭爲一羣誰謂汝无牛今乃犉者九十頭言其多矣足如古也

爾羊來思其角濈濈

聚其角而息濈濈然也　箋云言此者美畜產得其所也

爾牛來思其耳濕濕

呞（音齝）而動其耳濕濕然

或降于阿或飲于池或寢或訛

訛動也　箋云言此者美其无所驚畏也

爾牧來思荷蓑荷笠

或負其餱

荷揭也蓑所以備雨笠所以禦暑也　箋云言此者美牧人寒

暑飲食有備也三十維物爾牲則具異毛色者三十也箋云牛羊之色異者三十汝之祭祀索則有也○爾牧來思以薪以蒸以雌以雄箋云此言牧人有餘力則取薪蒸搏禽獸以來歸也麤曰薪細曰蒸也爾羊來思矜矜兢兢不騫不崩矜矜兢兢言堅強也騫虧也崩羣疾也麾之以肱畢來既升肱臂也升升入牢也箋云此言擾馴從人意也○牧人乃夢衆維

魚矣旐維旟矣箋云牧人乃夢見衆人相
與捕魚又夢見旐與旟占
夢之官得而獻之於大人占之衆維魚矣
宣王將以占國事也
實維豐年陰陽和則魚衆多矣箋云魚
者庶民之所以養也今人衆相
與捕魚是則歲熟相供養之旐維旟矣室
祥也易中孚卦曰豚魚吉也
家溱溱溱溱衆也旐旟所以聚衆
也箋云溱溱子孫衆多也

無羊四章章八句

鴻鴈之什十篇三十七章二百二十五句

毛詩卷第十一